BERNWARD SCHNEIDER

Flammenteufel

SPIEL MIT DEM FEUER Berlin im Oktober 1933. Anwalt Eugen Goltz erhält einen Telefonanruf. Eilig sucht er seine Mandantin, die Tänzerin Alice Resow, in einem Hotel in der Lietzenburger Straße auf. Doch als er ihr Zimmer betritt, ist sie bereits tot. Goltz beschleicht sofort das Gefühl, in eine Falle gelockt worden zu sein.

Im nächsten Moment stürmt die Gestapo in das Hotel, hat aber zu Goltz' Überraschung nur Interesse daran, Alice' Tod wie einen Selbstmord aussehen zu lassen. Das ist auch das Anliegen des Bankiers Philipp Arnheim, der Goltz am nächsten Tag in seiner Kanzlei aufsucht. Noch brisanter sind die Informationen, die Goltz von einer Kollegin der Toten erhält.

Der Anwalt beschließt, die Hintergründe des mysteriösen Falls aufzuklären. Eine heiße Spur führt ihn zurück in die Nacht des Reichstagsbrands vom 27. Februar 1933.

Bernward Schneider, Jahrgang 1956, studierte Jura und arbeitet seit 1986 als Rechtsanwalt in Hildesheim. Als Inhaber des Benu Verlags veröffentlicht er Neuausgaben klassischer Kriminal- und Abenteuerromane von Edward Bulwer-Lytton, über Robert Kraft, bis hin zu Karl May.

Nach dem erfolgreichen Kriminalroman »Spittelmarkt« ist »Flammenteufel« der zweite Fall für den Berliner Anwalt Eugen Goltz.

Bisherige Veröffentlichungen im Gmeiner-Verlag:
Spittelmarkt (2010)

BERNWARD SCHNEIDER

Flammenteufel

Kriminalroman

Original

GMEINER

Personen und Handlung sind frei erfunden.
Ähnlichkeiten mit lebenden oder toten Personen
sind rein zufällig und nicht beabsichtigt.

Besuchen Sie uns im Internet:
www.gmeiner-verlag.de

Im Ehnried 5, 88605 Meßkirch
Telefon 07575/2095-0
info@gmeiner-verlag.de

1. Auflage 2011

Lektorat: Claudia Senghaas, Kirchardt
Herstellung / Korrekturen: Julia Franze / Sven Lang
Umschlaggestaltung: U.O.R.G. Lutz Eberle, Stuttgart
unter Verwendung eines Fotos von Getty Images
Druck: Fuldaer Verlagsanstalt, Fulda
Printed in Germany
ISBN 978-3-8392-1179-3

Die Schilderung des Prozessgeschehens beruht auf den Original-Verhandlungsprotokollen des Reichstagsbrandprozesses, der am 21. September 1933 vor dem Leipziger Reichsgericht begann, in der Zeit vom 10. Oktober bis zum 18. November 1933 im unversehrt gebliebenen Teil des Reichstagsgebäudes in Berlin fortgesetzt wurde, und nach weiteren Verhandlungstagen in Leipzig am 23. Dezember 1933 mit dem Todesurteil gegen den Angeklagten van der Lubbe sowie Freisprüchen für die vier anderen Angeklagten endete.

1

Als ich die Lietzenburger Straße erreichte, war es dunkel geworden, und in der wuchtigen Häuserfront, in die sich die schwarzgraue Fassade des Hotels Belvedere einreihte, brannten vereinzelt die Lichter. Es hatte zu regnen begonnen, und der Asphalt, über den die Limousinen rollten, schimmerte in einem finsteren Glanz. Auf der anderen Straßenseite ließ ein schwarzes Mercedes-Cabriolet, das mit laufendem Motor am Bordsteinrand gewartet hatte, die Scheinwerfer aufgleißen und fuhr mit hoher Geschwindigkeit in westlicher Richtung davon.

Die Rezeption in der Hotelhalle war von einer Gruppe Reisender umlagert, und da mich niemand beachtete, wandte ich mich nach links, wo ich nach ein paar Metern auf das Treppenhaus stieß, das sich um das schmiedeeiserne Gitterkleid des Fahrstuhlschachts herum nach oben wand und dessen Stufen ein roter Teppich bedeckte.

Auf dem Flur im dritten Stock brannte eine Art Notbeleuchtung. Einen Lichtschalter gab es nicht; jedenfalls konnte ich keinen finden. Ganz am Ende des Ganges entdeckte ich die Tür mit der Ziffer 303, die Alice Resow mir genannt hatte.

Auf mein Klopfen passierte nichts, und auch nach dem zweiten Anklopfen blieb die Aufforderung zum Eintreten aus. Ich senkte lauschend den Kopf und wartete, dass etwas geschehen würde, aber von drinnen kam kein Laut.

Schon in diesem Moment beschlich mich ein unbehagliches Gefühl. Das Gefühl war dumpf und stärker, als es dem Anlass entsprach. Es war nicht nur eine dunkle Ahnung, sondern die aus einem Wust vager Erinnerungen gespeiste Gewissheit, dass irgendetwas an meiner ganzen Unternehmung nicht stimmte.

Ich klopfte noch einmal lauter, aber alles blieb still.

Der Knauf an der Tür ließ sich drehen, sie war nicht verschlossen.

Ein schwacher Lichtschein fiel in den Flur.

»Frau Resow?«, rief ich und schob die Tür ein Stück weiter auf.

Es war kein kleines, aber dafür einfach und zweckmäßig eingerichtetes Zimmer mit soliden Möbeln, einem großen Doppelbett, einem Kleiderschrank, einer Art Schreibtisch mit Stuhl davor und an den Wänden hingen Bilder, deren Stil an Emil Nolde oder August Macke erinnerte. Das Bett war mit der Tagesdecke bezogen und ein paar Kleidungsstücke lagen darauf. Das Licht im Zimmer kam von der Ecktischlampe gegenüber dem Bett.

Fast war ich erleichtert, dass ich beim ersten Blick in das Zimmer niemanden sah. Schon wollte ich mich zurückziehen, um im Hotelrestaurant nach Alice Resow Ausschau zu halten, da wurde meine Aufmerksamkeit nach rechts zu einem Schatten gelenkt, der von dort unsichtbar nach mir zu greifen schien. Abrupt riss ich den Kopf herum und starrte in den Teil des Raums, der sich hinter meiner Schulter befand.

Alice Resow saß auf dem Boden, gerade aufgerichtet und mit dem Rücken gegen die Wand gelehnt. Eine Strähne des kastanienfarbenen Haars war ihr in die Stirn gerutscht, ihre grünen Augen blickten weit geöffnet in die Tiefe des Raums; eine gerade Nase, kleine, spitze Ohren, ein langer Hals – um diesen aber war ein Seidenschal geschlungen, dessen Enden an einem Gestänge befestigt waren, das zu einem Heizkörper gehörte, der sich neben ihr befand. Der Schal wirkte straff gespannt und der Glanz in den Augen von Alice Resow war erloschen.

Ich warf einen Blick zurück in den Gang. Überall

herrschte schummerige Finsternis. Nichts war zu hören und kein Mensch zu sehen.

Leise zog ich die Tür hinter mir zu; dann trat ich näher an die Tote heran.

Abgesehen von dem Schal war sie vollkommen nackt; und trotz des Schreckens, der mich gepackt hielt, konnte ich nicht übersehen, dass sie einen verdammt schönen Körper hatte.

Ich beugte mich zu ihr hinab. War sie denn wirklich tot? Ihre Augen – Augäpfel, Iris und Pupillen – blickten starr, unbeweglich. Ich hielt mein Ohr nahe an ihre stummen, halb geöffneten Lippen, fühlte den Puls an ihrem Handgelenk, aber es war kein Leben mehr in ihrem Körper; ich hatte mich nicht getäuscht.

Ich richtete mich wieder auf und blickte mich um. Ein Glück immerhin, dachte ich mit einem Anflug verspäteter Bestürzung, dass der Irre, der für dieses Geschehen Verantwortung trug, nicht mehr im Zimmer war.

Die Zeiger der Uhr an meinem Handgelenk zeigten halb acht. Vor einer knappen Stunde hatte Alice Resow mich angerufen. Es gäbe Ärger mit einem Freund, hatte sie mir am Telefon erklärt, und als ich erwiderte, dann solle sie besser die Polizei einschalten, hatte sie fast entrüstet reagiert und vehement bekundet, dass ihr die Polizei nicht helfen könne.

Mit fest aufeinandergepressten Lippen trat ich ans Fenster. Der Regen glitzerte silbern im Schein der Laternen und verschwand im Dämmer über dem Asphalt. Ein einsamer Fahrradfahrer stemmte sich gegen den Wind. Was sollte ich tun?

Noch vor wenigen Monaten hätte ich mir diese Frage nicht stellen müssen. Damals hätte ich die Rezeption verständigt und die Polizei gerufen, hätte den Beamten gesagt, was ich wusste, und wäre meines Weges gegangen; doch in der heutigen Zeit ging das nicht mehr – vor allem nicht, soweit es meine Person betraf.

Seit mehr als einem halben Jahr war Adolf Hitler Kanzler des Deutschen Reiches, und seitdem er im Amt war, wusste man nicht, mit wem man es zu tun bekam, wenn man sich an die Polizei wandte; man konnte nicht sicher sein, ob es die richtige Polizei, die geheime Polizei oder gar die vornehmlich aus Schlägern der SA bestehende Hilfspolizei war, die die Sache übernahm.

Das allein hätte mich nicht schrecken müssen. Schlimmer war, dass mein Name auf einer schwarzen Liste stand. Ich hatte am eigenen Leibe erfahren, was es bedeutete, wenn man sich mit den Leuten anlegte, die nunmehr in Deutschland das Sagen hatten, und als ein gebranntes Kind war ich nicht erpicht darauf, dass sich die Erfahrungen, die ich hatte machen müssen, wiederholten.

Diffuse Gedanken, Fragen und Zweifel nagten an mir. War es ein Zufall, dass ausgerechnet mir diese Sache hier passierte? Konnte das Ganze womöglich eine Falle sein, die meine Widersacher mir stellten? Was, wenn Philipp Arnheim, der furchtbare Bankier, oder wenn mein Schwager Rudolf Mantiss, der ›Pharao der Loge der Brüder und Schwestern vom Licht‹, hinter der Sache steckten? Oder war das bloß ein abwegiger Gedanke? An und für sich war ich kein Mensch, der unter Verfolgungswahn litt, aber ich wusste, dass ich in dieser Stadt von wirklichen Dämonen umgeben war, und deshalb schloss ich inzwischen fast gar nichts mehr aus.

Mein Blick kehrte zu der toten Alice Resow zurück.

Ihr Gesicht war selbst im Tode noch schön, und auch der Hauch von Verruchtheit, der mir bei unserer einzigen Begegnung als Erstes aufgefallen war, haftete ihm noch an. Es sah fast so aus, als lächelte sie.

Sie hatte es hinter sich, ging es mir durch den Sinn, und

wieder einmal musste ich daran denken, wie richtig doch der Satz war, dass es nicht selten die Lebenden waren, die die Toten beneideten.

Mir war klar, dass ich schnell eine Entscheidung treffen musste, aber selbst hier im Zimmer, wo ich unbeobachtet war, musste ich aufpassen, dass ich keinen Fehler beging.

Wieder spähte ich durch das Fenster. Der Schein der hohen Laternen tauchte die Straße in ein diffuses Licht. Der Regen war stärker geworden, und die durch die Lichtkegel der Straßenlaternen eilenden Passanten wirkten schemenhaft.

Ein, zwei Minuten verstrichen, dann streiften die Lichter einer schwerachsigen schwarzen Mercedes-Limousine durch den Regen. Kurz darauf hielt der Wagen am Straßenrand; ungefähr an derselben Stelle, wo bei meinem Eintreffen vor dem Hotel das schwarze Cabriolet davongefahren war.

Auf beiden Seiten wurden die Türen aufgestoßen, zwei Männer in langen Mänteln, deren Gesichter durch Velourshüte verdeckt waren, stiegen in den lichterglitzernden Regen hinaus.

Ich blickte mich um. Wo im Raum hatte ich Fingerabdrücke hinterlassen? Aber machte es überhaupt Sinn, sie zu entfernen? Konnte ich ausschließen, dass mich jemand gesehen hatte, als ich hergekommen war? Wenn ich daher meine Anwesenheit im Hotel zu verbergen suchte und man später trotzdem herausfand, dass ich der Toten einen Besuch abgestattet hatte, machte ich alles nur noch schlimmer. Dann musste ich gar damit rechnen, dass man versuchen würde, mir einen Mord anzuhängen. Es gab Leute in meinem Umfeld, die sich für diese Gelegenheit geradezu bedanken würden. Nein, meine Anwesenheit zu vertuschen, wäre die schlechteste Wahl zwischen allen schlechten Alternativen. Es half nichts, ich musste in den sauren Apfel beißen, die Rezeption benachrichtigen und die Polizei anrufen, ganz egal, was für Folgen das für mich hatte.

Schließlich straffte ich mich, ging auf die Zimmertür zu, hielt wieder inne, weil ich von draußen Geräusche vernahm. Kein Zweifel, das waren Schritte – und sie näherten sich der Tür. Verdammt! Sie waren alle so viel schneller als ich!

Ich stand still und starrte auf das weiße Holz, rechnete damit, dass jeden Moment jemand anklopfen würde.

Aber es war nichts zu hören – stattdessen sah ich, wie der Knauf sich drehte und die Tür einfach aufgemacht wurde.

Sie waren zu zweit, und ich war sicher, dass es die Typen waren, die ich eben vom Fenster aus beim Verlassen ihres Wagens beobachtet hatte.

Geheime Polizei! Ich sah es auf den ersten Blick. Mitarbeiter des Geheimen Staatspolizeiamtes! Ledermäntel und Velourshüte, bleiche, hagerere Gesichter – doch woran man sie auf jeden Fall erkannte, waren die Augen. Selbst wenn sie groß und tiefblau waren, immer waren sie kalt und mitleidlos.

Ich war also tatsächlich in eine Falle getappt.

Der eine der beiden war noch jung; ein kräftiger, hoch aufgeschossener Bursche mit Sommersprossen, hellen, eisblauen Augen und blondem Haar. Der andere war älter, ein hagerer dunkler Typ mit bartschattigen bleichen Wangen.

Der Jüngere mit den hellen Haaren richtete den Blick mit anhaltender Neugier auf die nackte Tote; er schien aber nicht wirklich überrascht zu sein, sie zu sehen. Sein Kollege hatte überhaupt nur einen kurzen Blick für Alice Resow übrig, und wandte dann sogleich mir die ungeteilte Aufmerksamkeit seiner stechenden schwarzen Augen zu.

»Name und Adresse! Haben Sie einen Ausweis?«, sagte er und stieß mir seine Polizeimarke, die er bereits in den Händen hielt, fast in die Augen. Er trug einen stark verknitterten Anzug unter dem Mantel, und sein dunkles Haar, das unter dem Hut sichtbar war, hatte aus der Nähe einen rötlichen Stich.

Ich zeigte ihm meinen Anwaltsausweis, den ich seit einiger Zeit immer bei mir trug, und machte ihm die Angaben, die er hören wollte. Während er das Papier eindringlich betrachtete, fügte ich hinzu: »Die Tote ist meine Mandantin. Sie heißt Alice Resow und rief mich an, weil sie Hilfe brauchte. Leider bin ich zu spät gekommen.«

Der Gestapo-Mann nahm einen Block und einen Stift aus der Innentasche seines Jacketts und machte sich Notizen.

»Wieso brauchte die Frau Hilfe?«

Ich warf einen Blick auf die Tote und sagte nichts.

»Haben Sie mich nicht verstanden?«, wiederholte er.

»Am Telefon sprach Frau Resow davon, dass sie Ärger mit einem Freund hätte.«

Der Bleichgesichtige notierte sich das.

»So, so«, sagte er. »Ärger mit einem Freund? Wer ist denn dieser Freund?«

»Sie hat mir seinen Namen nicht genannt.«

Der Dunkelhaarige sah mich wieder an. »Warum haben Sie nicht die Polizei gerufen?«

»Wie meinen Sie das? Von meiner Kanzlei aus?«

»Nein, von hier!«

»Sie sind doch schon da! Ich bin selbst erst kurz vor Ihnen gekommen.«

Ein Schatten fiel über seine Züge.

»Habe ich Ihr Gesicht nicht schon einmal irgendwo gesehen?«, fragte er und kniff die Augen zusammen.

»Wahrscheinlich im Verbrecheralbum«, ließ sich der

Blonde aus dem Hintergrund vernehmen, nachdem es ihm gelungen war, seinen Blick von der Toten loszureißen. »Am besten, wir nehmen ihn mit aufs Revier.«

»Derjenige, der Sie angerufen hat, wird Ihnen bestätigen können, dass ich erst angekommen bin, als Frau Resow schon tot war«, entgegnete ich.

Der Blonde kam näher und baute sich vor mir auf. In seinen Augen zeigte sich ein harter, fiebriger Glanz. »Wer hat uns angerufen?«

»Das wollte ich Sie auch gerade fragen. Ich war ja nicht dabei.«

»Werd nicht frech, Freundchen!«

»Hören Sie auf, mich zu duzen!«

Er packte mich mit beiden Händen am Kragen meiner Jacke und hob mich ein Stück hoch.

»Überlegen Sie sich gut, was Sie sagen, Herr Goltz!«, schaltete sich der Bleichgesichtige ein. »Sie scheinen den Ernst Ihrer Lage zu verkennen.«

»Ein Mord ist eine ernste Sache, allerdings. Aber der Täter befindet sich nicht hier im Raum.«

»Mord?«, raunte der Blonde. »Woher wissen Sie denn, dass die Frau ermordet wurde?«

»Sehen Sie doch mal genau hin!«

»Lassen Sie ihn, Wunram!«, sagte der Bleichgesichtige. »Wir müssen uns um die Tote kümmern.«

Wunram stellte mich wieder auf die Füße.

»Kann ich jetzt gehen?«, fragte ich in Richtung des Bleichen.

»Nein«, gab dieser scharf zurück.

»Was wollen Sie noch von mir?«

Wunram sah mich mit einem unangenehmen Lächeln an. »Was wohl? Ein paar Auskünfte ...«, grinste er frech, »... und den Tod!«

»Wollen Sie schon sterben?«, fragte ich.

»Ich spreche von Ihrem Tod, Goltz«, meinte er.

»Wir kommen wirklich auf keinen grünen Zweig.«

»Ruhe!«, sagte der Bleichgesichtige, der offenbar der Ranghöhere der beiden war. Er hatte jetzt die Augen der toten Alice Resow zugewandt und betrachtete sie ziemlich intensiv.

»Weshalb ist sie eigentlich nackt?«, fragte er, als wäre ihm dieser Umstand bisher entgangen.

»Wahrscheinlich war ihr heiß«, sagte Wunram.

Der Bleichgesichtige beachtete ihn nicht. »Haben Sie irgendetwas hier verändert?«, fragte er mich, ohne mich anzusehen oder auch nur den Blick von der Toten zu nehmen.

»Ich habe nichts angerührt, bis auf die Dame – ich habe ihr nämlich den Puls gefühlt.«

»Und?«

»Nichts.«

Der Bleichgesichtige runzelte die Stirn. »Was denken Sie, ist passiert?«, fragte er und schaute nun wieder zu mir her.

»Darüber lässt sich nur spekulieren«, antwortete ich.

»Dann tun Sie es mal!«

»Es sieht aus, als wäre sie an den Falschen geraten – sie hatten Sex und der Typ ist durchgedreht.«

Der Bleichgesichtige nickte. »Gar nicht schlecht die Theorie – könnte so gewesen sein. Hm, aber vielleicht war es auch ganz anders oder jedenfalls ein wenig anders, nämlich in einem entscheidenden Punkt.«

»Vielleicht waren Sie ja dieser Typ, der durchgedreht ist, wollte mein Kollege damit sagen«, sagte Wunram. »Sie sind hergekommen, um Ihre schöne Mandantin zu vernaschen, und als sie nicht so wollte wie Sie, da hat es bei Ihnen ausgesetzt, da sind Sie durchgeknallt, und das Ergebnis haben wir nun vor Augen.«

Ich schwieg lieber, denn das konnte man nicht kommentieren.

Der Bleichgesichtige, dessen Aufgabe es war, eine Entscheidung zu treffen, rieb sich das Kinn, als dächte er darüber nach, ob er das Wort lieber an seinen Kollegen oder an mich richten sollte.

»Was machen wir mit ihm, Herr Köhler?«, fragte Wunram seinen Vorgesetzten.

»Wir greifen den Dingen besser nicht vor«, erwiderte der Angesprochene. »Seine Personalien haben wir, das reicht uns für den Moment.« Er schaute zu der Toten zurück, und Wunrams Augen folgten seinem Blick, bis wir alle drei auf die am Boden sitzende Alice Resow starrten.

Die Wirkung, die von Alice Resows Erscheinung ausging, ihre Nacktheit und ihre besondere Attraktivität, die ihr durch den Tod nicht genommen worden war, war so stark, dass man sich der voyeuristischen Spannung nur schwer entziehen konnte. Mir war, als würde sie uns mit ihren leblosen Augen sehen, während eigentlich wir drei Lebenden die Blinden waren, und ich spürte ein mit einer seltsamen Beunruhigung gefärbtes Unbehagen, die Frau könne nicht wirklich tot sein, und ihr magisches Bewusstsein würde noch, unsichtbar für uns, in diesem Raume anwesend sein.

»Warum müssen ausgerechnet die Schönen sterben«, sagte der Gestapo-Mann Köhler, »es ist so verdammt ungerecht.«

Eine tote nackte Frau und drei Männer, die sie betrachteten, die Situation hatte etwas Obszönes. Es war fast, als hätten wir uns alle drei gegen Alice Resow verschworen, als trügen wir aufgrund der bloßen Tatsache, dass wir Männer waren, eine Mitschuld an ihrem Tod.

Von draußen prasselte Regen gegen die Fensterscheibe, und in der Ferne grollte der Donner.

Köhler blickte zum Fenster. »Es kommt immer alles Üble zusammen«, sagte er.

»Da haben Sie recht«, sagte ich und dachte im nächsten Augenblick, ich hätte es besser nicht gesagt.

Köhler wandte die kalten Augen zu mir zurück. Sein Gesicht wirkte so blass und leer wie die Spree in einer lauen Sommernacht.

»Was meinten Sie eben?«

»Ich dachte daran, dass ich keinen Schirm dabei habe.«

»Sonst haben Sie kein Problem?«

»Nein.«

»Sie könnten aber eines kriegen – vielleicht sogar einen ganzen Sack voll.« Er schaute mich eindringlich an. »Jedenfalls dann, wenn Sie ...«, er machte eine bedeutungsschwere Pause »... wenn Sie uns Ärger machen.«

Ärger? Der Sinn dieser Bemerkung erschloss sich mir nicht. Hatten die beiden etwa Angst vor mir? Etwas an deren Auftreten war mir von Anfang an merkwürdig erschienen. Es wurde mir in diesem Moment deutlich bewusst.

»Warum sollte ich Ihnen Ärger machen? Ich bin ein friedlicher Mensch.«

Köhler trat einen Schritt näher an mich heran, sodass sich fast unsere Nasenspitzen berührten.

»Gut«, sagte er. »Dann bleiben Sie Ihrem Vorsatz treu! Und jetzt werden Sie in die Hotelhalle gehen und sich dort zur weiteren Verfügung halten! Wir werden das Notwendige veranlassen. Der zuständige Staatsanwalt wird entscheiden, was mit Ihnen geschieht. Und unternehmen Sie nicht den Versuch, stiften zu gehen. Es wäre zwecklos. Wir kriegen Sie ohnehin!« Er nickte mit dem Kopf in Richtung der Tür, und ich zögerte nicht, seiner Aufforderung zum Verschwinden Folge zu leisten.

Über den verschatteten Gang kehrte ich durch das Treppenhaus in die Halle zurück, wo ich mich in einen der schweren Ledersessel fallen ließ, die dort ein paar kleine Tische umstanden. Niemand nahm Notiz von mir; nur der Portier warf mir einen merkwürdigen Blick zu, als hätte er schon eine Ahnung, dass irgendetwas Unangenehmes im Gange war.

Die Sache war fürs Erste besser ausgegangen, als ich befürchtet hatte, und ich wunderte mich etwas darüber. Zwar hatten die beiden Geheimen recht mit ihrer Bemerkung, dass ich ihnen nicht entwischen konnte, aber wenn sie mich wirklich verdächtigten, am Tod von Alice Resow schuldig zu sein, hätten sie mich so ohne Weiteres gewiss nicht ziehen lassen. Wussten die beiden etwas, von dem ich keine Ahnung hatte?

Zwei Minuten nach mir erschien der blonde Wunram in der Halle und ließ sich von dem Portier das Telefon geben. Eine Minute lang sprach er leise in den Hörer, dann legte er auf und entschwand im Treppenhaus, ohne mich eines Blickes zu würdigen.

Fast eine halbe Stunde lang sah ich dem Treiben in der Halle zu. Gäste kamen und gingen, alles war wie immer. Der Todesfall oben im dritten Stock schien hier niemanden zu bekümmern.

Schließlich trafen ein paar Herren ein. Sie sahen aus wie preußische Beamte und waren in Zivil. Letzteres behagte mir im Allgemeinen weniger als der Anblick von uniformierten Polizisten, aber zu meinem Glück war unter den Zivilisten jemand, den ich kannte: Ferdinand Warneke, ein Staatsanwalt, obendrein ein Mann, von dem ich wusste, dass mit ihm zu reden war.

»Herr Goltz«, sagte er, als er sich in der Halle umgeschaut hatte und mich erblickte. »Kommen Sie mit hinauf. Man sagte mir bereits, dass ich Sie hier antreffen würde. Was ist denn geschehen?«

Er war Anfang 40, also in meinem Alter, hatte ein rosiges Gesicht und blondes Haar, das sich bereits lichtete.

»Die Tote auf Zimmer 303 war meine Mandantin«, sagte ich, und während wir über den roten Teppichläufer nach oben gingen, erzählte ich ihm von Alice Resows Anruf und dem, was sich danach ereignet hatte.

»Na, die Kollegen waren aber schnell«, kommentierte er den Auftritt der beiden Gestapo-Leute, doch mehr wollte er nicht hinzufügen.

Oben angekommen, trat er zusammen mit seinen Begleitern in das Zimmer der Toten, während man mir bedeutete, auf dem Gang zurückzubleiben.

Es war mir ganz recht, dass ich die im Zimmer anwesende Männerrunde nicht vergrößern musste, und ich wünschte mir, die arme Alice Resow hätte in einer Situation, da sie den forschenden Männerblicken ausgesetzt war, wenigstens einen einzigen weiblichen Beistand gehabt.

Bald hörte ich sie drinnen miteinander reden. Meistens hatte Köhler das Wort. Es war fast, als würde er den Ton angeben. Was er sagte, war nicht zu verstehen, aber ich hatte nicht das Gefühl, dass es dabei um mich ging. Alles in allem, vor allem so wie ich bisher behandelt wurde, hielten sie mich offenbar für eine Randfigur, und damit hatten sie ja auch recht.

Nach zehn Minuten kam Warneke wieder in den Flur.

»Sie können jetzt nach Hause gehen, Herr Goltz«, sagte er. »Man wird eine Obduktion Ihrer Mandantin vornehmen. Kommen Sie morgen Vormittag in mein Büro im Kriminalgericht. Dort können Sie Ihre Aussage zu Protokoll geben, damit alles seine Richtigkeit hat.« Und etwas leiser fügte er hinzu: »Keine Sorge! Ich denke, es liegt nichts gegen Sie vor.«

2

Warnekes freundliche Bemerkung war nicht geeignet, mich zu beruhigen. Auf die Meinung eines Staatsanwalts kam es in Deutschland nicht mehr wesentlich an. Wohin die Dinge sich entwickeln würden, bestimmten ganz andere Leute. Der Gang der staatsanwaltschaftlichen Ermittlungen spielte nur noch eine untergeordnete Rolle dabei.

Judith Singer, meine jüdische Freundin, mit der ich Ende Februar nach Paris hatte fliehen wollen und die ich allein hatte ziehen lassen müssen, als man meine Abreise verhinderte, hatte recht behalten. ›Eugen, du wirst keinen Abend mehr mit der Sicherheit zu Bett gehen können, dass nicht in der Nacht gegen deine Tür geschlagen wird und man kommt, um dich zu holen.‹ Sie hatte meine gegenwärtige Situation richtig vorausgesagt. ›Das grässliche Lebensgefühl, das daraus erwächst, mag dich dann endlich dazu zwingen, freiwillig auf diese Leute zuzugehen oder alle einflussreichen Stellen deiner Loyalität zu versichern, in der trügerischen Hoffnung, dass man dich weiterhin in Ruhe lässt. Das scheint mir, ist das Schicksal, das dir – ebenso wie vielen anderen Menschen – in Deutschland bald blüht.‹

Ein Weglaufen war für mich fast unmöglich. In der Nacht des Reichstagsbrandes am 27. Februar, als in Deutschland die Jagd auf die Gegner des Regimes begann, hatten meine Feinde dafür gesorgt, dass ich unter einem Vorwand verhaftet wurde. Zwei elend lange Tage hatte ich in einem finsteren Kellerloch zubringen müssen, nicht wissend, ob ich das Tageslicht jemals wiedersehen würde. Bevor man mich dann laufen ließ, hatte man mir meinen Pass weggenommen, und seit ein paar Wochen hatte ich es sogar amtlich, dass er mir bis auf Weiteres entzogen war. Der Einspruch, den ich gegen die Einziehung erhoben hatte, war als unbegründet verworfen worden. Außerdem hatte ich der Politischen Polizei einen Revers unterschreiben müssen, mich jeder politischen Tätigkeit zu enthalten, nicht ins Ausland zu gehen oder mit dem Ausland zu korrespondieren, geschweige denn, Verbindung zu ausländischen Freunden aufzunehmen. Meine Post würde überprüft, und sie würde beschlagnahmt werden, wenn ich gegen die mir auferlegten Gebote verstieß.

Während ich mich im Bett hin und her wälzte, dachte ich darüber nach, ob ich nicht doch ohne Pass versuchen sollte, das Weite zu suchen. Wäre es nicht das Beste, überlegte ich, wenn ich gleich am nächsten Morgen meine Bank aufsuchte, alles Geld abholte, den nächsten Zug nach Westen bestieg und irgendwie versuchte, bei Nacht und Nebel über die grüne Grenze zu kommen? In meinen halb wachen Träumen war ich zeitweise fest entschlossen, es zu tun; doch wie so oft in solchen Situationen sah am nächsten Morgen die Welt wieder etwas freundlicher aus.

Das Wetter hatte nach dem Regen der vergangenen Nacht aufgeklart und der blaue und fast wolkenlose Himmel versprach einen angenehmen Herbsttag. Staatsanwalt Warneke würde ich erst am späten Vormittag aufsuchen, und so machte ich mich zunächst auf den Weg in mein Büro, das nur wenige hundert Meter entfernt von meiner Wohnung lag, um zuvor ein paar Terminarbeiten zu erledigen.

Meine Zuversicht, dass der Vorfall vom gestrigen Abend keine Folgen für mich zeitigen würde, hielt nicht lange an. Denn als ich mich dem Gebäude näherte, in dem sich meine Kanzlei befand, sah ich, wie sich die Silhouette einer Gestalt aus dem Schatten des Baumes löste, der die Eingangstür gegen die Sonne beschirmte. Zu meinem Erschrecken erkannte ich den Bankier Philipp Arnheim, einen ehemaligen Mandanten aus meiner Zeit mit meinem früheren Sozius Haller in Berlin-Mitte, der sich inzwischen als einer meiner schlimmsten Feinde entpuppt hatte.

Schade, dachte ich, dass man auch bei so schönem Wetter auf solche Leute treffen musste.

Philipp Arnheim, hochgewachsen und schlank, drahtig und sonnengebräunt, grinste mich an.

»Wie geht es Ihnen, Herr Goltz?«, fragte er. »Sie sehen viel besser aus, als ich dachte.«

Es gab so viele schlimme Erinnerungen, die mit Arnheims Person verbunden waren, dass ich mich sehr zusammenreißen musste, um mir nicht anmerken zu lassen, wie blass ich innerlich geworden war.

»Warum sollte ich schlecht aussehen?«

Sein Grinsen wurde breiter. »Manche Erfahrungen im Leben hinterlassen Spuren.«

Ärger stieg plötzlich in mir hoch. »Was wollen Sie?«

»Nicht so garstig, Herr Goltz! Darf ich hereinkommen – Sie werden mir doch nicht die Tür weisen wollen!«

»Für Sie übernehme ich kein Mandat mehr, Herr Arnheim.«

»Keine Sorge«, lachte er. »Damit will ich Sie auch nicht belasten.«

Er war einer der letzten Menschen, mit denen ich Kontakt haben wollte, aber ich musste aufpassen, dass ich es mir nicht zur Gänze mit ihm verdarb. Arnheim war ein Mann mit Einfluss, und in dieser Stadt war er nichts weniger als eine gefährliche Gestalt.

»Gut, gehen wir in mein Büro.«

Der Mann, der mir kurz darauf auf der anderen Seite meines Schreibtischs gegenübersaß, war nicht nur unberechenbar, sondern in meinen Augen schlichtweg ein Mörder.

In seinem Auftrag war ich vor einem Jahr nach New York gereist, um die Scheidung von seiner amerikanischen Ehefrau Florence zu regeln, die ihn verlassen hatte und in ihre amerikanische Heimat zurückgekehrt war. Während meines Aufenthalts in New York war Florence auf mysteriöse Weise ums Leben gekommen. Offiziell war von Selbstmord die Rede gewesen, aber meine späteren Nachforschungen hatten ergeben, dass Florence im Auftrag der ›Berliner Loge der Brüder und Schwestern vom Licht‹, der auch ihr Mann angehörte, ermordet worden war. Ich selbst war der Schlüssel gewesen, mit dem diese Leute sich Zugang zu Florence verschafft hatten, und nur gewisse verwandtschaftliche Bande sowie der Umstand, dass ich keine Kontakte zu einflussreichen amerikanischen Kreisen wie Florence besaß, hatten mich vor einem ähnlichen Schicksal wie dem ihren bewahrt.

Arnheim blickte sich um. »Wie laufen die Geschäfte, Herr Goltz?«

»Gut.«

Die schlichten Räumlichkeiten, die mir seit dem Frühjahr als Büro dienten, unterschieden sich sehr von der gediegenen Pracht meiner alten Kanzlei in Berlin-Mitte, erfüllten aber vollkommen ihren Zweck.

»Als Spezialist für Scheidungen haben Sie bestimmt gut zu tun«, sagte er. »Wie ich hörte, lassen sich in diesem Jahr so viele Leute scheiden wie noch nie zuvor, vor allem Deutsche, die mit Juden verheiratet sind.«

»Bei mir ist keiner von diesen Fällen gelandet!«, erwiderte ich.

Er war ein Antisemit der übelsten Sorte, und gegen seine Einstellung war kein Kraut gewachsen, sodass jedes Gegenargument ohnehin vergeblich war.

»Kommt noch, Herr Goltz«, lächelte er. »Warten Sie

es ab! Natürlich, auf Alice Resow trifft das nicht zu – die war bestimmt keine Jüdin.«

Ich hatte Mühe, mir meine Überraschung nicht anmerken zu lassen. »Was wissen Sie von Alice Resow?«

Er zuckte die Achseln. »Sie soll eine sehr schöne Frau gewesen sein. Schade, dass ich sie nicht kannte. Was war sie für ein Mensch?«

»Ich werde mit Ihnen nicht über Frau Resow sprechen«, sagte ich. »Es gibt so etwas wie eine anwaltliche Schweigepflicht post mortem.«

»Post mortem!« Er lachte. »Ja, vielen bleibt nichts anderes als die Hoffnung auf etwas nach dem Tod. Aber keine Angst. Die persönlichen Angelegenheiten von Frau Resow interessieren mich nicht die Bohne – nein, worüber ich mit Ihnen zu sprechen habe, sind nur die Umstände ihres Todes.«

»Auch dazu kann ich Ihnen nichts sagen. Ich würde selbst gern mehr darüber erfahren.«

Er nickte. »Ja, das glaube ich.« Dann fügte er hinzu: »Wie ich hörte, haben Sie die tote Frau Resow gefunden? Man wird Sie darüber vernehmen! Haben Sie bei der Polizei schon Ihre Aussage gemacht?«

»Allerdings.«

»Vollständig? Ich meine – so mit Vernehmungsprotokoll?«

Von dem Gespräch, das ich noch an diesem Vormittag mit dem zuständigen Staatsanwalt führen musste, würde ich ihm nichts erzählen; wahrscheinlich wusste er ohnehin darüber Bescheid.

»Woher wissen Sie denn, dass ich meine Mandantin tot aufgefunden habe?«, fragte ich ihn stattdessen.

Arnheim lächelte. »Ich verfüge über gute Beziehungen in dieser Stadt – wie Sie wissen – über sehr gute Beziehungen!« Er lehnte sich zurück und legte die Hände gegeneinander. »Sie haben wirklich Pech mit Ihren hübschen Mandantinnen, Herr Goltz. Ich erinnere mich da noch sehr gut an die arme Florence.«

»Sie verwechseln da etwas, Herr Arnheim. Ihre Frau war nicht meine Mandantin.«

Arnheim seufzte. »Richtig, Sie haben ja mich vertreten! Ihr Juristen nehmt es immer so genau. Aber es ändert nichts daran, dass der Fall von damals und der von heute – sagen wir mal – einander ähnlich sind.«

»Ich weiß nicht, worin Sie die Ähnlichkeit zwischen dem Fall von Florence und dem von Alice Resow sehen.«

Sein Lächeln verschwand und er senkte den Blick. »Nun, wie Sie wissen hat Florence Selbstmord begangen. Trotzdem gab es – drüben in New York – Leute, die meinten behaupten zu müssen, es sei Fremdverschulden im Spiel. Darin könnte die Ähnlichkeit zum Fall Alice Resow bestehen!«

»Sie wollen doch nicht ernsthaft behaupten, Alice Resow habe sich selbst getötet?«

Er hob die Brauen. »Aber das steht doch ganz außer Frage!«

»Für mich nicht! Ich habe sie gesehen.«

»Was haben Sie denn gesehen?«

»Kein Kommentar.«

»Machen Sie bloß kein Tralala wegen Ihrer Schweigepflicht. Mit solchem Blödsinn brauchen Sie mir nicht zu kommen.«

Ich lehnte mich zurück. Mir war klar, dass Arnheim und seine Freunde mich nie in Ruhe lassen würden, und ich besaß genug Fantasie, um mir vorzustellen, was mir blühte, wenn ich mich weigerte, nach ihrer Pfeife zu tanzen. Eigentlich war das, was ich im Hotelzimmer gesehen hatte, sowieso ein offenes Geheimnis, mit dem ich daher kaum hinter dem Berg zu halten brauchte, so sagte ich mir nun. Und über die privaten Belange von Alice Resow wusste Arnheim wahrscheinlich ohnehin besser Bescheid als ich.

»Es war ein Seidenschal um ihren Hals«, informierte ich ihn. »Sie sah aus, als sei sie erdrosselt worden. Aber das wissen Sie doch sicher, da Sie über so gute Beziehungen verfügen. Warum interessieren Sie sich eigentlich für Frau Resow, wenn Sie sie gar nicht kannten?«

»Nun, ich müsste es Ihnen nicht sagen, aber es schadet nichts, wenn ich es tue: Sie ist – sie war die Freundin eines Freundes, der mich um Hilfe gebeten hat.«

Es wurde interessant. Was Alice Resow anging, wusste er offenbar mehr als ich. Mir selbst war bei dem einzigen Gespräch, das ich mit ihr geführt hatte, nur bekannt geworden, dass sie Tänzerin an der Scala war und dass ihr Ehemann sie des Ehebruchs verdächtigt und schwer misshandelt hatte. Dieser Mann war in der SA, und zwar, wie sie angedeutet hatte, in führender Position. Eigentlich ein ziemlich normaler Scheidungsfall, der wohl darauf hinaus gelaufen wäre, dass man Alice Resow die Schuld an der Scheidung zugesprochen hätte, sodass sie mit finanziellen Zuwendungen kaum hatte rechnen können. Es hatte keine Rolle für sie gespielt, schließlich hatte sie einen Beruf, der sie ernährte. Hauptsache, sie wurde den Schläger los. Dass sie mit dem neuen Freund offenbar keine bessere Wahl getroffen hatte, stand auf einem anderen Blatt.

»Hilfe? Sprechen Sie von der Art Hilfe, die dafür sorgt, dass, was ans Licht gehört, im Dunkeln bleibt?«, fragte ich Arnheim.

Er lächelte. »Sie haben Mut, Herr Goltz, so mit mir zu sprechen. Sie sollten sich im eigenen Interesse in Zurückhaltung üben.«

»Ich will es versuchen, aber ich muss wissen, worüber wir eigentlich reden.«

Der Blick seiner stahlblauen Augen fokussierte sich auf mich. »Hilfe heißt: Man tut eben, was man kann. Meine Verbindungen zur geheimen Polizei waren der Grund, weshalb mein Freund mich um Hilfe bat. Nun, ich half, war verpflichtet dazu, die Polizei erschien im Hotel und traf dort – auf Sie. Als ich davon erfuhr, sagte ich dem zuständigen Herrn: Mein Gott, der Anwalt Goltz, den kenne ich doch gut. Was hatte denn der dort zu suchen? Ich spreche mal mit ihm. Und bevor wir noch weiter um den heißen Brei herumreden, sage ich Ihnen direkt ins Gesicht, dass ich hergekommen bin, um Sie anzuweisen, nicht wieder den Neugierigen zu spielen. Inzwischen dürfte Ihnen klar geworden sein, welche unangenehmen Folgen es haben kann, wenn man zu hoch gepokert hat.«

»Sie wollen mir drohen?«

»Ganz richtig!«

Er beugte sich ein Stück vor. »Wobei Sie immer im Auge behalten sollten, Goltz, dass ich in Ihrem ureigensten Interesse handele. Ich müsste Sie nicht warnen. Mich treibt die Sorge um Ihr Wohlbefinden. Wenn Sie Ärger machen sollten, würden Sie ohnehin den Kürzeren ziehen! Das ist Ihnen doch klar.«

Eine bestimmte Grenze durfte ich nicht überschreiten, wenn ich nicht Kopf und Kragen riskieren wollte.

»Ich bin orientiert«, gab ich daher zurück.

Arnheim nickte. »Ich hoffe, Sie meinen es ehrlich, Herr Goltz, ich hoffe es wirklich für Sie. Die geheime Polizei ist nicht Herr der Ermittlungen in Sachen der armen Frau Resow. Die Kriminalpolizei, der Staatsanwalt – sie wissen gleichwohl, den Sachverhalt zutreffend zu beurteilen. Ich bin lediglich hier, um Ihnen, falls Sie eine Aussage bei der Polizei machen müssen, nahezulegen, nicht den Helden zu spielen.«

Er beugte sich noch ein Stück weiter vor. »Nur der

Vollständigkeit halber noch dies: Falls Sie dennoch darauf bestehen sollten, dass der Tod Ihrer Mandantin kein Freitod gewesen ist, dann wird man natürlich keine Schwierigkeiten haben, einen Mörder zu finden, und Leute wie Sie, die schon Dreck am Stecken haben und auf der schwarzen Liste stehen – ich erinnere an den Reichstagsbrand – bieten sich für Rollen, die noch nicht besetzt sind, geradezu an. Sie schienen mir ein geeigneter Darsteller auch für diese Rolle zu sein, wenn sie denn tatsächlich besetzt werden muss.«

»Da Sie über so gute Verbindungen verfügen, wissen Sie, dass ich mit dem Tod von Frau Resow nichts zu tun habe.«

»Weiß ich das wirklich? Sie wurden immerhin am Tatort angetroffen. Der erste Anschein spricht gegen Sie.« Arnheim setzte wieder sein unverschämtes Grinsen auf. »Ach, und selbst, wenn es so wäre, wie Sie sagen – spielt das denn eine Rolle?«

»Ich mache mir keine Illusionen«, erwiderte ich. »Bleiben wir also bei der offiziellen Sprachregelung.«

»Bei der offiziellen Sprachregelung – und der Wahrheit, Herr Goltz, denn die entspricht der offiziellen Sprachregelung auch.« Er lächelte. »Wir verstehen uns?«

Er sah mich mit seinen strahlenden Augen an und ich nickte ihm zu. »Ich bin ganz sicher.«

»Ich bin froh, dass Sie mich nicht enttäuschen», fuhr er fort. »Das habe ich übrigens auch zu meinen Freunden gesagt. Ich sagte: Lasst doch den armen Goltz in Ruhe. Der macht uns bestimmt keinen Ärger. Er hat die Lektion begriffen, die man ihm erteilen musste. Ja, Sie sehen mich so überrascht an, Herr Goltz! Aber ich habe meine Hand für Sie ins Feuer gelegt. Der Herr Goltz, sagte ich, hat in der Vergangenheit mal ein paar dumme Sachen gemacht, aber in Wahrheit ist er doch auf unserer Seite.« Sein Lächeln wurde tückisch. »So ist es doch, Goltz, nicht wahr? Oder habe ich meinen Freunden etwas Falsches erzählt?«

»Sie sehen das schon ganz richtig, Herr Arnheim, wir sind mal wieder einer Meinung.«

Zuckerbrot und Peitsche, die altbewährte Methode. Aber ich war kein Narr, der freiwillig die Folter wählte. Arnheims Drohung war mehr als deutlich, und ich war nicht in der Situation, dass ich es mir hätte leisten können, mich mit meinen Feinden anzulegen.

Arnheim kratzte sich hinter dem Ohr. »Es gibt da übrigens noch etwas anderes, das ich mit Ihnen erörtern müsste, Herr Goltz, aber das soll nicht hier und heute geschehen.«

Er sah mich an. »Ich möchte unsere Bekanntschaft auf eine neue Grundlage stellen, will ich einmal sagen. Sie wissen, wo ich wohne. Einmal im Monat gebe ich in meinem Haus eine Cocktailparty. Morgen Abend ab acht Uhr ist es wieder mal so weit. Es werden illustre Gäste erscheinen. Ich möchte Sie herzlich einladen, unsere Gesellschaft mit Ihrer Anwesenheit zu beehren. Ich weiß wohl, dass es Einladungen gibt, auf die man gern verzichtet. Auf der anderen Seite gibt es gesellschaftliche Anlässe, vor denen man sich nicht drücken kann. Morgen, das ist wieder so ein Abend. Und – wie soll ich sagen – in Ihrem Fall ist Erscheinen sogar Pflicht.«

Er wartete nicht darauf, dass ich mich für die Einladung bedankte, sondern erhob sich aus dem Sessel.

»Nun aber will ich Ihre kostbare Zeit nicht länger in Anspruch nehmen. Besuchen Sie den Herrn Staatsanwalt! Und morgen Abend – nicht wahr, Herr Goltz – da besuchen Sie mich. In meinem Haus im Tiergarten, das Sie ja bereits kennengelernt haben! Die anderen Gäste freuen sich auf Sie – jedenfalls die meisten von ihnen!«

3

Das Kriminalgericht in Moabit, in dem die mit der Strafverfolgung befassten Richter und Staatsanwälte residierten, war ein Gebäude, das nicht zum Betreten einlud, so Furcht einflößend wirkte seine monumentale Architektur.

Staatsanwalt Warneke, der mich erwartete, wirkte gut gelaunt, als böten die Fälle, die er bearbeitete, ihm bei aller Tragik noch genügend Anlass zur Freude. Er wollte lediglich ein paar Einzelheiten von mir wissen, um seine Akte auf den vorgeschriebenen Stand zu bringen. Nachdem er meine Angaben vollständig notiert hatte, berichtete er mir, was der Gerichtsmediziner von der Sache hielt.

»Ihre Mandantin starb durch Strangulation«, sagte er. »Die Strangmarke am Hals ist deutlich sichtbar. Der Gutachter sprach von atypischem Erhängen. Sein vorläufiger Bericht liegt mir vor.«

Er zog eine Akte aus dem Stapel vor ihm auf dem Schreibtisch, nahm ein aus zwei Blättern bestehendes Schriftstück heraus und begann, aus einem Bericht vorzulesen. »Kennzeichnend dafür ist, dass der Betroffene nicht frei in der Schlinge hängt, sondern mit Füßen, Knien, Gesäß oder anderen Körperteilen Bodenkontakt hat. Auch beim atypischen Erhängen wird das um den Hals liegende Strangwerkzeug durch das Gewicht des eigenen Körpers zugezogen und dabei werden die Blutgefäße des Halses komprimiert. Der Tod tritt aber nicht durch Ersticken ein. Bereits nach wenigen Sekunden setzt Bewusstlosigkeit ein, die bei anhaltender Halskompression schnell den Tod herbeiführt. Zum vollständigen Verschluss der Halsschlagadern reicht bereits ein Druck von drei bis vier Kilogramm aus. Um die Halsschlagadern zu komprimieren, genügt also eine Kraft, die weit geringer ist als das eigene Körpergewicht. Das erklärt, warum recht schnell der Tod eintritt, ohne dass der Körper frei hängt.«

»Wieso eigenes Körpergewicht? Wenn sie erdrosselt wurde, sind es doch die Kräfte des Täters, die da wirken.«

»Sie hat sich vermutlich selbst stranguliert.«

»Haben Sie vergessen, dass die Frau mich angerufen hatte, weshalb ich ihr zu Hilfe kam?«

»Was genau hat die Dame denn am Telefon gesagt?«

»Dass sie Hilfe braucht, weil ihr Freund ...« Ich unterbrach mich und überlegte. »Genau genommen, meinte sie nur, dass es Ärger mit einem Freund gab. Und dann sagte sie noch, dass die Polizei ihr nicht helfen könne.«

»Sehen Sie! Sie wollte keine Polizei, weil es gar kein Problem mit einem Freund gegeben hat!«

»Und warum hat sie mich dann angerufen?«

»Es könnte eine Art Hilferuf gewesen sein, Herr Goltz. Denn Hilfe brauchte sie durchaus, nur eben nicht, um vor ihrem Freund beschützt zu werden. Die Gefahr war sie selbst.«

Mir war nicht danach, meine Zweifel zu verbergen. »Wenn ich sie so vor mir sehe, in diesem Hotelzimmer, nackt ...«

»Es ist nicht ungewöhnlich, dass Leute sich ausziehen, bevor sie in den Tod gehen. Manchen scheint das geradezu ein Bedürfnis zu sein.«

»Aber dieser Seidenschal, der um ihren Hals geschlungen war. Kann man sich denn selbst bis zum Tod strangulieren? Geht das überhaupt?«

»Es geht, das heißt: Wenn man denn weiß, wie es geht. Ich würde es dem Erhängen bestimmt vorziehen.«

Er blickte wieder in seinen Bericht. »Erdrosseln geht schnell, wenn man den richtigen Punkt trifft und dadurch eine fast augenblickliche Ohnmacht bewirkt. Aus der einmal zusammengezogenen Schlinge ist wegen der plötzlich eintretenden Bewusstlosigkeit eine Selbstbefreiung kaum mehr möglich.«

Er schwieg und sah mich dabei an, als ob er Zustimmung erwartete.

»Ist das alles?«

»Was soll noch sein?«

»Gibt es Hinweise auf ein Fremdverschulden oder darauf, ob Sex mit im Spiel gewesen ist?«

Warneke blätterte auf die zweite Seite.

»Richtig! Die Flüssigkeitsrückstände an ihrem Oberschenkel deuten auf Sexuelles hin«, sagte er. »Aber das ändert nichts am Ergebnis.«

»Wurden auch Rückstände gefunden, die sich einem Mann zuordnen lassen?«, wollte ich wissen.

Warneke schürzte die Lippen vor. »Dazu äußert sich das Gutachten nicht.«

»Hm, das finde ich merkwürdig, dass sich der Bericht über diesen Punkt ausschweigt. In einem Fall wie diesem müsste der Gutachter das genau untersuchen.«

»Tja«, sagte Warneke, »so ganz Unrecht haben Sie nicht. Aber wahrscheinlich war der Gerichtsmediziner sich nicht sicher. Soviel ich weiß, lässt sich Sperma nur kurze Zeit nachweisen.«

»Man sollte den Gutachter vielleicht fragen.«

Warneke winkte ab. »Selbst wenn man Sperma gefunden hätte, könnte der Verkehr mit einem Mann zeitlich früher gewesen sein und die Frau danach Selbstmord begangen haben, nicht wahr? Wenn, dann hätte sie es freiwillig getan. Von Bedeutung ist, dass keine Anzeichen für Gewaltanwendung gefunden wurden. Es gibt keine Hinweise darauf, dass ein Kampf oder dergleichen stattgefunden hat.« Er schüttelte den Kopf. »Keine Hinweise auf Gewalt. Wenn es kein Suizid gewesen ist, käme allenfalls noch ein Unfall in Betracht. Der Mediziner wollte das nicht ganz ausschließen.«

»Unfall? Wie denn das?«

»Falls sie nur einen Orgasmus herbeiführen wollte, könnte der Seidenschal den Zweck gehabt haben, mittels der zum Sauerstoffmangel führenden Strangulation ihre Empfindungen zu erhöhen, bevor sie ihr Gewicht dann versehentlich in die Schlinge legte.«

»Wie man sich aus Versehen erdrosseln kann, leuchtet mir noch weniger ein als ein Suizid.«

»Das ist doch ganz einfach. Sie könnte wegen der Heftigkeit ihrer Gefühle die Kontrolle verloren haben, oder um sie weiter zu steigern, den Druck unbeabsichtigt so verstärkt haben, dass sie bewusstlos geworden ist. Solche Strangulationsspiele sind eben nicht ungefährlich. Man muss sich schon gut damit auskennen, um sie zu praktizieren, sonst geht leicht etwas schief.«

»Und wenn sich nun herausstellt, dass sie sich gut damit auskannte?«

Warneke zuckte die Achseln. »Auch die besten Artisten sind schon vom Trapez gestürzt.«

Ich zögerte einen Moment, entschloss mich dann aber doch auszusprechen, was mir auf der Zunge lag. »Mal im Ernst, Herr Warneke. Wie soll ich mir das vorstellen? Sie ruft mich an, ich sage zu, dass ich komme, und sie hat nichts Besseres zu tun, als sich auszuziehen, sich einen Schal um den Hals zu legen und sich dann selbst einen Höhepunkt zu verschaffen, weil sie sich mit irgendwas die Zeit vertreiben muss, bis ich erscheine.«

Warneke grinste. »Tja, so sind die Menschen – und es war ja wirklich noch genug Zeit dafür.« Sein Gesicht wurde schnell wieder ernst. »Der Anruf spricht natürlich klar für die Selbstmordthese. Man wird davon ausgehen müssen, dass sie sich ein Hintertürchen offen lassen wollte. Nur hat es eben leider nicht geklappt. Sie sind zu spät gekommen.«

»Wenn kein Fremdverschulden vorliegt, verstehe ich aber nicht, weshalb sie mich angerufen hat. Warum denn gerade mich?«

Warneke zuckte die Achseln. »Nun, Leute, die davor stehen, Selbstmord zu begehen, verhalten sich nicht unbedingt rational, sodass man es nachvollziehen kann.«

»Und der Freund, von dem sie sprach …«

»Irgendwas musste sie am Telefon ja sagen.«

»Haben Sie herausgefunden, ob es einen solchen Freund gibt, mit dem sie sich hätte treffen können?«

»Wir haben den Ehemann befragt, aber der wusste nichts von einem neuen Freund. Seine Frau hätte verschiedene andere Partner gehabt, gab er an, nicht nur Männer, sondern auch Frauen, aber nichts Festes. Wegen ihrer Umtriebigkeit habe er sich von ihr getrennt.«

»Er sich von ihr? Sie selbst hat es mir andersherum geschildert.«

»Ist doch häufig so, oder? Aber wie dem auch sei. Es weiß niemand etwas von einem neuen Freund. Der Ehemann sprach mit Nachdruck von einer Beziehung zu einer Frau. Das schien ihn am meisten zu beschäftigen, aber den Namen der Dame wusste er nicht. Was soll man von diesen Redensarten schon halten! Der Mann hat jedenfalls ein Alibi.«

»Alles andere hätte mich auch überrascht. Aber wenn Alice Resow mit einer Freundin verabredet gewesen wäre, hätte sie am Telefon wahrscheinlich nicht von einem Freund gesprochen.«

»Freund oder Freundin – es war wohl so oder so nur ein Vorwand. Sie hat einfach Pech gehabt, Pech, wenn es ein Unfall war, aber auch Pech, wenn Sie zu spät gekommen sind, um ihren Suizid zu verhindern, obwohl sie es vielleicht halb und halb wollte.«

Eine Zeit lang schwiegen wir beide und hingen unseren unterschiedlichen Gedanken nach, die sich im Bild der toten Alice Resow sicherlich berührten.

»So eine tolle Frau«, murmelte ich. »Sie tut mir wirklich leid.«

Warneke nickte. »Ja, im besten Alter.« Er schüttelte den Kopf. »Schade, wirklich jammerschade«, sagte er, »doch ob Unfall oder Selbstmord – kein Fall für uns! Die Ermittlungen werden eingestellt. Die Akte wird geschlossen.«

Wenn der Tod von Alice Resow kein Mord gewesen war, spielten die weiteren Details allerdings keine Rolle, musste ich mir sagen, wenngleich ich mir wünschte, ich hätte diese Details gekannt.

»Was hatte die geheime Polizei eigentlich mit der Sache zu tun? Wer hat die Leute verständigt? Alice Resow selbst wird es kaum gewesen sein.«

Warnekes Blick verdüsterte sich. »Kein Kommentar!«

Er sah mich mit ernstem Blick an. »Ich empfehle Ihnen sehr, sich nicht weiter mit diesem Todesfall zu beschäftigen, Herr Goltz. So wie es in meiner Akte steht, hat es seine Richtigkeit. Punktum!«

Punktum! Aber Warneke hatte recht. Der Fall war auch für mich erledigt.

Meine Mandantin hatte das Geheimnis ihres Todes mit ins Grab genommen, und es machte keinen Sinn, nach diesem Geheimnis zu suchen. Auch mir blieb daher nichts anderes übrig, als die Akte Alice Resow zu schließen. So dachte ich jedenfalls.

4

Philipp Arnheim hatte ganz recht mit seiner Vermutung, dass ich mich über seine Einladung nicht freute. Ich verspürte keine Neigung, mich mit Menschen einzulassen, die über Leichen gingen, und die mir schon bewiesen hatten, dass sie auch mich auf dem Altar ihrer dubiosen okkulten Interessen opfern würden, wenn ich ihnen im Wege stand.

Für das, was diese Menschen mir angetan hatten, empfand ich Verachtung und Hass. Dieselben Leute, mit denen ich heute Abend mit einem Glas Sekt in der Hand plaudern sollte, hatten dafür gesorgt, dass ich mich in dem Keller, in den sie mich in der Brandnacht verschleppen ließen, bis auf die blanke Haut hatte ausziehen müssen. Dann hatte man mich mit Ketten ans Mauerwerk gefesselt und zwei Tage ohne Nahrung und Wasser darben lassen. Schließlich waren zwei Schergen in der Zelle erschienen und hatten mich nach Strich und Faden zusammengeschlagen. Dass ich keine bleibenden Blessuren davon getragen hatte, war mir noch immer ein Rätsel. Bevor die Folterknechte gingen, hatten sie mir angekündigt, mich in ein paar Stunden abzuholen und an einen Galgen zu hängen. Doch als sie wiederkamen, hatten sie mir meine Kleider vor die Füße geworfen und mich aufgefordert, mich anzuziehen. Kurz darauf hatten sie mich mit dem deutlichen Hinweis in die Oberwelt entlassen, dass ich den Keller kein zweites Mal lebend verlassen würde, sollte mein Verhalten Anlass dazu geben, mich ein weiteres Mal in Schutzhaft nehmen zu müssen.

Von diesen alten Erinnerungen durchdrungen, stand ich vor dem Haus, das der Bankier Arnheim im Tiergarten bewohnte. Es war ein prächtiger, aber auch etwas klotzig wirkender zweistöckiger Bau, dessen untere Fenster ein steinernes Maßwerk besaßen, während die oberen nach französischer Art mit Metallgittern verziert waren. Ein halbes Dutzend flacher Stufen führte zur Eingangstür, über der sich das Vordach auf zwei Steinsäulen stützte, und darunter funkelte im Licht der Eingangsbeleuchtung ein Bronzefries, das mit einem Gewirr arabischer Schriftzeichen versehen war.

Das Tor zu dem Anwesen stand weit geöffnet. Eine Reihe von Autos, zumeist Mercedes-Limousinen, war angerollt und parkte entlang der Straße oder auf dem Grundstück.

Veronika, Arnheims Hausangestellte, die ich bei einem früheren Besuch bereits kennengelernt hatte, öffnete mir die Tür. Sie war ein schönes Mädchen mit guten Anlagen, das nach meinem Dafürhalten in Arnheims Umgebung in die denkbar schlechteste Gesellschaft geraten war.

»Auf Ihr Erscheinen habe ich mich besonders gefreut, Eugen«, sagte sie zart und lächelte kokett.

»Ich bin so froh, dass Sie da sind, Veronika«, erwiderte ich, »ein leuchtender Stern in der Finsternis.«

»Seien Sie vorsichtig mit dem, was Sie sagen, Eugen«, raunte sie mir zu, »in diesem Haus haben sogar die Wände Ohren. Und die Zahl der Lauscher unter den Gästen ist noch größer. Geht es Ihnen wieder gut?«

»Ich bin gesund, mein Körper ist unversehrt, von meiner Seele sprechen wir besser nicht.«

»Passen Sie auf sich auf!«

Sie hatte es kaum geflüstert, da tauchte hinter ihr der Gastgeber auf.

»Herr Goltz, kommen Sie, endlich ist die Familie wieder einmal vollzählig!« Arnheim schüttelte mir kräftig die Hand.

»Wie meinen Sie denn das?«

»Ihre Schwester und Ihr Schwager sind auch unter den Gästen.«

»Na, das ist ja eine gelungene Überraschung«, sagte ich in leichtem Ton, hatte aber Mühe, mein Erschrecken zu verbergen, wobei mein Ärger über die angekündigte Begegnung den Schock durchaus überwog.

Wir gingen zusammen in eine Art Halle, den größten von mehreren ineinander übergehenden Räumen, wo die Leute in Gruppen zusammenstanden, und Arnheim stellte mich einigen seiner Gästen vor.

Es waren dies überwiegend Angehörige derselben konservativen Kamarilla, die immer noch hoffte, Hitler für ihre Zwecke einspannen zu können; Leute, deren langjähriger Traum es gewesen war, dem parlamentarischen System von Weimar den Todesstoß zu versetzen und die linken Parteien zu zerschlagen; national eingestellte Politiker, reiche Industrielle und Armeeoffiziere, die Klientel, der Hitler seinen Aufstieg zur Macht verdankte.

Gestandene Ehefrauen sah man nur wenige. Dafür waren reichlich Nazischicksen anwesend, die meisten recht hübsch und in knie- und schulterfreien Kleidern. Ein Mann wie Arnheim wusste, wie man ein angenehmes Ambiente schuf.

Da es kein Ausweichen vor der Begegnung mit meinen beiden Verwandten geben würde, sagte ich mir, dass ich am besten das unweigerliche Aufeinandertreffen schnell hinter mich brachte. Ich nahm das Sektglas entgegen, das mir ein livrierter Bediensteter reichte, und verließ Arnheims Schatten.

Es war das erste Mal seit jenem schrecklichen Abend im Februar, dass ich in einem der angrenzenden Räume meine Schwester Doris und ihren Gatten Rudolf wiedersah.

Ein normales geschwisterliches Verhältnis existierte zwischen Doris und mir schon lange nicht mehr. Die furchtbaren Geschehnisse der Vergangenheit hatten es zerstört. Ihr Mann war einer meiner schlimmsten Feinde, wenn nicht überhaupt der Schlimmste. Trotzdem hatte ich, was Doris anging, die Hoffnung noch nicht aufgegeben, dass es irgendwo tief drinnen in uns einen letzten Rest von Gemeinsamkeit gab.

Ein finsteres Lächeln lag auf dem markanten Gesicht von Rudolf Mantiss, einem früherem Reichswehroffizier und heutigem Schriftsteller okkulter Romane, als er mich erblickte. Er war nicht nur Schriftsteller, sondern im Nebenberuf der sogenannte ›Pharao‹ oder Vorsitzende der ›Gesellschaft der Brüder und Schwestern vom Licht‹, einer unheimlichen, geheimen Gemeinschaft, die sich hohen, aber zutiefst bösartigen metaphysischen Zielen verschrieben hatte. Ich gehörte zu den wenigen Menschen, die seine bedeutende Stellung in der verborgenen wie auch in der öffentlichen deutschen Gesellschaft überhaupt kannte, und ich wusste, dass, wenn ich über mein Wissen nicht Stillschweigen bewahrte, mich das nicht weniger als das Leben kosten würde.

»Du siehst besser aus, als ich erwartet hatte«, sagte meine katzenhaft schöne, aber etwas hager wirkende Schwester.

»Philipp Arnheim äußerte neulich etwas Ähnliches«, erwiderte ich. »Was hast du gedacht, wie ich aussehe?«

»Als ich einmal von dir träumte, hast du ein Galgengerüst bestiegen und hattest den Körper voller Narben.«

»Mich wundert nicht, dass du solche Sachen träumst«, sagte ich. »Wahrscheinlich plagt dich dein schlechtes Gewissen.«

»Halt dich mit deinen Äußerungen zurück!«, zischte Rudolf Mantiss, mein Schwager. »Dazu hast du nämlich allen Anlass! Du verkennst die wahren Zusammenhänge völlig. Wenn es nach mir gegangen wäre, hätte Doris das nicht nur geträumt. Du hast es ihr zu verdanken, dass du heute hier sein kannst.«

»Du meinst also, wenn es nach dir gegangen wäre, wäre ich längst tot.«

»Vielleicht hast du schon davon gehört, dass es in unserem Land inzwischen ein paar Lager gibt, wo man die Feinde unserer neuen Ordnung konzentriert, um sich ihrer Umerziehung zu widmen. Nach meinem Eindruck wärst auch du dort gut aufgehoben.«

»Halt! Diese Streiterei ist lächerlich«, sagte Doris. »Philipp Arnheim hat uns hier zusammengebracht, damit wir unser Verhältnis auf eine neue Grundlage stellen.«

»Woher nimmt Arnheim die Hoffnung, dass der Versuch gelingen könnte?«, sagte Mantiss. »Ich erinnere mich noch gut an unser letztes Gespräch, bei dem dein Bruder von dir verlangte, du solltest zur Wiederherstellung eurer geschwisterlichen Bande unserer Gesellschaft den Rücken kehren.«

»Die Zeit schreitet voran, Rudi«, lächelte Doris. »Inzwischen ist meinem Bruder sicher klar geworden, dass er sich nicht gegen uns stellen kann, will er nicht Gefahr laufen, an einem der Orte zu stranden, von denen du gerade gesprochen hast.«

Mantiss lächelte böse. »Er ist eben ein Opportunist. Im Moment hat er keine Chance gegen uns und spielt den Harmlosen. Aber bei der erstbesten Gelegenheit würde er uns verraten.«

Doris lächelte ihr Katzenlächeln. »Er kann uns beweisen, dass er noch eine Chance verdient. Deshalb hat er ja die Einladung für den heutigen Abend erhalten.«

Es war Zeit, mal wieder das Wort zu ergreifen. »Was meinst du damit, Doris? Was soll ich beweisen?«

Sie sagte: »Das wird dir Frau von Tryska im Laufe

des Abends noch erklären. Keine Sorge – es wird nichts Unmögliches von dir verlangt.«

Ich fiel fast um. »Frau von Tryska ist auch hier?«

Doris nickte. »Sie kommt gerade, um dich zu begrüßen.«

Als ich mich umdrehte, erblickte ich die korpulente rheinische Fabrikantenwitwe, die mir vor einem Jahr auf der Schiffsreise nach Amerika kaum von der Seite gewichen war. Damals hatte ich sie für eine gewöhnliche Reisebekanntschaft gehalten, eine Plaudertasche, die nach Anschluss suchte, und erst später, als ich längst nach Berlin zurückgekehrt war, hatte ich erfahren, dass auch sie an dem Komplott beteiligt gewesen war, durch das man Florence Arnheim in den Tod getrieben hatte.

»Herr Goltz! Wie lange ist es her, dass wir uns gesehen haben?« Über das ganze Gesicht strahlend ergriff sie meine Hand.

»Es war am 27. Februar dieses Jahres, abends gegen halb sieben. Ich habe es nicht vergessen.«

»Ach, tatsächlich? Na, wenn Sie es sagen, muss es ja stimmen. Ich selbst kann mir Daten so schlecht merken.«

»Es war der Abend, an dem der Reichstag brannte.«

Ihr Lächeln erlosch. »Ja, richtig – der 27. Februar.«

Sie war nicht allein in unsere Runde getreten, sondern hatte jemanden im Schlepptau, dem sie in diesem Moment das Gesicht zuwandte, bevor sie zu ihm sagte: »Herr von Papen, was haben Sie an dem Abend gemacht, an dem der Reichstag brannte? Anders als mir geht es doch den meisten Menschen so, dass sie sich genau erinnern können, was sie an dem Tag taten, an dem sie von einem so bedeutsamen Ereignis erfuhren.«

Ich hatte bereits erkannt, wer ihr Begleiter war. Wer einmal den Mann mit den hochgezogenen Augenbrauen, der leicht vorgebeugten Haltung und dem herablassenden Blick in Natura oder auf Fotos gesehen hatte, dem blieb er unvergesslich. Es war der frühere Reichskanzler und jetzige Vizekanzler Franz von Papen, der heimliche Verschwörer, der die hauptsächliche Verantwortung dafür trug, dass der greise Reichspräsident Hindenburg Ende Januar Adolf Hitler die Kanzlerschaft angetragen hatte.

Frau von Tryska stellte uns dem Politiker vor, von dem man allgemein als dem Herrenreiter sprach, nannte ihm auch unsere Berufe, und für eine Weile bildeten Frau von Tryska, der Vizekanzler Franz von Papen, der Schriftsteller Rudolf Mantiss nebst Gattin Doris, die in der Verwaltung des Charité-Krankenhauses arbeitete, und meine Wenigkeit eine der kleinen illustren Gruppen, die lebhaft plaudernd beieinanderstanden.

»Natürlich erinnere ich mich«, sagte Franz von Papen. »Ich habe an jenem Abend ein Essen zu Ehren des Reichspräsidenten in einem Klub Ecke Voßstraße gegeben. Plötzlich fiel der Lichtschein des riesigen Brandes durch die Fenster. Als wir sie öffneten, sahen Hindenburg und ich die in Schwaden von Rauch und Feuer getauchte Kuppel des Reichstags.«

»So ähnlich haben meine Frau und ich es auch erlebt«, sagte Rudolf Mantiss. »Bei aller Frevelhaftigkeit dieser Tat, für uns war dieses Ereignis das Fanal, dass die nationale Revolution in die entscheidende Phase treten musste.«

»Sie sind Schriftsteller?«, fragte Franz von Papen. »Was für Bücher schreiben Sie?«

»Romane«, sagte Mantiss. »Geschichten aus dem alten Atlantis.«

»Atlantis?«, er kratzte sich den silbernen Hinterkopf. »Ist das nicht eine Insel in der Nähe der Azoren?«

Mantiss zog irritiert die Brauen hoch. »In gewisser Hinsicht haben Sie natürlich recht, Herr Vizekanzler. Die frühere Lage der Insel wird dort vermutet, aber Atlantis existiert schon seit Langem nicht mehr. Es ist vor etwa 10.000 Jahren in einer großen Katastrophe untergegangen.«

»Aha«, sagte von Papen, »also hatte ich doch recht.« Er beugte das Fuchsgesicht ein Stück vor, sodass Mantiss instinktiv zurückwich.

»Ach ja, und was die Revolution angeht«, sagte er, »die Bewegung wird bald zum Stillstand kommen. Irgendwann muss der Aufstand ein Ende haben. Es ist alles geschehen, was notwendig war.«

Er winkte jemandem zu, der irgendwo weiter hinten stand.

»Sie müssen mich entschuldigen, werte Frau von Tryska«, lächelte er seiner Begleiterin zu. »Ich habe eben jemanden gesehen, den ich sofort begrüßen muss.«

Er blickte in die Runde, sah dabei jeden knapp an, berührte wie bei der militärischen Grußabnahme die Stirn und sagte: »Habe die Ehre.« Damit entzog er sich seiner korpulenten Begleiterin und entschwand aus unserem Kreis.

»Dieser Narr«, sagte Mantiss leise, als Franz von Papen außer Hörweite war. »Überall, wo er auftaucht, giert er danach, von der ersten bis zur letzten Minute seines Auftretens an beachtet zu werden.«

»Er hat noch immer nichts begriffen«, meinte Doris. »Er hat Hitler an die Macht gebracht, doch er weiß nicht, dass er seine beste Zeit hinter sich hat. Er hält sich noch immer für unentbehrlich.«

»Wenn er recht hätte, dass die Revolution bereits beendet ist, wäre es höchste Zeit für Hitler, diesen Herrenreiter samt seinen Gäulen in die Wüste zu schicken«, ergänzte Rudolf Mantiss.

»Fränzchen ist nicht so dumm, wie er tut«, sagte Frau

von Tryska nachdenklich. »Es ist ihm aber ganz recht, dass man ihn dafür hält.«

»Wie dem auch sei«, sagte Rudolf Mantiss. »Er ist ein Mann des Übergangs. Ich glaube nicht, dass er in einem Jahr noch Vizekanzler ist. Aber genug von dem adligen Reitersmann. Der Führer wird es schon richten.«

Frau von Tryska nickte und wandte sich zu mir um. »Wir werden uns noch unterhalten müssen, Herr Goltz«, sagte sie und blickte auf die Uhr an ihrem fleischigen Handgelenk. »Philipp Arnheim hat vorgeschlagen, dass wir um zehn Uhr in einem der oberen Räume eine Besprechung abhalten. Ich werde jetzt meinen Rundgang fortsetzen.« Sie nickte mir zu. »Wir beide sehen uns später.«

Ich wartete nicht, bis sie weg war, sondern entfernte mich meinerseits mit einem Kopfnicken aus der in Auflösung begriffenen Runde.

Mit einem Cocktail in der Hand, den mir einer der livrierten Diener reichte, trieb ich durch die versammelte Gästeschar, die sich in der Halle und den angrenzenden Salons tummelte.

Ich versuchte mich zu erinnern, wie es bei meinem letzten Besuch im vergangenen November hier ausgesehen hatte. Es hatte sich manches verändert, besonders das Interieur schien erneuert worden zu sein. Als reicher Bankier hatte Arnheim unter der wirtschaftlichen Krise der Vorjahre nicht zu leiden gehabt, aber im neuen, nach vorn strebenden Deutschland ging es ihm anscheinend noch besser als jemals zuvor.

Ich kam in einen Raum, der offenbar als Musikzimmer diente, denn darin standen vier schöne Maintenon-Sessel, einige zierliche Petit-Point-Sessel und ein kleiner Flügel. Zwischen den Fenstern, in zwei eingebauten Vitrinen, stand altes Porzellan aus China und Meißen, und an den Wänden hingen alte, teure Bilder mit Szenen aus der Vogelwelt.

Nur eine kleine Gruppe hatte sich außer mir in das Zimmer verirrt, und ich wollte mich eben abwenden, um zurück in die Halle zu treten, da fiel mein Blick auf eine Frau, die sich eben aus dem kleinen Grüppchen löste. Sie hielt ein Cocktailglas in der Hand, an dem sie nippte, während sie die gelassene Aufmerksamkeit ihrer Augen mal hier und mal dort für ein paar Sekunden verweilen ließ.

Der Anblick ihrer provozierenden Schönheit versetzte mir einen Stich.

Sie war blond, um die 30, und ihre geraden Schultern, ihre schlanken Arme und auch der reizende Rücken bis zur Hüfte waren nackt. Sie schien das Licht auf ihrer vom Kleid befreiten Haut und die Blicke, die sie anzog, förmlich zu genießen, so sicher war sie sich ihrer ranken, hochbeinigen Schönheit.

Ich weiß nicht, wie lange ich sie ansah, bis sie auf einmal den Kopf zu mir wandte, und an der Art, wie sie lächelte, war zu erkennen, dass sie schon seit Längerem gespürt hatte, dass ich sie betrachtete.

Wie von unsichtbarer Hand gesteuert, ging ich auf sie zu.

»Darf ich mich Ihnen vorstellen?«, sagte ich.

»Sie sind der Rechtsanwalt Goltz, nicht wahr?«, sagte sie und reichte mir die Hand.

»Woher wissen Sie von mir?«

Sie antwortete nicht sofort, sondern warf einen vorsichtigen Blick an mir vorbei in die Richtung, aus der ich gekommen war. »Ich werde es Ihnen später erklären.«

Der golden glänzende Schimmer über den hohen Wangenknochen, die flach anliegende schöne Ohrmuschel, die zwischen den Haaren hervortrat, und die hohe Schädelwölbung darüber erinnerten mich vage an etwas Unbestimmtes, an etwas Elfenhaftes, etwas wie aus grauer Vorzeit, und für einen Augenblick meinte ich, die Verbindung greifen und mit einem Namen benennen zu können, doch dann war sie wieder entflohen, über die Schwelle der Erinnerung weg und verschwunden.

»Es gibt hier einen Garten«, fuhr sie leise fort. »Man erreicht ihn durch die Halle, rechts von der Tür und ein Stück um die Ecke. Ich werde vorausgehen und erwarte Sie in fünf Minuten draußen auf der Terrasse. Sobald Sie dort sind, gehe ich die Treppe in den Garten hinunter. Folgen Sie mir dorthin, und versuchen Sie, es möglichst unauffällig zu tun.«

Was auch immer der Grund dafür war, dass sie diese geheimnisvolle Art des Umgangs mit mir pflegte, es war nicht der Ort und die Zeit, sie nach dem Grund dafür zu fragen.

»Einverstanden«, flüsterte ich.

Sie nahm einen Schluck aus ihrem Glas, stellte es auf eine Anrichte und schritt dann leichtfüßig davon.

Eine Zeit lang betrachtete ich das alte Porzellan in den Vitrinen, dann wandte ich mich langsam in die Richtung, in die sie entschwunden war.

Es war eine überdachte Gartenterrasse, auf die von der Halle ein Ausgang führte. Mehrere Stufen führten hinunter in die frühherbstliche Dunkelheit, die durch das Licht von Gartenlaternen unterbrochen war.

Sie stand am Rande der Treppe, und als sie mich erblickte, ging sie die paar Stufen hinab in den Garten. Vom Terrassengeländer aus sah ich, wie sie behende über den Rasen auf den waldartigen Baumbestand zuschritt, der das Anwesen umgab. Im Licht einer Gartenlaterne blickte sie noch einmal zurück, um sich meiner Aufmerksamkeit zu vergewissern, aber gleich darauf hatte das Dunkel hinter den Bäumen sie verschluckt.

Ein schmaler Weg stieß an den Rasen, der die Bäume und das Buschwerk dahinter teilte, ein Pfad, der eine Schneise in den dunklen Ring aus Büschen und Bäumen schlug, doch ich musste nicht lange gehen, bis es wieder heller wurde, denn ein Licht, das von einer Gartenlaterne kam, schimmerte durch das waldige Dunkel herüber. Der Kandelaber erhob sich am Ende der Baumgruppe inmitten des satten Grüns von dicht gewachsenen Rhododendronbüschen und beleuchtete einen gepflasterten Weg, der entlang der Rückseite eines gemauerten Gartenhäuschens führte.

Sie stand mit dem Rücken zu dem Gemäuer und sah mir entgegen.

»Sie kennen mich«, sagte ich, als ich bei ihr stand. »Aber wer sind Sie?«

Ein unbeschreiblich süßer Duft ging von ihr aus. Ihre seidenzarte Haut, das kniekurze pinkfarbene Kleid – alles an ihr war ein Schimmern und Leuchten, und mit ihrer gesamten Erscheinung schien sie das stolzeste Gewächs in der Pracht des abendlichen Gartens zu sein.

»Ich heiße Leni Ravenov. Ich war eine Freundin von Alice Resow. Philipp Arnheim hat mir von Ihnen erzählt – davon, dass Sie der Anwalt von Alice Resow waren und dass Sie heute Abend hier sein würden.«

Ich fühlte mich irgendwie ertappt, hätte aber nicht sagen können, warum, und auch nicht, woher mein plötzlich aufwallendes schlechtes Gewissen rührte.

»Es tut mir sehr leid, dass Frau Resow gestorben ist«, sagte ich. »Woher kannten Sie Alice Resow?«

»Ich bin Tänzerin an der Scala, so wie Alice es war.«

»Und in welchem Verhältnis stehen Sie zu Herrn Arnheim?«

»Wir kennen uns so lala«, sagte sie ausweichend. »Herr Arnheim kennt viele Tänzerinnen an der Scala. Einige von uns sind heute hier.«

»Aber das Verhältnis von Herrn Arnheim zu Alice Resow war enger als das zu anderen Tänzerinnen, nicht wahr?«

Sie senkte plötzlich den Blick, und auf ihren schönen Armen bildete sich eine Gänsehaut. »Denken Sie das? Nein! Mir ist nicht bekannt, dass er zu ihr eine engere Beziehung unterhielt als etwa zu mir.«

Mein Blick wanderte zu den Bäumen, die noch ihr Laub besaßen und von der Gartenlaterne diffuses Licht empfingen, das die Blätter in grünen und braunen Tönen leuchten ließ.

»Weshalb haben Sie mich hierher geführt?« Ich hatte es vorsichtig gefragt und mir dabei vorgestellt, mittels der Frage die eigene Situation klären zu können, doch im nächsten Augenblick wurde mir bewusst, dass mir mein eigener Tonfall überhaupt nicht gefallen hatte, und ich sah für einen kurzen Moment den Hauch von Enttäuschung, der in ihre violett glänzenden Augen trat.

»Ich habe es für besser gehalten, wenn man uns nicht zusammen sieht, während wir uns unterhalten«, erwiderte sie.

»Wer sollte etwas dagegen haben?«

»Es geht nicht ums Dagegenhaben, sondern ums Davonwissen!«, gab sie zurück. »Ich habe allen Grund, vorsichtig zu sein. Ich befinde mich in einer ähnlichen Lage wie Alice Resow.«

»Ähnlich? Was heißt das? Sind Sie in Gefahr?«

Sie sah vor sich hin, und obwohl sie so schön war, hatte ich plötzlich das Gefühl, dass sie sehr einsam in dieser Welt war.

»›Ähnlich‹ heißt vieles, aber zunächst einmal heißt es auch, dass ich wie Alice von meinem Mann getrennt bin«, sagte sie ausweichend. »Seit mehreren Monaten lebe ich allein. Mein Mann verweigert mir die Besuche bei meiner kleinen Tochter. Kann man dagegen etwas tun?«

Zwar hatte ich das Gefühl, dass die Ähnlichkeiten, an die sie dachte, ganz andere waren, aber es war ihre Sache, wenn sie darüber nicht sprechen wollte, und so ließ ich mich bereitwillig auf das Geplänkel ein.

»Sicher.«

»Freut mich zu hören.«

»Weshalb verweigert der Ehemann Ihnen die Besuche?«

»Als Grund gibt er meine Beziehungen zu anderen Männern an«, sagte sie unbekümmert, und es war etwas ausgesprochen Keckes und Herausforderndes in ihrem Blick, den sie nun unverwandt auf mich gerichtet hielt.

»Und was ist …«, setzte ich an, um an ihre Bemerkung über die Beziehung zu anderen Männern anzuknüpfen, brach aber ab und sagte stattdessen, »… als Mutter haben Sie natürlich das Recht, Ihre Tochter zu sehen, ganz egal, was Ihr Ehemann davon hält.«

»Können Sie mir helfen, dieses Recht durchzusetzen?«

»Gewiss. Das ist kein Problem. Ich benötige nur ein paar Angaben, um Ihrem Mann einen Brief zu schreiben. Verweigert er Ihnen weiterhin den Besuch Ihres Kindes, klage ich Ihnen das Besuchsrecht ein. Kommen Sie an einem der nächsten Tage in meine Kanzlei.«

Sie nickte, wandte dann den Blick in Richtung der Bäume und sah nachdenklich in den Herbsthimmel hinauf.

»Muss ich unbedingt kommen? Reicht es nicht aus, wenn ich Ihnen alle Angaben gleich hier auf ein Blatt Papier schreibe?«

»Im Prinzip, ja.«

Sie lächelte, als sie mich wieder ansah. »Sie sind ein gut aussehender Mann«, sagte sie. »Sind Sie verheiratet?«

»Schon lange nicht mehr.«

»Anderweitig gebunden?«

»Nein.«

Einige Momente lang blieb ich still. Es war ein vergleichsweise milder Herbsttag gewesen, aber zu dieser Abendstunde war es doch recht kühl.

»Ist Ihnen nicht kalt?«, fragte ich mit Blick auf ihr ziemlich stoffarmes Kleid.

»Nein, überhaupt nicht.«

»Das Kleid steht Ihnen außerordentlich gut.«

Sie lächelte, und obwohl es ein recht abgedroschenes Kompliment gewesen war, schien sie sich ehrlich darüber zu freuen.

Sie betrachtete mich aufmerksam. »Ein wenig abweisend sind Sie aber schon, nicht wahr?«

»Finden Sie wirklich?« Ihre direkte Art zu fragen hatte mich eher überrascht, und wahrscheinlich schaute ich sie für kurze Zeit etwas konsterniert an. »Sie mögen aber recht haben. Ich war nicht immer so, doch seit einiger Zeit kann ich einfach niemandem mehr trauen. Das Misstrauen hat sich in mich eingegraben. Tut mir leid, denn zu Ihnen wollte ich gewiss nicht abweisend sein. Sie sind eine wunderschöne Frau.«

Das Lächeln teilte sich ihren Augen mit.

»Dann haben wir ja Glück«, flüsterte sie.

Fasziniert betrachtete ich ihr schönes Gesicht mit den metallblauen Augen, der fein geschnittenen, wie aus Marmor gemeißelten Nase und dem sinnlichen Mund, und ich wusste, dass es nun an mir war, in deutlicher Form die Initiative zu ergreifen.

»Sie wollen nicht mehr zu Ihrem Mann zurück?«, fragte ich.

»Auf keinen Fall.«

Das Licht der Gartenlampe spielte mit den Schatten auf ihren zarten Armen, und als ich in ihre Augen sah, zog es mich unwiderstehlich zu ihr hin und ich erfasste ihre blanken Oberarme. Als hätte sie das schon erwartet umarmte sie mich leidenschaftlich und presste dabei den Unterleib mit festem Druck an den meinen.

»Ich habe eine andere Idee«, sagte sie. »Nicht ich komme zu Ihnen, sondern Sie kommen zu mir – aber nicht heute Nacht, sondern an einem der nächsten Abende.«

»Nichts lieber als das.«

Sie nannte mir ihre Adresse. »Kommen Sie am Sonnabend um acht Uhr. Einverstanden?«

»Einverstanden.«

»Dann gehe ich jetzt auf die Party zurück«, sagte sie, stieß sich fast heftig von mir ab, drehte sich fort und schritt in Richtung der Villa davon.

Als ich selbst in das Haus zurückgekehrt war und mich in der Halle umschaute, kam Philipp Arnheim auf mich zu.

»Kommen Sie – wir müssen über etwas sprechen.«

Ich folgte ihm über die gewundene Treppe in das obere Geschoss, wo Frau von Tryska uns in einem kleinen Salon erwartete.

Wir setzten uns um einen runden Tisch, auf dem Gläser und eine geöffnete Sektflasche standen.

»Gegenwärtig ist allenthalben in der Presse und sogar im Rundfunk von diesem Reichstagsbrandprozess die Rede«, begann Arnheim die Unterredung, nachdem er die Gläser mit Sekt gefüllt hatte, »– dem Prozess gegen ›van der Lubbe und Genossen‹. Aber es gibt Leute, vor allem im Ausland, die behaupten, dass wir Nationalsozialisten die Brandstifter gewesen sind.« Er schaute mich erwartungsvoll an.

»Es ist mir nicht verborgen geblieben, dass manche Leute das denken«, entgegnete ich vorsichtig.

»Wie sehen Sie denn die Sache – waren es die Nazis oder waren es die Kommunisten, die da gezündelt haben?«

»Vielleicht war es der Holländer ganz allein!«, sagte ich, damit die dritte Möglichkeit nicht unerwähnt blieb, auch wenn ich selbst, nach allem, was ich später in der Presse gelesen und in jener Nacht selbst beobachtet hatte, nicht an diese Alternative glaubte.

»Halten Sie das ernstlich für möglich?«, schaltete sich Frau von Tryska ein.

»Möglich ja, wenn auch nicht sehr wahrscheinlich. Aber warum stellen Sie mir eigentlich diese Fragen?«

»Weil Sie dabei waren, als der Reichstag brannte.«

»Ich habe nicht gesehen, wer den Reichstag angezündet hat, falls Sie das meinen.«

»Sie waren aber in der Nähe, als es passierte. Wen haben Sie denn gesehen, während man Sie in den Reichstag brachte?«

Man hatte mich in der Brandnacht tatsächlich in den Reichstag verbracht, natürlich gegen meinen Willen.

An dem Abend, kurz bevor es zu brennen begann, hatte ich mich gegen neun Uhr auf dem Weg zum Anhalter Bahnhof befunden, den ich über einen kurzen Abstecher in meine Wohnung erreichen wollte. Hinter mir lag ein erschreckendes Gespräch mit meiner Schwester Doris und ihrem Mann Rudolf, sodass ich für meine Umgebung kaum Augen und Ohren gehabt hatte. Erst der Anblick des flackernden Feuerscheins hinter den Fenstern des Reichstags hatte mich abrupt aus meiner Lethargie gerissen. Plötzlich war ein betrunkener Portier, verfolgt von Polizisten, an meiner Seite aufgetaucht. Unter Letzteren hatte ich zu meinem Entsetzen ›Rattengesicht‹ und seinen tumben Freund wiedererkannt, zwei alte Bekannte, mit denen mich die Erinnerung an ein sehr unangenehmes Erlebnis am Landwehrkanal verband, und die nicht gezögert hatten, mich erneut zusammenzuschlagen und zum Verhör in das brennende Gebäude zu verschleppen.

»Ich habe nur van der Lubbe gesehen – und das auch nur für einen kleinen Moment, dann wurde er schon fortgebracht, zur Brandenburger Tor-Wache, wie ich später hörte.«

»Haben Sie noch andere Leute gesehen?«, fragte sie.

Ich antwortete nicht.

»Angenommen, Sie müssten vor dem Reichsgericht als Zeuge aussagen«, hakte sie nach, »und einer Ihrer Kollegen – einer der Strafverteidiger – würde Sie fragen, wen Sie noch im Gebäude gesehen haben – was würden Sie antworten?«

»Bisher hat mich keiner der Ermittler nach meiner Meinung gefragt, und ich lege auch keinen großen Wert darauf, dass es noch geschieht.«

»Und wenn doch?«

Mir war klar, dass ich jetzt höllisch aufpassen musste. »Ein paar Feuerwehrleute, ein paar Polizisten, das war alles.«

»Kennen Sie Herrn Diels, den Chef der geheimen Polizei?«, fragte Arnheim.

»Hat sich mir noch nicht vorgestellt.«

»Wenn Sie jemand fragen sollte, ob Sie ihn im Reichstag gesehen haben ...«, fragte Frau von Tryska.

»... müsste ich die Frage verneinen«, gab ich zurück.

»Wie spät war es, als man Sie in den Reichstag brachte?«, fragte die Fabrikantenwitwe.

»Viertel nach neun, halb zehn. Ich habe nicht auf die Uhr gesehen.«

»Haben Sie den preußischen Ministerpräsidenten gesehen?«

»Göring? Ja, den sah ich auch.«

»Wann?«

»Später, als man mich wieder nach draußen brachte.«

»Er war in Begleitung des Reichskanzlers, nicht wahr?«

»Ja.«

»Vorher aber, als man Sie ins Gebäude brachte, haben Sie Göring nicht gesehen?«

»Wie ich in der Zeitung las, kam er doch erst gegen Viertel vor zehn dort an.«

»Egal, was in der Zeitung steht. Sie haben ihn also nicht früher gesehen?«

»Nein.«

»Kommen wir mal zu den Personen, die Sie in den Reichstag brachten«, sagte Frau von Tryska. »Wer waren diese Leute?«

»Wissen Sie das nicht besser als ich?«

»Ich habe Sie gefragt.«

»Die Namen dieser Herren sind mir nicht bekannt.«

»Trugen die Herren Uniformen?«

»Ja.«

»Was für Uniformen?«

»Polizeiuniformen.«

»Sind Sie sicher?«

»Ich habe es so in Erinnerung.«

»Sie trugen also keine SA-Uniformen mit weißer Armbinde?«

»Natürlich war es dunkel, und wenn man angegriffen wird, achtet man auf alles Mögliche, aber auf solche Dinge nicht so genau.«

»Sie wollen sich nicht so gern festlegen, oder?«

»Ich weiß es wirklich nicht besser.«

»Sie könnten sich geirrt haben. Es war ja dunkel. Es werden SA-Uniformen gewesen sein.«

Am liebsten hätte ich sie gefragt, ob sie auch vor Ort gewesen war, aber ich verkniff es mir. »Möglich wäre es schon.«

Philipp Arnheim trat ein paar Schritte auf mich zu.

»Ich möchte Ihnen einen allgemeinen Rat geben«, sagte er und schürzte die Lippen.

»Und der wäre?«

»Ich empfehle Ihnen, dass Sie über alles, was Sie gesehen haben – und auch darüber, was Sie nicht gesehen haben – und vor allem über Ihre anderweitigen Erlebnisse in der Nacht des Reichstagsbrandes und in den folgenden Tagen, genauso wie Sie es bisher taten, strengstes Stillschweigen bewahren, und zwar gegenüber jedermann.«

Arnheim befürchtete offenbar, ich könnte die beiden Hilfspolizisten, die mich in die Mangel genommen hatten, namhaft machen und dadurch der These, dass nicht die Kommunisten, sondern die Nazis van der Lubbe beim Anzünden des Reichstags geholfen hatten, mehr Gewicht verleihen.

»Und was ist, wenn man mich dazu vernimmt?«

Arnheim beugte sich ein Stück vor. »Man wird Sie nicht als Zeugen vorladen, denn Ihr Name ist gar nicht aktenkundig geworden. Aus demselben Grund werden Sie sicher keine Ladung zu dem Prozess erhalten. Mein Rat – oder nennen Sie es ruhig: meine Warnung – bezog sich allein darauf, dass Sie nicht selbst die Initiative ergreifen und sich mit irgendwelchen Eingaben an die Prozessbeteiligten, insbesondere an beteiligte Staatsanwälte oder Rechtsanwälte, wenden.«

»Solches wäre auch deshalb unsinnig, weil Sie ja nichts zu diesem Prozess beitragen können«, ergriff Frau von Tryska wieder das Wort. »Sie mögen vielleicht insgeheim denken, Sie hätten Brandstifter gesehen, als Ihre beiden speziellen Freunde, die Hilfspolizisten, Sie vor dem Reichstag aufgegriffen haben, doch dem war nicht so: Sie haben Hilfspolizisten, aber keine Mittäter gesehen.«

»Wie ich schon sagte – ich kenne die beiden Uniformierten gar nicht. Sie können auch zur regulären Polizei gehört haben, die gerade an den Tatort kam.«

»Ich weiß nicht, wann genau die reguläre Polizei vor

dem Gebäude eingetroffen ist«, sagte Frau von Tryska. »Der Reichstag ist groß. Es lässt sich vielleicht auch nicht alles mit letzter Sicherheit feststellen, wann das geschah. Nur, was ich sagen wollte, gleichgültig, ob Ihre beiden speziellen Freunde der Hilfspolizei oder der regulären Polizei angehörten – Brandstifter waren sie nicht!«

Für wie blöde hielt mich diese Frau! Aber meinetwegen! Dann waren die Strolche eben zufällig vor Ort gewesen, genauso zufällig wie ich.

»Ich verstehe«, sagte ich.

»Das glaube ich nicht«, erwiderte Frau von Tryska. »Die beiden Personen waren nämlich schon hinter Ihnen her, als Sie kurz zuvor Ihre Schwester verließen. – Sie waren Ihnen von ihrer Wohnung gefolgt, und anlässlich des Brandes sahen sie eine Gelegenheit, Sie an Ihrem Fortkommen, richtiger gesagt, an Ihrer Flucht, zu hindern.«

Eine Zeit lang starrte ich sie stumm an.

»Wenn Sie meinen, dass es so war, meinetwegen, aber mal im Ernst: Wieso sollten mir denn die beiden vor der Wohnung meiner Schwester aufgelauert haben? Es ist ausgeschlossen, dass sie mir auf den Fersen waren, als ich die Wohnung von Doris verließ. Woher hätten sie wissen sollen, dass ich mich dort aufhielt?«

»Ihr Schwager, der ›Pharao‹, hat sie angerufen, während Sie noch oben in der Wohnung waren.«

Einige Augenblicke lang war ich überrascht. Bisher war ich der festen Überzeugung gewesen, dass die beiden Strolche, die mich in der Brandnacht überfallen hatten, aus dem Reichstag gekommen waren, als sie mich entdeckten. Aber war das wirklich sicher? War es vielleicht doch kein Zufall, dass ich den beiden begegnet war? Aber wer war dann der Kommissar gewesen, der mich im Reichstagsgebäude vernommen hatte? Etwa auch so ein Hilfspolizist, der mit den anderen beiden unter einer

Decke gesteckt hatte? Frau von Tryska schien zu erraten, was ich dachte.

»Es sollte in Ihrem eigenen Interesse liegen, die Zusammenhänge nicht zu tiefschürfend zu ergründen«, sagte sie. »Bleiben Sie bei dem, was ich Ihnen sagte: Sie haben außer van der Lubbe keinen Brandstifter gesehen.«

»Wenn Sie sagen, dass die beiden mit dem Feuer nichts zu tun hatten, bin ich beruhigt. Ich habe kein Interesse, als Zeuge mit den Ermittlungsbehörden oder dem Reichsgericht zu tun zu bekommen. Meine Erinnerungen sind alles in allem sehr dunkel. Der Prozess vor dem Reichsgericht interessiert mich zwar, aber nicht als Zeuge, sondern höchstens als Zuschauer.«

Wäre ich Zeuge im Prozess und einer der Verteidiger der Angeklagten würde mich fragen, ob ich sicher angeben könnte, dass die beiden Strolche aus dem Reichstagsgebäude gekommen waren, so hätte ich die Frage schon nicht mehr ohne Einschränkungen zu bejahen vermocht. Falls Frau von Tryska mit ihrer Darstellung beabsichtigt hatte, meine Erinnerung zu verwirren, so hatte sie bis zu einem gewissen Grad bereits Erfolg damit gehabt.

»Was das Zuschauen angeht, könnte ich Ihnen vielleicht sogar helfen«, sagte Frau von Tryska. »Der Prozess vor dem Reichsgericht wurde vor ein paar Tagen von Leipzig nach Berlin verlegt, und ich habe Zuschauerkarten erhalten, die ich gar nicht nutzen kann. Ich werde nämlich in dringenden Familienangelegenheiten in meiner Heimat erwartet und muss Berlin für eine Weile verlassen.«

Es lag mir auf der Zunge zu sagen, dass ich leider keine Zeit hätte, meine Tage als Zuschauer im Gerichtssaal zu verbringen, doch einer plötzlichen Eingebung folgend sagte ich mir, dass es sinnvoll sein könnte, mir einen unmittelbaren Eindruck von der Gerichtsverhandlung und den daran Beteiligten zu verschaffen. Es konnte mir nur nützen, wenn ich möglichst viel über die Hintergründe des Brandes erfuhr, und einen Prozess vor Ort mitzuverfolgen konnte mir Informationen verschaffen, die zu erlangen auf anderen Wegen ganz unmöglich war.

»Wenn Sie Karten übrig haben, nehme ich die gern«, sagte ich deshalb.

»Bilden Sie sich ruhig einen unmittelbaren Eindruck von dem Prozessgeschehen«, erklärte Frau von Tryska. »Sie werden feststellen, dass dieser Prozess nach den Grundsätzen eines Rechtsstaates geführt wird und dass man auch ohne Ihre Aussage zu einem gerechten Urteil kommen wird. Ich lasse Ihnen die Karten morgen in Ihre Kanzlei bringen.«

Arnheims Augen musterten mich nachdenklich.

»Gut, Herr Goltz, Sie wissen jetzt, was von Ihnen erwartet wird. Halten Sie sich an die Vorgaben! Andernfalls wissen Sie, was passiert.« Er hob sein Sektglas und trank es leer. »Das war's. Ich muss mich um meine Gäste kümmern.«

Etwas später begleitete ich Frau von Tryska nach unten, wo ich sie anderen Gästen überließ. Die Tänzerin Leni Ravenov war nirgendwo zu sehen, und da ich der Meinung war, meinen gesellschaftlichen Verpflichtungen hinreichend genügt zu haben, beschloss ich, dass es auch für mich Zeit war, diese Veranstaltung zu verlassen.

5

Nicht weniger dunkel als meine eigene Erinnerung an die Brandnacht war das allgemeine Wissen darüber, was in der Nacht vom 27. auf den 28. Februar 1933 im Reichstag und um das Reichstagsgebäude herum geschehen war, und das galt selbst für die Zeit zwischen 21 und 22 Uhr, in der das Feuer ausgebrochen und entdeckt worden war.

Wenn man den Presse- und Rundfunkberichten anlässlich des Prozessgeschehens um den Reichstagsbrand glauben wollte, war der Holländer Marinus van der Lubbe um 21.03 Uhr ausgerüstet mit Kohleanzündern der Marke ›Fleißige Hausfrau‹ auf der Westseite des Reichstagsgebäudes rechts der großen Auffahrt an der mit breiten Fugen versehenen Mauer des Erdgeschosses hinaufgeklettert und nach Überwindung der Brüstung auf den Balkon vor dem ersten Fenster der Restaurationsräume ins Hauptgeschoss gelangt. Dort hatte er die dicken Spiegelglasscheiben des Fensters eingetreten, und war, nachdem er einen der Kohleanzünder angesteckt hatte, mit dem lodernden Feuerbrand in der Hand in den Restaurationsraum eingestiegen, wo er den Brandsatz auf den hinter der Theke stehenden Holztisch geworfen hatte. Mit einem zweiten Paket Kohleanzünder hatte er verschiedene Vorhänge an den Fenstern in Brand gesetzt, und nachdem er Mantel, Jackett, Weste und Oberhemd ausgezogen hatte, war er mit dem angezündeten Hemd in der Hand durch mehrere Räume des Reichstages gelaufen, um andere brennbare Gegenstände anzustecken. Im Plenarsaal hatte er die Wand- und Fenstervorhänge angezündet und mit einem abgerissenen brennenden Stück Vorhang weitere Brandherde gelegt. Nachdem er im Südumgang des Plenarsaals mit dem Rest des brennenden Vorhangs ein Ledersofa in

Brand gesetzt hatte, war er in den Bismarcksaal gegangen und hatte dort auf seine Verhaftung gewartet.

Um 21.21 Uhr hatten der Polizeileutnant Lateit, der Polizeiwachtmeister Losigkeit und der Hausinspektor Scranowitz in den Plenarsaal gesehen und einen Feuerschein bemerkt, der von dem Präsidentenpult auf der gegenüberliegenden Seite ausging und der, wie sie dann erkannten, von Brandherden herrührte, die den Anblick einer flammenden Orgel boten. Der Feuerwehrmann Klotz hatte um 21.24 Uhr die Tür zum Plenarsaal geöffnet. Eine außerordentliche Hitze schlug ihm entgegen. Zugleich hatte er einen starken Luftzug wahrgenommen, der aus dem Inneren des Plenarsaals zu ihm herausströmte. Der Saal selbst lag in diesem Augenblick weitgehend im Dunkeln und war ganz mit dichtem, undurchsichtigem Qualm angefüllt, sodass Klotz irgendwelche Einzelheiten im Saal nicht hatte erkennen können. Durch den dichten Nebel hindurch bemerkte er auf einer Empore an der Nordostecke des Saals einen Feuerschein, woraufhin er den Eindruck gewann, dass es in dem Plenarsaal in seiner ganzen Breite schwelen musste, und zwar schon seit längerer Zeit, nach seiner Erfahrung sicherlich mehr als eine halbe Stunde. Da Klotz bei dieser Sachlage befürchten musste, dass infolge des Sauerstoffzutritts durch die von ihm geöffnete Tür eine Stichflamme zu ihm herausschlagen könnte, hatte er die Tür sofort wieder zugemacht und war in die Wandelhalle zurückgeeilt, um den anderen Feuerwehrleuten zu helfen, die Schläuche heranzubringen. Um 21.27 Uhr wurde von der Feuerwehr das erste Wasser aus dem Schlauch abgegeben, und in diesem Augenblick ging der Plenarsaal plötzlich zur Gänze in Flammen auf. Als Klotz erneut versuchte, in den Saal einzudringen, sah er, dass dieser in voller Ausdehnung in Flammen stand.

Der Prozess um den Reichstagsbrand, den man im allgemeinen Sprachgebrauch gegen ›van der Lubbe und Genossen‹ führte, hatte am 21. September vor dem 4. Strafsenat des Leipziger Reichsgerichts begonnen. Van der Lubbes angebliche ›Genossen‹, das waren die in Berlin unter falschen Namen lebenden Exilbulgaren Georgi Dimitroff, bis Januar 1933 Leiter des Westeuropäischen Büros des Exekutivkomitees der Kommunistischen Internationale, Blagoj Popoff und Vasil Taneff sowie der kommunistische Fraktionsvorsitzende Ernst Torgler, der als letzter Abgeordneter den Reichstag vor dem Brand verlassen hatte. In Leipzig hatte man alles daran gesetzt, die Thesen des in London veröffentlichten Braunbuchs, SA-Männer hätten den Reichstag angesteckt, als absurd erscheinen zu lassen. Es half aber nichts: Man musste den Tatort in Augenschein nehmen. Die Verhandlung wurde deshalb im Reichstagsgebäude in Berlin fortgesetzt, und zwar im Saal des Haushaltsausschusses, dem mit fast 400 Quadratmetern zweitgrößten Raum im Gebäude, der den Brand unversehrt überstanden hatte und nur wenige Meter vom ausgebrannten Plenarsaal entfernt lag. Es war der 20. Verhandlungstag des Prozesses, an dem ich mich zum ersten Mal als Zuschauer in diesem Gerichtssaal einfand.

Der Saal war mit Kiefernholz getäfelt und lag im ersten Obergeschoss über dem Kaiserportal auf der Ostseite des Gebäudes. Von dort blickte man aus drei großen Fenstern auf das Reichstagspräsidentenpalais. An der Stirnwand des Raumes hingen drei große Gemälde des Münchner Sezessionisten Angelo Jank, unter anderem ›Kaiser Wilhelm I. reitet nach der Schlacht von Sedan über das Schlachtfeld‹. Davor war die Richterbank aufgestellt, und hinter den Köpfen der Richter hingen an Tafeln große Grundrisse des Reichstags.

Ich war frühzeitig erschienen, und die Zuschauerreihen hatten sich erst allmählich gefüllt. Da sich der Beginn der Verhandlung verzögerte, trat ich noch einmal in den Gang hinaus. Dort sah ich mich unerwartet dem Architekten Richard Koenen gegenüber, einem guten Mandanten, den ich in der Zeit meiner Sozietät mit meinem vormaligen Partner Johannes Haller kennengelernt hatte und der einer von den wenigen Mandanten war, die mir nach meinem beruflichen Abstieg aus der Gemeinschaftskanzlei in Berlin-Mitte die Treue gehalten hatten.

»Herr Goltz, was für eine Überraschung«, sagte Richard Koenen. »Ich dachte, die Zuhörerkarten gehen nur an gestandene Nationalsozialisten.«

Wir reichten einander die Hand.

»Sie sind doch auch keiner, oder?«, fragte ich.

Er lächelte, wobei in seinem Mund zwei erstklassige Kronen sichtbar wurden, aber der Rest seiner geraden weißen Zähne schien gesund zu sein.

»Ich habe meine Beziehungen spielen lassen, die ich nun mal zu den genannten Kreisen habe«, sagte er.

Koenen war ein gut aussehender Mann mit vollem aschblondem Haar, leuchtend blauen Augen und einem Gesichtsausdruck, der Entschlossenheit verriet. Er war in den späten Vierzigern und von kräftiger, aber schlanker Gestalt; ein Mann, der gut in Form war und so aussah, als ob er regelmäßig zum Tennisspielen ging. Als Architekt und Baurat hatte er sein Geld mit der Errichtung von Jugendstilvillen im Grunewald verdient.

Ich hatte Richard Koenen schon in einer ganzen Reihe von Rechtsstreitigkeiten vertreten, zumeist waren es Bausachen, in denen ich für ihn tätig war. Aber vor allem dadurch, dass ich bei seiner Scheidung vor ein paar Jahren bei Gericht hatte durchsetzen können, dass er seiner Frau wegen ihrer Beziehung zu einem anderen Mann keine

Alimente zu zahlen brauchte, hatte ich einen stets dankbaren Mandanten in ihm gewonnen.

»Ich habe auch so ein paar Beziehungen«, erwiderte ich. »Würde mich gar nicht wundern, wenn nur die wenigsten unter den Zuschauern Nationalsozialisten wären.«

Koenen nickte. »Ist ja meistens so.« Er senkte die Stimme, als er hinzufügte: »Wie ich hörte, wissen Sie besser über den Reichstagsbrand Bescheid als andere Leute.«

»Wer sagt das?«

»Hat Haller mir erzählt. Ich hatte neulich wegen eines Notariatsgeschäfts mit ihm zu tun.«

»Hat er Einzelheiten genannt?«

»Na ja«, sagte er und blickte sich vorsichtig um, als befürchte er, man könne uns belauschen. Es war allerdings niemand in der Nähe. »Er meinte, Sie seien in der Brandnacht verhaftet worden.«

»Das stimmt. Man hat mich zwei Tage lang in einem Keller festgehalten.«

Er schüttelte mit gespieltem oder auch echtem Entsetzen den Kopf. »Und weshalb?«

Ich zuckte die Achseln. »Wie sagt man so schön: Ich war zur falschen Zeit am falschen Ort.«

Die geheimen Gründe meiner Verhaftung behielt ich für mich. Das hatte ich mir fest vorgenommen, denn wirklich trauen konnte man heute praktisch niemandem mehr.

»Wir leben in herrlichen Zeiten«, sagte Richard Koenen und schüttelte noch einmal das markante römische Profil. »Unglaublich, was alles so passiert. Man hört ja so manches. Und die Verhaftung hatte mit dem Brand zu tun?«

»Man hat nach kommunistischen Brandstiftern gesucht, offenbar sehe ich wie so jemand aus.«

Koenen kniff die Augen zusammen. »Nicht zu fassen!

Aber den Torgler haben sie ja auch verhaftet, obwohl der nicht so aussieht, als ob er Brände legt.«

»Wenigstens ist er Kommunist.«

Koenen nickte. »Und jetzt sind Sie hier, weil Sie erfahren wollen, wie es wirklich gewesen ist, nehme ich an?«

»Das ist einer der Gründe.«

»Ob das Gericht wohl die Wahrheit herausfindet? Viel Hoffnung habe ich ja nicht.«

»Wir werden sehen. Und Sie? Weshalb tun Sie sich diese Veranstaltung an?«

»Berufliche Neugier«, gab Koenen zurück. »Hauptsächlich interessieren mich die Aussagen der Brandsachverständigen. Als Baurat bin ich gelegentlich mit Brandursachen befasst, und man muss auch die Zeugenaussagen kennen, um sich ein vollständiges und zutreffendes Bild machen zu können.«

»Wann werden die Sachverständigen vernommen?«

»Am kommenden Montag«, sagte er. »Aber ich sehe gerade, dass der Graf Helldorf angekommen ist, einer der wichtigsten Hintergrundzeugen. Wir müssen uns sputen. Sonst beginnt die Veranstaltung ohne uns.«

Wir fanden in der letzten Reihe nebeneinander liegende Plätze, gerade noch rechtzeitig, bevor das Schauspiel vor dem Strafsenat begann.

»Der Gerichtsvorsitzende ist nicht besonders clever«, raunte Koenen mir zu. »Die Kunst des Fragens ist seine Sache nicht. Er scheint oft überfordert. Da haben sie den Richtigen für diesen Prozess gefunden.«

Die Angeklagten wurden in den Gerichtssaal geführt. Die drei kommunistischen Angeklagten kamen aufrechten Hauptes, der Angeklagte van der Lubbe mit gesenktem Kopf daher. Die Verteidiger und die Staatsanwälte saßen bereits auf ihren Plätzen. Als letztes kamen die Richter herein, und alle Anwesenden erhoben sich.

Der Vorsitzende des 4. Strafsenats, auf den Koenen anspielte, war der Senatspräsident Dr.jur.h.c. Wilhelm Bünger. Dieser war in den Jahren 1929 und 1930 einige Monate lang Ministerpräsident in Sachsen gewesen, bis man ihn auf den Posten eines Senatspräsidenten beim Leipziger Reichsgericht weggelobt hatte. So kam der Mann zu der zweifelhaften Ehre, den Prozess um den Reichstagsbrand leiten zu dürfen. Er war in den Sechzigern, hatte eine Glatze und war von gedrungener Gestalt. Als Beisitzer fungierten die Senatsmitglieder und Reichsgerichtsräte Hermann Coenders, Dr. Walter Froelich und Dr. Emil Lersch, außerdem zwei Landgerichtsdirektoren als Ergänzungsrichter.

Die Anklage vertraten Oberreichsanwalt Dr. Karl August Werner, der auch die Ermittlungen gegen die Angeklagten geleitet hatte, und als sein Stellvertreter der Landgerichtsdirektor Dr. Heinrich Parrisius.

Zu den fünf Angeklagten gehörten drei Rechtsanwälte: Dr. Phillipp Seuffert, der den Angeklagten van der Lubbe vertrat, Dr. Hermann Teichert, der die drei Bulgaren verteidigte, und der bekannte nationalsozialistische Verteidiger Dr. Alfons Sack, der die Vertretung des kommunistischen Reichstagsabgeordneten Torgler übernommen hatte.

Von den Angeklagten hinterließ von Anfang an der Holländer Marinus van der Lubbe den nachhaltigsten Eindruck. Völlig apathisch, mit aufgedunsenem Gesicht und tief gesenktem Kopf saß er auf seinem Platz. In der Zeitung hatte ich gelesen, dass er bereits zu Beginn der Hauptverhandlung einen physisch zermürbten Eindruck gemacht hatte, dass er, wenn er überhaupt einmal sprach, es mit leiser Stimme tat und dass er manchmal gänzlich unmotiviert kicherte. Sein heutiges Aussehen stand in krassem Gegensatz zu seinem Erscheinungsbild unmittelbar nach seiner Festnahme. Die von van der Lubbe durch die Polizei gefertigten Fotos hatten einen keineswegs depressiv oder apathisch wirkenden jungen Mann gezeigt, und auch bei den Vernehmungen, die unmittelbar auf seine Festnahme folgten, war er lebhaft und sehr gesprächig aufgetreten.

Das Bild, das Marinus van der Lubbe im Prozess abgab, unterschied sich geradezu diametral von dem des Grafen Helldorf, der inzwischen den Zeugenstand gegenüber der Richterbank betreten hatte. Dieser Zeuge war in der Auslandspresse und hinter vorgehaltener Hand als einer der Haupttäter der Brandstiftung bezichtigt worden. Es kursierte das Gerücht, die SA sei unter seiner Führung durch den unterirdischen Gang, der den Reichstag mit dem Reichspräsidentenpalais verband, in das Gebäude eingedrungen und habe das Feuer gelegt.

Helldorf war ein attraktiver, aber etwas verschlagen aussehender Mann, der dem inneren Kreis der SA-Führung angehörte und seit März dieses Jahres das Amt des Polizeipräsidenten in Potsdam bekleidete. Zum Zeitpunkt des Reichstagsbrandes war er Führer der SA-Gruppe Berlin-Brandenburg gewesen. Er galt als ein Abenteurer und Landsknecht übelster Sorte und hatte als Organisator antijüdischer Tumulte von sich reden gemacht; ein Mann, der zur Leichtfertigkeit und Verschwendungssucht neigte, was aber nichts daran änderte, dass er in seiner ganzen Art nicht unsympathisch auf seine Umgebung wirkte.

Bünger, der Senatsvorsitzende, nahm die Vereidigung des Zeugen vor und machte diesem deutlich, was man von ihm wissen wollte. Graf Helldorf sollte gegenüber der im Ausland gegen ihn erhobenen Beschuldigung sein Alibi für die Zeit vor und während der Brandstiftung, also für den Nachmittag und Abend des 27. Februar, vorbringen.

»Ich glaube, es wird das Beste sein, wenn ich meine Beschäftigung an diesem Tage beschreibe, soweit sie für die

Stunden des Reichstagsbrandes infrage kommt«, begann Graf Helldorf. »Also: ich habe bis etwa um sieben Uhr abends in meinem Büro gearbeitet und bin dann, etwa zwischen sieben und halb acht, zum Abendessen gefahren. In meiner Begleitung befand sich der damalige Stabsführer der Gruppe Berlin-Brandenburg, Professor von Arnim. Während des Essens kam im Geschäftszimmer der SA-Gruppe ein Telefongespräch mit der Information herein, dass im Reichstag ein Brand ausgebrochen sei. Es muss so ungefähr gegen halb neun gewesen sein nach meiner Erinnerung.«

»Halb neun?«, wiederholte der Präsident, dessen Vollglatze markant mit seiner schwarzen Richterrobe kontrastierte.

»Ja, ungefähr.«

»Da war aber der Brand im Reichstag noch gar nicht ausgebrochen.«

»Nun, halb neun bis neun Uhr, so genau kann ich das nicht mehr sagen.«

»Darf ich wissen, wo Sie Abendbrot aßen?«, fragte Bünger den Grafen Helldorf.

»In einem Restaurant in der Rankestraße 26«, antwortete Helldorf. »Klinger heißt das Restaurant.«

»Und da bekamen Sie die Nachricht von dem Brand?«

»Eine telefonische Information von der Gruppe. Wann es genau war, kann ich nicht mehr sagen, aber nach meiner Erinnerung ungefähr gegen neun Uhr.«

»Eine telefonische Nachricht?«

»Eine telefonische Nachricht, jawohl. Es war uns vorher schon aufgefallen, dass dauernd Feuerwehrautos durch die Straßen fuhren. Gegenüber diesem Restaurant ist nämlich ein Feuerwehrdepot. Es klingelte häufig, und ständig fuhren Wagen heraus. Wir machten uns deshalb gegenseitig darauf aufmerksam, dass da wohl irgendwo ein größerer Brand ausgebrochen sein müsse. Nachdem ich vom Brand im Reichstagsgebäude erfahren hatte, bat ich daraufhin Herrn von Arnim, sich sofort an Ort und Stelle zu begeben und mich für den Fall, dass ich am Reichstag gebraucht würde, unverzüglich in meiner Wohnung in der Nürnberger Straße anzurufen. Ich bin dann sofort nach Hause gegangen, wo ich so gegen zehn Uhr die Nachricht von Herrn von Arnim bekommen habe, dass meine Anwesenheit im Reichstag nicht erforderlich sei. Er sei mit dem Auto um das Gebäude herumgefahren, dieses sei aber abgesperrt gewesen. Gegen elf Uhr abends bin ich in die Hedemannstraße gefahren, wo sich meine Büroräume befinden, und habe dort mit den Unterführern der SA Berlin noch eine Besprechung abgehalten, an der der jetzige Gruppenführer Ernst und der Oberführer Bretzel teilnahmen, und in deren Verlauf auch der Reichstagsbrand erörtert wurde. Auf meine Anordnung hin wurde dann am nächsten Morgen eine ganze Reihe von kommunistischen Funktionären und SPD-Funktionären verhaftet. Das ist alles, was ich dazu zu sagen habe.«

»Also darf ich noch einmal wiederholen«, sagte der Präsident. »Bis sieben Uhr abends waren Sie in Ihrem Büro. In der Zeit zwischen sieben und halb acht sind Sie zum Abendessen gegangen in ein Lokal in der Rankestraße 26, und zwar zusammen mit Herrn Professor von Arnim.«

»Jawohl!«

»Dann haben Sie telefonisch die Nachricht bekommen, dass der Reichstag brennt, und Sie sagen, Sie hätten bereits aufgrund der wegfahrenden Feuerwehrautos – gegenüber sei ein Depot gewesen – geschlossen, dass irgendwo ein größerer Brand ausgebrochen sein musste: Nun haben Sie also das Ausrücken weiterer Feuerwehrfahrzeuge selbstverständlich auf den Reichstagsbrand bezogen. Sie haben dann Herrn von Arnim beauftragt, er solle dahinfahren und Ihnen Nachricht geben, wenn es notwendig wäre, dass Sie kämen.«

»Jawohl!«

»Er hat daraufhin telefoniert, und zwar war das gegen zehn Uhr, dass Sie nicht zu kommen brauchen.«

»Jawohl!«

»Dann haben Sie nachher um elf Uhr noch eine Besprechung mit den Unterführern gehabt.«

»Jawohl!«

»Der Einstieg van der Lubbes in das Gebäude fand erst 21.07 Uhr oder aber 21.03 Uhr beziehungsweise 21.04 Uhr statt. Genau lässt es sich nicht mehr feststellen, aber das ist ungefähr die Zeit gewesen. Es müsste also so gewesen sein, dass dieses Telefongespräch Sie nach 21.04 Uhr oder 21.07 Uhr, jedenfalls nach dieser Zeit, erreichte. Ist es bald danach gewesen? Können Sie sich erinnern?«

»Das kann ich nicht sagen.«

»21.15 Uhr etwa?«

»Ich weiß nur, dass ich etwa 21.11 Uhr in der Wohnung war und den telefonischen Anruf von Herrn von Arnim ungefähr um zehn Uhr bekam. Der Weg von dem Restaurant Klinger bis in meine Wohnung dauert drei Minuten.«

»Drei Minuten nur?«

»Ja. Es ist schon möglich, dass es um diese Zeit gewesen ist.«

Wer nur ein wenig mit den Presse- und Rundfunkberichten über den Brandbeginn vertraut war, musste merken, dass die Aussage Graf Helldorfs nicht stimmen konnte. Wie konnte er zwischen halb neun und neun Uhr eine telefonische Nachricht über den Reichstagsbrand bekommen haben, wenn dieser nicht vor ca. 21.05 Uhr ausgebrochen und der erste Alarm bei der Feuerwehr um 21.14 Uhr eingegangen war?

Doch was tat der Gerichtspräsident? Statt den Widerspruch zum Anlass für nachprüfende Fragen zu nehmen, versuchte er, Graf Helldorfs Aussage durch Vorschlag eines späteren Zeitpunkts in Übereinstimmung mit den festgestellten Fakten zu bringen. Nun konnte aber selbst der vom Präsidenten vorgeschlagene Ablauf unmöglich richtig sein, denn dann hätte der Anruf den Grafen Helldorf im Lokal nur eine Minute später als die Feuerwehr erreicht haben müssen, und dies über den Umweg seines Gruppenbüros. Indem Graf Helldorf schließlich erklärt hatte, um 21.11 Uhr bereits in seiner drei Minuten vom Lokal entfernten Wohnung gewesen zu sein, hatte er sich noch tiefer in einen Widerspruch verwickelt, denn dann hätte der Anruf aus dem Gruppenbüro mit der Brandmeldung im Restaurant noch vor dem Einstieg van der Lubbes erfolgt sein müssen.

Das Ganze war hanebüchen und umso erstaunlicher, weil es so offensichtlich geschah, dass es jedem Zuschauer, der mit nur etwas Aufmerksamkeit der Verhandlung folgte, geradezu ins Auge springen musste.

Dr. Sack, der Verteidiger des kommunistischen Reichstagsabgeordneten Torgler, erhob sich von seinem Platz. Sack war mir als ein glühender Nationalsozialist bekannt, aber zugleich war er einer der fähigsten Strafverteidiger, die das Land besaß.

»Ich habe Sie nicht ganz richtig verstanden, Graf Helldorf. Zeitpunkt des Telefongesprächs war, als Sie das Ausrücken der Feuerwehr schräg gegenüber dem Lokal bemerkten. War nun das Telefongespräch, das Ihnen den Reichstagsbrand meldete, kurz bevor die Feuerwehr aus dem Depot ausrückte oder kurz nachher?«

»Das Ausrücken der Feuerwehr war von uns schon eine

ganze Weile beobachtet worden«, antwortete Graf Helldorf, »und dann kam das Telefongespräch.«

Dr. Sack blickte zur Richterbank. »Herr Präsident«, sagte er, »darf ich Sie bitten, aus Reichstag Band I Blatt 62 die Feststellung zu treffen, wann die Ranke-Wache – das ist der Zug 9 unter dem Brandmeister Thies – ausgerückt ist.«

»Welche Wache ist das?«

»Unter den auf Blatt 62 unter dem 10. Alarm aufgeführten Zügen ist der Zug 9 der letzte«, erwiderte Dr. Sack. »Dahinter steht in Klammern: Ranke, Brandmeister Thies. Es ist die sogenannte Ranke-Wache. Sie liegt dem Lokal schräg gegenüber.«

»Ja, hier findet sich die Meldung«, sagte der Präsident, nachdem er eine Weile geblättert hatte. »›Um 21.32 ausgerückt der Zug 9 Ranke, Brandmeister Thies.‹«

Ich überlegte, aus wie vielen Wagen ein Feuerwehrzug bestand. Sicherlich waren das nicht mehr als vier oder fünf Feuerwehrautos. Ein solcher Feuerwehrzug benötigte kaum mehr als 30 Sekunden, um die Feuerwache zu verlassen. Aber hatte Graf Helldorf nicht zuvor erklärt, dass dauernd Feuerwehrautos durch die Straßen und aus dem gegenüber dem Restaurant gelegenen Feuerwehrdepot herausgefahren waren? Wie sollte jedoch ein einziger Feuerwehrzug die von ihm beschriebene Geräuschkulisse erklären? Das war schlicht ausgeschlossen.

Eigentlich wäre zu erwarten gewesen, dass die Prozessbeteiligten, insbesondere der Oberreichsanwalt, der Sache nachgingen und dem Zeugen Vorhalte machten, um die Widersprüche zu beleuchten, aber nichts dergleichen geschah. Auf der Bank der Ankläger regte sich nichts. Vielmehr hüllte man sich dort in ein unbeteiligtes Schweigen, und auch auf der Richterbank schien niemand Interesse daran zu haben, den Dingen auf den Grund zu gehen.

Für Bünger, den Senatspräsidenten, schien die Sache, ohne dass er sich, wie es seine Aufgabe gewesen wäre, näher mit ihr befasst hatte, schon erledigt zu sein. Er nutzte das mangelnde Interesse der Beteiligten an einer näheren Durchleuchtung von Helldorfs Aussage umgehend dazu, sich einem ganz anderen Komplex zuzuwenden, einem Vorgang, der Teil der Geschichte dieses Prozesses war, nämlich dem ungewöhnlichen Verhalten des angeklagten Holländers.

»Van der Lubbe!«, rief er dem völlig unbeteiligten Angeklagten zu, der nach wie vor apathisch auf der Anklagebank saß. »Jetzt sehen Sie mal den Zeugen an, der neben Ihnen steht. Drehen Sie mal den Kopf zu ihm rüber in Richtung der Fenster!«

Van der Lubbe reagierte auf den Zuruf nicht.

»Nehmen Sie mal den Kopf hoch! Nehmen Sie ihn mal hoch, los! Sehen Sie sich den Herrn Zeugen an! Sehen Sie ihm mal ins Gesicht.«

Van der Lubbe zeigte sich völlig unbeeindruckt.

»Sehen Sie mal den Herrn an, ob Sie ihn kennen«, versuchte es auch van der Lubbes Verteidiger Seuffert, mit dem der Angeklagte während des gesamten bisherigen Prozesses angeblich noch kein Wort gesprochen hatte, »ob Sie ihn je gesehen haben.«

Der Dolmetscher übersetzte ins Holländische.

»Kennen Sie den Zeugen, der Ihnen gegenübersteht?«, wiederholte Präsident Bünger. »Haben Sie ihn schon einmal gesehen? Nehmen Sie mal den Kopf hoch!«

Van der Lubbe zeigte erste, aber noch ganz schwache Anzeichen einer Reaktion.

»Vorwärts! Noch etwas höher!«, fuhr der Präsident fort.

Der Dolmetscher wiederholte die Worte in holländischer Sprache.

»Sehen Sie mal dem Zeugen ins Gesicht! Haben Sie Angst vor ihm? Oder warum gucken Sie ihn nicht an? Man muss doch einen anderen Menschen ansehen, van der Lubbe!«

Der Dolmetscher und der Verteidiger Seuffert bemühten sich um den Angeklagten, konnten aber nichts bei ihm ausrichten.

»Ich will es nochmals versuchen«, sagte der Präsident. »Lubbe, heben Sie den Kopf!«, rief er mit lauter Stimme. »Eben haben Sie doch schon angefangen. Jetzt sehen Sie dem Zeugen mal ins Gesicht! Vorwärts!«

Es führte zu nichts und der Präsident schüttelte resigniert den Kopf. »Herr Verteidiger, reden Sie ihm noch mal zu! Ich sehe mich außerstande, ihn zum Mitmachen zu bewegen.«

Seuffert bemühte sich erneut.

»Er tut es nicht!« Der Anwalt machte gleichwohl weiter und verlegte sich aufs Bitten. »Sehen Sie ihn doch einmal an! Sie behaupten doch, Sie haben es allein gemacht! Da können Sie es doch gleich zu diesem Zweck feststellen, ob Sie ihn kennen oder nicht.«

Drei Minuten vergingen mit Zureden, aber van der Lubbe blieb in seinem Desinteresse konsequent.

»Mensch, nimm doch deinen Schädel hoch!«, gellte da plötzlich eine Stimme durch den Saal. »Los! So! So! Siehst du wohl! Es geht doch!«

Zur Überraschung aller Anwesenden hatte van der Lubbe in diesem Moment tatsächlich den Kopf gehoben und wirkte jetzt sogar sehr aufmerksam.

Es war die Stimme des Grafen Helldorf, die den Angeklagten angefahren und seine überraschende Reaktion hervorgebracht hatte.

»Nun sehen Sie mal den Zeugen an«, setzte der Senatspräsident sogleich nach, »kennen Sie den Herrn?«

Der Angeklagte van der Lubbe sah den Zeugen Helldorf an und sagte klar und deutlich: »Nein!«

»Also, er kennt ihn nicht«, konstatierte der Präsident, und seine Stimme hörte sich an, als sei er über das Gehörte erleichtert. »Nun behalten Sie mal Ihren Kopf so schön hoch wie jetzt!«, fügte er hinzu. »Sie können sich wieder hinsetzen.«

Helldorfs Erfolg machte Eindruck. Die Zuschauer tuschelten. Hatte seine Kommandostimme Erinnerungen in dem Angeklagten wachgerufen? Hatte er die Stimme seines Herrn und Meisters wiedererkannt? War der Zuruf des SA-Führers, der den Brandeinsatz befehligt hatte, zu ihm durch den Nebel durchgedrungen?

»Sind noch Fragen an den Zeugen?«, ließ sich der Präsident vernehmen.

Dr. Sack, der Verteidiger des kommunistischen Reichstagsabgeordneten Torgler, meldete sich.

»Graf Helldorf! Wie Sie wissen, brodelt die Gerüchteküche, nachdem in London dieses Braunbuch veröffentlicht worden ist. Eines dieser Gerüchte betrifft den Hellseher Hanussen. Es wird behauptet, er habe am Abend vor dem Feuer, also dem 26. Februar, in einer Hellseher-Sitzung, bei der Sie zugegen gewesen sein sollen, den Brand des Reichstags vorausgesagt. Mir ist von mehreren Personen, die an dem Abend teilnahmen, versichert worden, Hanussen habe so etwas nicht geäußert. Trotzdem auch an Sie die Frage: Hat Hanussen in dieser Sitzung gesagt: ›Ich sehe ein großes Haus brennen?‹«

»Diese Frage kann ich mit Nein beantworten. Hanussen hat einmal nur ganz undeutlich und ohne auf Einzelheiten einzugehen von einem Feuerschein gesprochen. Daran erinnere ich mich. Aber eine Äußerung, so wie Sie sie erwähnt haben, ist nicht gefallen.«

Noch so eine merkwürdige Frage. Ich wunderte mich

über das Verhalten von Sack, denn so konnte man als Anwalt unmöglich fragen. Indem er erwähnt hatte, dass andere Personen eine solche Äußerung Hanussens bereits in Abrede gestellt hatten, war Helldorfs Antwort praktisch vorgegeben worden. Welche Strategie verfolgte Sack? Er war bekanntermaßen kein schlechter Anwalt. Auch wenn er ein glühender Anhänger des Nationalsozialismus sein mochte, so nahm er es doch mit seiner Stellung als Verteidiger eines Angeklagten recht genau, und er war bestimmt niemand, der sich in dieser Hinsicht freiwillig etwas zu Schulden kommen ließ. So hatte ich bisher jedenfalls geglaubt, aber möglicherweise hatte ich mich ja geirrt.

»Wenn niemand mehr Fragen hat, sind Sie nun als Zeuge entlassen, Graf Helldorf«, sagte der Präsident.

Nichts regte sich. Weder das Gericht noch einen der anderen Prozessbeteiligten schien die mögliche Mittäterschaft des Magiers Hanussen zu interessieren. Keiner von ihnen unternahm etwas, um die Rolle, die er bei dem Brandgeschehen gespielt haben könnte, näher zu beleuchten, als hätte jeder der Beteiligten Angst davor, mit dem Feuer zu spielen und Dinge ans Licht zu befördern, die man im Verborgenen besser aufgehoben wähnte. Darin schienen sich Gericht, Anklage und Verteidigung seltsam einig zu sein. Es war eine absurde Situation.

Graf Helldorf verabschiedete sich und verließ festen Schrittes den Verhandlungssaal.

Im Anschluss an den Grafen wurden Helldorfs Begleiter Arnim und der Wirt des Lokals, in dem Helldorf sein Abendbrot eingenommen hatte, als Zeugen angehört, aber neue Erkenntnisse ergaben sich aufgrund deren Aussagen nicht.

»Mit seinen Angaben hat sich Graf Helldorf in krasse Widersprüche zu den vom Gericht ermittelten Fakten begeben«, sagte Richard Koenen, als wir später zusammen die große Treppe ins Erdgeschoss hinuntergingen. »Hatten Sie diesen Eindruck nicht auch?«

»Es wurde ziemlich deutlich, dass Helldorf für die Tatzeit kein Alibi hat.«

»Glauben Sie, dass er an der Brandstiftung beteiligt war?«

»Die Position, die er innehatte, macht es unwahrscheinlich, dass ein SA-Kommando ohne sein Wissen eine solche Operation durchgeführt hat.«

Koenen nickte. »Ich werde aus all dem nicht schlau. Es ist ein seltsamer Prozess. Die Anklage gegen die Kommunisten steht auf mehr als tönernen Füßen. Es ist erstaunlich, dass sie überhaupt auf der Anklagebank sitzen. Der Staatsanwalt hat nicht das Geringste gegen Torgler und die Bulgaren in der Hand.«

Wir verließen den Reichstag durch das östliche Portal, überquerten die ehemalige Friedrich-Ebert-Straße, die bezeichnenderweise in diesem Jahr in Hermann-Göring-Straße umbenannt worden war, und gingen weiter durch das Brandenburger Tor zum Pariser Platz.

Die Gegend, die hier begann, war vor noch nicht langer Zeit so etwas wie meine alte Heimat gewesen, doch nach meinen Erlebnissen im Februar und März mied ich die Straßen von Berlin-Mitte, so gut es eben ging.

»Die Tatsache, dass Graf Helldorf ein wackeliges Alibi hat, beweist natürlich nicht, dass er oder die SA den Brand gelegt haben«, sagte ich. »Ich frage mich, ob nicht doch van der Lubbe ein Einzeltäter gewesen sein könnte?«

»Da die Kommunisten als Täter ausscheiden, wäre dies die einzige noch denkbare Alternative«, sagte Richard Koenen. »Ob diese Möglichkeit ernsthaft in Betracht kommt, wird aber erst aufgrund der Aussagen der Sachverständigen zuverlässig beurteilt werden können.«

»Wenn er kein Alleintäter gewesen sein kann, folgt daraus fast zwingend, dass die SA ihm geholfen hat.«

»Das sehe ich auch so.«

»Van der Lubbe behauptet, dass er es allein war. Wenn er es aber in Wahrheit nicht war, würde er sich dann nicht helfen lassen, indem er sich als das Opfer zu erkennen gibt, das er in den Händen anderer Leute geworden ist?«

»Wenn van der Lubbe Mittäter hatte, ist es durchaus denkbar, dass er sie überhaupt nicht kennt«, meinte Koenen. »Seine Hintermänner haben ihn in eine Falle gelockt. Außerdem ist er nicht Herr seiner Sinne! Wahrscheinlich steht er unter dem Einfluss von Hypnose.«

»Hypnose? Wer hat ihn denn hypnotisiert?«

»Man munkelt, es sei der Magier Hanussen gewesen.«

»Der ist doch seit Ende März tot!«

»Ja, und im Februar hat er van der Lubbe hypnotisiert.«

Ich blieb einen Augenblick stehen. »Wollen Sie damit sagen, dass er van der Lubbe im Februar durch Hypnose dazu gebracht hat, im Reichstag zu zündeln?«

»So habe ich es gehört!«

Wir gingen weiter. »Aber die Hypnose kann doch nicht über Monate hinweg wirksam sein«, wandte ich ein. »Zumal van der Lubbe in den Wochen nach seiner Festnahme einen völlig normalen Eindruck gemacht hat.«

Koenen zuckte die Achseln. »Irgendwie scheint es den Leuten jedenfalls zu gelingen, Lubbes verwirrten Zustand aufrechtzuerhalten oder ihn regelmäßig zu erneuern. Wahrscheinlich wird er täglich aufs Neue hypnotisch behandelt.«

»Was ist mit Hanussen?«, fragte ich. »Was spielte er für eine Rolle? Wenn er van der Lubbe hypnotisiert hat, müsste er einer der Mittäter gewesen sein. Stand er nicht mit der SA in Verbindung?«

»Er war ein Freund des Grafen Helldorf. Wahrscheinlich war er in das Vorhaben eingeweiht und hat bei der Sache mitgemacht, und das sogar, obwohl er Jude ist. Aber anstatt den Mund zu halten, ist er ein Opfer seiner Eitelkeit geworden und hat, um seine hellseherischen Fähigkeiten unter Beweis zu stellen, am Tag vor dem Reichstagsbrand das Feuer vorausgesagt. Helldorf war bei dieser Séance zugegen, was er auch nicht abgestritten hat, aber alles andere war natürlich gelogen. Doch die Richter haben ihm nur zu gern geglaubt, dass Hanussen lediglich von einem Feuerschein gesprochen hat. Keiner von ihnen hat nachgefragt oder wollte den genauen Wortlaut von Hanussens Äußerungen wissen. Dabei ahnt sicher jeder, dass man Hanussen umgebracht hat, weil man sich vor seiner eitlen Geschwätzigkeit fürchtete.«

»Die Unfähigkeit dieses Gerichts, den Prozess ordentlich zu führen, ist offensichtlich. Dass man Aussagen von Zeugen nicht hinterfragt, ist das eine, aber das kenne ich auch aus anderen Verfahren; doch wie mit dem Hauptangeklagten umgegangen wird, ist schlicht skandalös. Der Mann ist ohne Frage verhandlungsunfähig. Hat sich der medizinische Sachverständige in der Verhandlung eigentlich mal zu dem psychischen Zustand van der Lubbes geäußert?«

»Die Psychiater haben nur erklärt, dass van der Lubbe nicht geisteskrank ist«, sagte Koenen.

»Halten sie ihn denn für verhandlungsfähig?«

Koenen zuckte mit den Achseln. »Sie weigern sich einfach, seine Verhandlungsunfähigkeit festzustellen. Ich würde wetten, dass sie gar keine medizinischen Untersuchungen über eine Beeinflussung durch Hypnose oder auch eine mögliche Vergiftung mit Drogen angestellt haben.«

»Sie trauen sich nicht, ihre Pflicht zu tun. Aber warum sollten sie auch; die Staatsanwälte tun es nicht, die Verteidiger tun es nicht, und die Richter erst recht nicht.«

Koenen lachte. »Ich kann nachvollziehen, dass Sie als Jurist über das Verhalten der Prozessbeteiligten verärgert sind, aber auf der anderen Seite verhalten sich diese Leute doch konsequent. Man kann van der Lubbe sowieso nicht helfen. Denken Sie nur an dieses neue Gesetz, das sogenannte ›Lex van der Lubbe‹!«

Koenen meinte das ›Gesetz über die Verhängung und den Vollzug der Todesstrafe‹ von Ende März dieses Jahres, das nach dem Reichstagsbrand eigens deshalb verabschiedet worden war, um den angeklagten mutmaßlichen Täter van der Lubbe mit der Todesstrafe aburteilen zu können. Dies war unter absichtlicher Missachtung des Prinzips, dass eine Strafe nicht rückwirkend eingeführt werden durfte, geschehen. Einer der wichtigsten Grundsätze eines fairen Strafverfahrens wurde damit in eklatanter Weise verletzt. Hehre Prinzipien hatte die neue Regierung ansonsten recht viele, aber ein Grundsatz wie ›Keine Strafe ohne Gesetz‹ war ihr anscheinend vollkommen egal.

»Er ist der Sündenbock, nicht wahr? So oder so!«

»Ja, er ist der Sündenbock. Er hat keine Chance.«

»Was werden sie mit van der Lubbe machen?«

Koenen machte eine Handbewegung von der einen Seite seines Halses zur anderen und sagte: »Das Todesurteil steht bereits fest. Gnade wird es für ihn keine geben.«

6

Das hoch aufragende Gebäude, das am nördlichen Ufer des Landwehrkanals lag, hatte eine weiß schimmernde Fassade, und den Eingang versperrte eine mit Metallbeschlägen versehene Eichentür. Auf kräftigen Druck gab die Türklinke nach, und ich stand in einer Eingangshalle aus rotem Granit, in der es trotz der Lampen fast düster war.

Marmorne Treppenstufen führten um das schmiedeeiserne Gitterkleid eines Fahrstuhlschachtes herum, dessen Streben im Licht matt schimmerten. Ich schob die Gitterstäbe beiseite und fuhr durch das stille Gebäude hinauf in den sechsten Stock, wo ich am Ende des Flurs eine Wohnung erreichte, deren Tür offen stand. Von einem ausgespannten Fächer an der Wand gegenüber der Tür blickte ein goldener Buddha, der über einem leuchtend roten Meer vor dem Hintergrund der untergehenden Sonne auf der Kuppel eines Berges saß, auf mich herab. Das wissende Lächeln auf seinem Gesicht schien der großzügigen Nachsicht über die zahlreichen Irrwege Ausdruck zu verleihen, die es auf dem Pfade der Selbsterkenntnis gab.

Leni Ravenov stand im Rahmen einer Tür auf der rechten Seite des quadratischen Eingangsbereichs. Unter dem welligen blonden Haar leuchteten ihre tiefblauen Augen. Die matte Glut ihrer Haut, die zarte Färbung ihrer Wangen, der sanfte Schwung des Ohrs, als sie das knapp kinnlange Haar zurückwarf, wirkten mit bezauberndem Schrecken auf mich ein, und ich dachte, dass sie eine der schönsten Frauen sei, die mir jemals begegnet waren. Sie kam einen Schritt auf mich zu, und wir begrüßten uns mit einer knappen Umarmung.

Das Wohnzimmer lag am Ende des Flurs um eine Ecke

herum, und ich erblickte hinter den Fenstern das Flimmern der nächtlichen Stadt, das aus den Straßen hoch emporstieg und sich weithin verstreute. Der Parkettfußboden im Raum war mit teuren Teppichen belegt, und an der linken Wand erstreckte sich ein weitläufiges Schrankregal, in dessen Mitte sich ein Spiegel befand, der von zwei schlanken Glasvitrinen eingerahmt wurde. Vor dem Regal stand eine grüne Ledergarnitur und links von der Tür ein kreisrunder Esstisch aus massivem Holz, hinter dem ein großer Spiegel einen wesentlichen Teil der Stirnwand einnahm.

Die Wohnung war gut geheizt.

»Sie haben ein nettes Zuhause«, sagte ich.

»Das Haus gehört meinem Mann. Er hat es geerbt und mir diese Wohnung zur Verfügung gestellt. Bisher hat er keine Miete von mir verlangt.«

Wir setzten uns an den Tisch, und Leni gab mir ein Blatt Papier, auf dem sie alles aufgeschrieben hatte, was ich für mein Schreiben an ihren Ehemann wegen des Besuchsrechts mit ihrer Tochter brauchte.

»Gut, das reicht«, sagte ich, nachdem ich sämtliche Anmerkungen überflogen hatte, faltete dann das Blatt zusammen und steckte es in meine Jacke.

Leni holte eine Weinflasche und zwei Kristallgläser aus der Vitrine, schenkte den Wein in die Gläser, hob das ihre und prostete mir zu.

»Warum haben Sie sich von Ihrem Mann getrennt?«

Über den Rand ihres Glases hinweg betrachtete sie mich.

»Ich? I wo! Er hat sich von mir getrennt!«

»Wie kann sich ein Mann von einer so schönen Frau trennen?«

»Ich deutete es neulich schon an – er wirft mir meine Untreue vor.«

»Er hat also recht?«

»Ich bin ihm zwar nicht treu, doch er hat nicht das Recht, mir deswegen einen Vorwurf zu machen«, gab sie zur Antwort. »Ich habe nie ein Geheimnis daraus gemacht, dass ich nicht die Verpflichtung fühle, einem einzelnen Menschen in geschlechtlicher Hinsicht treu zu sein. Allerdings kommt er mit meiner Einstellung seit einiger Zeit nicht mehr zurecht. Er glaubte wohl, mich ändern zu können. Und nun, da er merkt, dass es ihm nicht gelingt, sieht er in mir den Sexteufel, der ihn durch seine Untreue quält.«

»Wenn Sie diese Einstellung haben – warum haben Sie mich dann bei unserer ersten Begegnung gefragt, ob es jemanden gibt, dem ich selbst die Treue halten müsste – als würde das für Sie eine Rolle spielen?«

»Es macht vieles leichter, die Dinge direkt anzusprechen«, sagte sie mit einem Lächeln. »Ich habe wohl gespürt, dass Sie in Ihren Ansichten denen meines Mannes nicht unähnlich sind. Mir lag daran, Ihnen eine Tür zu öffnen.«

»Danke für die Einladung«, sagte ich und nahm einen Schluck Wein.

»Es gibt mehrere Gründe, weshalb ich wünschte, dass Sie mich besuchen«, erklärte sie.

»Über Ihre kleine Tochter haben wir ja bereits gesprochen«, sagte ich. »Welche Gründe gibt es noch?«

Aufmerksam sah sie mich an. »Ich habe gehört, dass Sie derjenige gewesen sind, der Alice Resow gefunden hat.«

»Das ist richtig.«

»Würden Sie mir schildern, was Sie gesehen haben, als Sie das Hotelzimmer betraten, in dem Alice kurz zuvor gestorben war?«

»Was wollen Sie wissen? Fragen Sie am besten, egal, was es ist.«

Sie zögerte, betrachtete mich aber weiterhin sehr aufmerksam.

»War Alice nackt?«

»Ja, allerdings.«

»Was war noch?«

»Um ihren Hals war ein Seidenschal geknüpft, dessen Enden an einem Heizkörper befestigt waren, neben dem sie saß.«

»Was dachten Sie über die Ursache ihres Todes?«

»Für mich sah es aus, als hätte sie jemand mit dem Seidenschal, der um ihren Hals gezerrt war, erdrosselt.«

»Denken Sie das immer noch?«

»Da die Enden des Schals an einem Heizkörper befestigt waren und Anzeichen für äußere Gewaltanwendung fehlen, kann man, wie es der Staatsanwalt tut, die Ansicht vertreten, sie hätte sich selbst erdrosselt. Aber ich bin mir nicht sicher, ob der Täter es nicht doch nachträglich so eingerichtet haben könnte, dass es wie ein Selbstmord aussieht.«

»Haben Sie die Kleidung von Alice gesehen?«

Ich überlegte. »Ihre Kleider lagen auf dem Bett.«

»Sah es denn so aus, als sei Alice gegen ihren Willen entkleidet worden?«

»Nein, aber es ist trotzdem möglich, dass jemand zugegen war, als sie starb.«

»Um ihr zuzusehen, wie sie sich selbst erdrosselte?«

»Sogar das ist denkbar.«

»Noch eine ganz andere Frage, die Ihnen vielleicht merkwürdig erscheint, aber ich muss sie Ihnen einfach stellen: Hatten Sie den Eindruck, dass Alice vor ihrem Tod mit jemandem intim gewesen ist?«

»Der Staatsanwalt schloss aufgrund des Sachverständigengutachtens die Möglichkeit nicht aus, dass sie vor ihrem Tod tatsächlich Sex hatte.«

»Aber was war Ihr eigener Eindruck?«

Etwas Gespanntes war plötzlich in ihrem Blick, als hinge Wichtiges von meiner Antwort ab.

»Durch ihren Telefonanruf wusste ich, dass sie mit ihrem Freund zusammen war. Und da sie nackt war – nun«, ich hielt kurz inne, »ja, ich hatte auch diesen Eindruck, aber ich kann nicht wirklich erklären, woher er rührte.«

Sie schaute mich prüfend an. »Überlegen Sie mal.«

»Was denken Sie denn selbst? War Alice allein, als sie starb, oder war jemand zugegen? Als ihre Freundin haben Sie doch sicher eine Meinung! Hatte sie Ärger mit ihrem neuen Freund?«

Sie wandte in einer behutsamen Bewegung den Blick von mir ab; sie wirkte sehr nachdenklich.

»Ich weiß nichts von einem neuen Freund. Wenn, dann muss er sehr neu gewesen sein.«

»Weshalb sollte sich Alice Resow umgebracht haben?«

Ihr Gesicht verfinsterte sich. »Kennen Sie Georg Resow, den Mann von Alice?«

»Nicht persönlich.«

»Wussten Sie, dass ihr Mann ein führendes Mitglied der Berliner SA ist? Er gehört zu dem Kreis um den SA-Führer Graf Helldorf.«

Ich schüttelte den Kopf. »Nein, sie hat mir nur erzählt, dass sie Angst vor ihm hätte, mehr nicht.«

»Alice hatte Angst davor, dass ihr Mann sie nicht ziehen lassen würde, weil sie zu viel wusste«, erklärte Leni. »Sicher hätte sie mit Ihnen noch darüber gesprochen. Deshalb ist sie zu Ihnen in die Kanzlei gekommen, weil sie von ihrem Mann gehört hatte, dass auch Sie selbst Ärger mit der SA wegen des Brandes im Reichstag hatten.«

Wieder liefen die Dinge auf das Brandgeschehen zu, obwohl sich etwas in mir dagegen wehrte, dass es einen Zusammenhang zwischen diesem Ereignis und dem Tod von Alice Resow gab. Immerhin verfestigte sich bei mir der Eindruck, dass der Reichstagsbrand eine geheime Bedeutung besaß, aber welche es war, entzog sich meinem Erkennen immer mehr. Der Prozess um das Feuer würde daran sicher nichts ändern.

»Die meisten Leute glauben, die Nationalsozialisten hätten den Reichstag angezündet«, sagte ich, da ich einen Zusammenhang nicht von vornherein ausschließen konnte, »oder besser gesagt, die SA. War es das, wovon Alice etwas wusste?«

Leni zögerte. »Auch Alice sagte, dass es die Nationalsozialisten waren, ja, aber im Gegensatz zu fast allen anderen Leuten hätte sie es auch beweisen können. Fragen Sie mich aber nicht, wie. Alice hat mir keine Einzelheiten genannt.«

»Hatte sie denn vor, von ihren Beweisen Gebrauch zu machen?«

Sie hob die reizenden Schultern und ließ sie wieder fallen. »Ich habe wirklich keine Ahnung.«

»Es wäre immerhin ein Motiv für einen Mord. Die Leute, die für den Brand verantwortlich sind, könnten gedacht haben, es sei zu gefährlich, Alice am Leben zu lassen, nachdem sie wegen der Trennung von ihrem Mann nicht mehr zu ihrem Kreis gehört hatte.«

»Vielleicht hat Alice auch so gedacht. Sie könnte geglaubt haben, dass man ihr etwas antun wollte. Die Last, die sich dadurch auf ihre Seele legte, war so groß, dass sie den Tod lieber freiwillig auf sich nahm.«

»Sie wissen wirklich nicht, wer dieser ominöse Freund war, von dem sie mir am Telefon berichtete?«

Sie schüttelte energisch den Kopf.

»Haben Sie eine Ahnung, weshalb Alice Resow an dem Abend, an dem sie in den Tod ging, ausgerechnet mich angerufen hat?«

»Wen sollte sie sonst anrufen, wenn nicht ihren Anwalt?«

»Hm, ich weiß nicht. So typisch ist das nicht in solchen Situationen.«

»Haben Sie denn nicht Beziehungen zu den Leuten, vor denen Alice Angst hatte?«, erwiderte sie. »Sie waren doch einmal in einer ähnlichen Situation wie Alice – oder sind es – und Sie leben immer noch. Vielleicht hat sie Sie auch aus diesem Grunde an jenem Abend angerufen.«

»Es ist immerhin nicht auszuschließen«, sagte ich, obwohl mir das alles recht vage und im Hinblick auf die angedeutete Motivation eher unwahrscheinlich erschien. »Nur verstehe ich dann nicht, weshalb sie sich umgebracht hat, ohne mein Eintreffen abzuwarten.«

Versonnen nippte Leni an ihrem Glas. »Ich weiß es auch nicht«, erwiderte sie. »Ich stelle ja nur Vermutungen an.«

»Was denken Sie über den Tod Ihrer Freundin? Konnten Ihnen meine Informationen zu neuen Einsichten verhelfen?«

»Die Gewichte haben sich weiter in Richtung Selbstmord verschoben.« Sie sah mir unmittelbar in die Augen. »Und Sie? Glauben Sie immer noch an einen Mord?«

»Sagen wir so: Bei mir sind die Gewichte andersherum verteilt.«

Sie blickte eine Weile nachdenklich vor sich hin. »Es könnte auch noch einen anderen Grund für ihren Freitod gegeben haben, ich meine einen Grund, der mit dem Brandereignis gar nichts zu tun hatte.«

»Nämlich?«, fragte ich, als die Augenblicke vergingen und sie von selbst nicht weitersprach.

Ihre Zähne kauten an ihrer Unterlippe, aber anstatt mir eine Antwort zu geben, warf sie den Kopf zurück, erhob sich aus dem Sessel, trat zum Fenster und ließ ihren Blick in die abendlich leuchtende Stadt hinaus schweifen. »Ich weiß gar nicht, ob ich darüber etwas erzählen kann«, sagte sie endlich.

»Was spricht dagegen?«, fragte ich.

»Es ist so schwer zu erklären«, sagte sie gedehnt. »Ich befürchte, Sie würden es nicht verstehen.«

»Versuchen Sie es doch einmal!«

Sie reagierte nicht sogleich, sondern hielt mir weiter den Rücken zugedreht, und die Art, wie sie vor dem Fenster stehend verharrte, vermittelte mir den Eindruck, als ob sie mit äußerst bedrückenden Gedanken beschäftigt war.

»Kennen Sie Ihren Schatten?«, fragte sie nach einer Weile rätselhaft, und als sie sich ein paar Momente später zu mir umwandte, warf das schräg fallende Licht ihr dunkles Abbild grotesk verzerrt an die gegenüberliegende Wand.

»Sie meinen den Schatten …«, ich deutete mit dem Daumen in Richtung meines Herzens, »… auf den das Licht der Sonne nicht fällt?«

»Genau den!«

»Ich weiß nicht. Als mich die SA verhaftete, stürzte ich in tiefste Verzweiflung, aber mit dem, was ich fühlte, mischte sich auch furchtbarer Hass.«

Ihr Blick konzentrierte sich noch stärker auf mein Gesicht, und das dunkle Blau ihrer Augen wurde unergründlich und tief.

»Der schwarze Hass ist ein Weg, auf dem man zu sich selbst kommen kann«, gab sie zurück. »Möchten Sie den Schatten in Ihrem Inneren besser kennenlernen?«

»Können Sie mir dabei helfen?«

»Wir könnten ein Stück des Weges zusammen gehen«, antwortete sie, »denn es ist vor allem eine Sache, die Praxis verlangt.«

»Und was hat das Ganze mit dem möglichen Freitod Ihrer Freundin Alice zu tun?«

»Das kann ich Ihnen eben nicht sagen, sondern nur versuchen, es Ihnen zu zeigen. Wer den Anblick des eigenen Schattens in seiner Seele erträgt, dem muss man nicht mehr mit Worten erklären, was andere, die denselben Weg gegangen sind, im Innersten bewegt.«

Die Art, wie sie es sagte, ließ mich so viele Tiefen spüren wie noch nie, und ich begriff, dass ich, wenn ich mich mit ihr messen wollte, bereit sein musste, über normale Grenzen hinauszugehen. Sie besaß Macht, auch über mich, und wie eine gierige Schlange kroch fleischliche Begierde in meinen Unterleib.

»Ich bin dazu bereit«, sagte ich, um mir meine sexuellen Chancen nicht zu verderben, wenngleich ich mir keineswegs sicher war, ob ich das, was sie vorhatte, mir zu zeigen, auch wirklich sehen wollte. »Was muss ich tun?«

Sie erwiderte nichts, sondern bewegte nur langsam den Kopf in Richtung der Tür. »Ziehen Sie sich aus. Und dann kommen Sie ins Schlafzimmer nach.«

Einige Augenblicke später ging sie ohne ein weiteres Wort in den Flur hinaus.

Eine Weile wartete ich, bevor ich mich entkleidete und meine Sachen auf einen der Sessel warf, dann folgte ich ihr nach.

Der Flur lag nun im Dunkeln. Einzig ein Streifen Licht, der aus einer geöffneten Tür fiel, erhellte eine schwarze hölzerne Maske an der Wand, die eine dämonische Gottheit darstellte, und die mich im Vorübergehen so anzugrinsen schien, als amüsierte sie sich über mich.

Das Licht kam von zwei Messingtischlampen mit türkisfarbenen Schirmen, die zu den beiden Seiten eines breiten Bettes auf niedrigen Schränkchen standen und die wie die anderen Möbel in dem Zimmer aus weiß gebeiztem Holz waren, was dem Raum zusammen mit dem übrigen Ambiente eine Atmosphäre behaglicher Eleganz verlieh.

Leni war zu einer weißen Kommode neben dem Fenster getreten, der sie verschiedene Gegenstände entnahm: Kondome, Edelstahlketten, silberne Masken und etwas Schwarzes, das aussah wie ein Seidenschal.

Mein Blick saugte sich an ihrem nackten, makellosen Körper fest, an ihren langen eleganten Gliedmaßen, den schmalen Hüften und den kleinen runden Brüsten, und unter ihrer seidenzart schimmernden Haut war alles an ihr so geschmeidig und fest, dass mein Herz vor Freude wild pochte.

»Wir brauchen ein paar Hilfsmittel«, erklärte sie und kniete sich hin, um die Kettchen an den Bettpfosten zu befestigen.

Ich blickte mich um. Ein großer Spiegel zu meiner Linken, der die Türflächen eines großen Kleiderschrankes vollständig bedeckte, warf nicht nur das Bild der knienden Schönen zurück, sondern auch das großformatige Schwarz-Weiß-Porträt eines Mannes über dem Bett, eigentlich eine Zeichnung, und etwas daran erregte sogleich mein Interesse.

Ich trat neben das Bett, um die Zeichnung zu betrachten.

›Huang Ti (2697 bis 2596)‹ lautete die Inschrift, die den auf der Skizze porträtierten Mann bezeichnete. Die Zeichnung hielt ein leises wissendes Lächeln in den Zügen des Mannes fest, aber besonders zogen mich seine Augen an, die zwischen den halb geschlossenen Lidern schimmerten und deren Ausdruck doppeldeutig war, als ob darin sowohl die Möglichkeit unendlicher Güte, als auch die Möglichkeit unendlicher Grausamkeit enthalten war.

»Das ist der Gelbe Kaiser«, hörte ich Leni sagen, die sich wieder aufgerichtet hatte und vor den Schrank getreten war, sodass sich unsere Augen im Spiegel begegneten. »Er war einer der fünf weisen Herrscher aus Chinas Goldenem Zeitalter, das vom Jahr 2852 bis zum Jahr 2255 vor unserer Zeitrechnung dauerte. Man sagt, dass es der Gelbe Kaiser war, der als Erster das Geheimnis der Unsterblichkeit entdeckte. Er soll nach der Überlieferung die meiste Zeit seines Lebens damit verbracht haben, dem Geheimnis des ewigen Lebens auf die Spur zu kommen. Sein Interesse an der Behandlung von Krankheiten, der Stärkung der Lebenskraft und der Verlängerung der normalen Lebensdauer führte ihn dazu, mit der Veredelung der vereinten Essenz von Mann und Frau zu experimentieren, um einen Geistkörper zu erschaffen.«

Ich trat zu ihr vor den Spiegel, durch den hindurch sie immer noch auf das Porträt des Chinesen starrte, und als sie dann weitersprach, war es so, als richtete sie auch ihre Worte nicht an ihn, sondern an den Herrscher aus unvordenklicher Zeit.

»Er steht für eine alte Tradition, die bereits vor Jahrtausenden geübt worden ist«, sagte sie. »In Europa ist diese Tradition als sexuelle Alchemie bekannt. Als Menschen verfügen wir über die Möglichkeit, unsere körperlichen Kräfte in den geistigen Bereich zu transzendieren. Werden die entsprechenden Methoden richtig angewandt, wird die Begrenztheit des eigenen Körpers überwunden.«

Während sie mich wieder ansah, war mir, als ob ihre

Augen die Farbe gewechselt hätten und nicht mehr blau wären, sondern schwarz.

›Wir sind schön, aber schwarz‹, schienen ihre Augen zu sagen, ›aber schau' uns nicht zu lange an, denn wir sind auch dunkel, die Sonne hat uns verbrannt‹. War es die unheimliche, unvergleichliche Flamme der Leidenschaft, die dunkle Seite jenes Lichts, das die Welt erleuchtete, die aus ihren Augen zu mir sprach?

Sie legte ihre Rechte an meine Seite. »Sie haben einen schönen Körper«, sagte sie. »Ich habe es geahnt und auch gehofft.«

»Ist nicht mein Verdienst«, erwiderte ich und musterte wieder den ihren. »Aber wir passen ganz gut zusammen.«

Lächelnd fuhr sie mit den langen Fingern an der glatten Haut über meinen Rippen entlang. »Das müssen Sie mir noch beweisen«, erwiderte sie. »Allein der Körper macht noch keinen Mann.«

Sie reckte die langen Glieder und griff hinter sich, und auf einmal hielt sie silberne Masken in der Hand, von denen sie mir eine reichte. Es waren Halbmasken mit großen Schlitzen für die Augen. Kurz darauf bedeckten die Masken unsere Gesichter.

Es wirkte im ersten Moment etwas komisch, einander in dieser Weise zu betrachten; andererseits hatte ich den Eindruck, dass die Masken unser Verhältnis auf eine neue Grundlage stellten, indem sie es auf eine sportliche Übung zur Intensivierung geschlechtlicher Lust fokussierten, alles andere aber, das es zwischen uns geben mochte, für die Dauer der Übung beiseiteschoben.

Leni streckte sich auf dem Bett aus und befahl mir, die Enden der Ketten an ihren Fuß- und Handgelenken zu befestigen. Da ich ahnte, dass sie keinen Widerspruch dulden würde, tat ich, was sie mir aufgetragen hatte.

Als ich fertig war, trat ich zurück, um mein Werk zu betrachten, ihren gertenschlanken Körper, der gefesselt vor meinen Augen lag. Während ihre machtvoll schimmernde Erotik auch mich selbst in unsichtbare Ketten legte, empfand ich zugleich eine Art von schrecklichem Triumph darüber, dass mir die Freiheit gestattet wurde, nach Belieben mit dieser Schönheit zu verfahren. Ich merkte, dass mir die erste Lektion in dem, was sie damit gemeint hatte, dass man sich besser erkannte, wenn man seinen Schatten lebte, bereits erteilt worden war.

Durch die Augenschlitze sah sie mich an, mit einem Blick, der die Gegenleistung für die mir gewährte Freiheit einzufordern schien und eine ebenso deutliche wie bezwingende Aufforderung enthielt, ihr jeden ihrer stumm vorgetragenen Wünsche zu erfüllen.

Sie wandte den Kopf nach rechts, und als ich der Richtung ihrer Augen zu der grün beschirmten Messinglampe hin folgte, erblickte ich im Lichtschein neben der Lampe auf dem weißen Schränkchen einen schwarzen Seidenschal. Im selben Moment, da das Bild der toten Alice Resow mir vor Augen trat, wurde mir dessen Bedeutung klar. Ich begriff, dass ich Darsteller und Mitwirkender in einem archetypischen Drama geworden war, das mehr war als ein harmloses Spiel, und aus dem es für mich keinen einfachen Ausstieg mehr gab.

»Es ist Teil eines okkulten Rituals«, sagte Leni. »Es ist dem ägyptischen Gott Seth geweiht.«

Ihr Blick kehrte zu mir zurück, und ihre Augen, die mich ruhig betrachteten, schienen sich meiner zu bemächtigen, sodass mir war, als wüsste sie ganz genau, woran ich dachte, als könnte sie bis weit hinab auf den Grund meiner Seele sehen.

Ich stand an einem Scheideweg. Das Gefühl, dass die Beherrschung der Situation mir entgleiten könnte, war noch nie so stark gewesen wie in diesem Moment. Es war, als hätte mich ein Strudel erfasst, als zöge es mich in Tiefen hinab, die mir bislang unbekannt waren. Ich spürte sowohl eine seltsame Angst, als auch einen inneren Widerstand, der daraus geboren und gegen ihre Absichten gerichtet war. Es war nicht so, dass ich dem Fortgang des Spiels meine Mitwirkung versagen wollte, doch ich überlegte, ob es nicht einen Mittelweg für mich gab. Fesseln war das eine, jemanden zu strangulieren etwas, das in einer verbotenen Zone lag, und jenseits einer Schranke, die ich besser nicht überschritt.

»Ich bin ein böses Mädchen«, hauchte sie, »ich verdiene es, dass man mich bestraft.«

Ein paar Augenblicke lang zögerte ich. Dann nahm ich die Maske von meinem Gesicht.

»Nein, ich werde Ihnen nichts tun«, sagte ich heftiger, als ich es beabsichtigt hatte. Es war eine Äußerung, die mir schwer über die Lippen kam und die ich selbst mit einem Gefühl von Enttäuschung registrierte.

Ich blickte noch einmal zu dem schwarzen Seidenschal und hatte dabei die vage Vorstellung, dass dieser Schal für irgendetwas kaum Fassbares stand, und für Momente verspürte ich den verzweifelten Impuls, den Schal zu ergreifen, als ob ich etwas Versäumtes nachholen wollte; doch erschrak ich im gleichen Zug bei dem Gedanken, dass ich dadurch zu Grausamkeiten befähigt werden könnte, von denen mein bewusstes Ich bisher keine Ahnung gehabt hatte.

Leni sah mich aufmerksam an. Ihre Augen hatten die frühere Färbung wieder angenommen, aber zugleich meinte ich auch, in ihrem stummen Blick etwas Verhaltenes zu sehen; einen Hauch von Bedauern, der unter der Oberfläche ihrer freundlichen Gelassenheit blieb.

»Machen Sie mich los«, sagte sie nach einer Weile. »Sie

haben recht. Es hat keinen Sinn, mit der zweiten Lektion vor der ersten zu beginnen! In diesen Dingen neige ich leider zur Ungeduld. Sie müssen mir das verzeihen!«

Als ich sie wieder von den Fesseln befreit hatte, setzte sie sich auf und nahm ihre Maske vom Gesicht. Ich setzte mich neben sie, und so saßen wir Seite an Seite, wobei sich unsere Hüften berührten.

»Seth«, fragte ich, »... ist das nicht ein dunkler Gott?«

»Seth ist der typhonische Wüstengott in der altägyptischen Mythologie«, sagte sie. »Er stellt Osiris eine Falle, indem er ihn dazu verleitet, eine nach seinen Körpermaßen gefertigte, reich geschmückte Lade zu besteigen. Er verschließt die Lade mit Nägeln und heißem Blei und übergibt sie zusammen mit dem Leichnam des Osiris dem Nil. Doch Osiris überwindet den Tod, den er freiwillig auf sich genommen hat, um Unsterblichkeit zu erlangen.«

»Hm! Hört sich trotzdem ziemlich scheußlich an.«

Sie lächelte. »Die Geschichte ist natürlich symbolisch zu verstehen. Der Mythos steht für die Fähigkeit des Menschen, über die Gesetze, welche die Natur ihm scheinbar vorschreibt, hinauszugehen. Einer dieser Wege besteht darin, dem eigenen Schatten ins Auge zu sehen und ihn auf diese Weise zu überwinden.«

Das Lampenlicht schimmerte auf ihrer makellosen, seidenzarten Haut und markierte mit den Schatten, die es warf, das Ebenmaß ihrer langen goldenen Glieder. Sie verstrahlte einen so machtvollen Eros, dass ich dem Wunsch, nach ihr zu greifen, kaum noch widerstehen konnte, was sie mir auch deutlich ansah.

»Aber Seth ist sehr mächtig!«, entgegnete ich. »Besteht nicht die Gefahr, dass er es ist, der den Osiris dauerhaft überwindet?«

Sie wandte sich zu mir herum, setzte sich mir gegenüber und schlang ihre herrlich langen Beine um meine Hüften.

»Ja, natürlich«, sagte sie, »aber wenn es kein Risiko gäbe, dann gäbe es auch keinen Gewinn. Der Weg nach innen ist nicht ohne Gefahr. Man muss gut geübt sein, bevor man wagt, aufs Ganze zu gehen.«

Sie nahm den schwarzen Seidenschal und tat nun selbst, was ich nicht gewagt hatte, indem sie das eine Ende an einer der Verstrebungen in ihrem Rücken befestigte, das andere Ende aber um ihren langen Hals schlang, wobei sie den Knoten nach einigem Probieren ziemlich fest zusammenzog.

»Aufs Ganze?«, fragte ich. »So wie Sie das sagen, klingt das, als ginge es dabei um Leben und Tod?«

Ein Schatten legte sich über ihr schönes Gesicht, das mir nun, kurz vor der Vereinigung, sehr nahe gekommen war.

»Genauso verhält es sich auch!«, flüsterte sie. »Alles hat seinen Preis! Wer den höchsten Gewinn anstrebt, riskiert auch den größten Verlust!«

Sie legte ihre Hände auf meine Schultern und ich drang tief und fest in sie ein.

»Gibt es nicht weniger gefährliche Wege, um sich selbst zu finden?«

»Jeder muss den Weg wählen, der für ihn selbst gut geeignet ist.«

Sie bewegte sich langsam, leicht und spielerisch, elastisch und geschickt. Ja, dachte ich voller Freude, wir passen wirklich gut zusammen, und endlich wusste ich, was mir so lange gefehlt hatte.

»Weshalb interessieren Sie sich für diese mythischen Sachen?«, fragte ich sie noch.

»Die Beschäftigung mit alten Mythen und Kulturen hat

ihren ganz besonderen Reiz«, sagte sie mit zitternden Lippen. »Mich hat diese Suche weitergeführt, immer weiter, und sie tut das auch heute noch. Ich weiß nicht, wohin. Es ist eine Suche ohne Ziel, die von einer alten Sehnsucht in Gang gehalten wird.«

7

Der Angeklagte Marinus van der Lubbe konnte den Verlauf der Brandstiftung im Reichstagsgebäude nicht schlüssig darstellen und erklären. Sein Geständnis wies gravierende Mängel auf. Die Zeit zwischen seinem angeblichen Einstieg in das Gebäude um kurz nach 21 Uhr und der ersten Beobachtung des Feuers im Plenarsaal durch die Zeugen Lateit, Klotz und Scranowitz um 21.21 Uhr erschien viel zu kurz, als dass man seiner Behauptung Glauben schenken mochte, er habe in dieser knappen Zeit mit den ihm zur Verfügung stehenden Mitteln das mächtige Gebäude ganz allein in Brand gesetzt, sodass um 21.27 Uhr der ganze Plenarsaal in Flammen aufgehen konnte. Am 26. Februar, am Tag vor der Brandstiftung am Reichstagsgebäude, hatte van der Lubbe drei fehlgeschlagene Brandstiftungsversuche an verschiedenen Berliner Gebäuden unternommen. Dass es dem offenbar keineswegs besonders geschickten Täter gelungen sein sollte, dann ausgerechnet den Reichstag in Flammen aufgehen zu lassen, was sich doch als weit schwieriger erweisen musste, erschien ausgesprochen rätselhaft.

Da van der Lubbes Geständnis ungeeignet war, um den strafrechtlichen Vorgang zu klären, benötigte man zur Ermittlung des objektiven Sachverhalts materielle Beweise. Für die Feststellung von Ursache und Entwicklung des Brandes kam daher den technischen Gutachten der Brandsachverständigen eine ganz entscheidende Bedeutung zu.

Der erste Fachmann, der an diesem Montag vernommen wurde, war der Geheimrat Emil Josse, ein korpulenter und in Alter und Erscheinung dem Gerichtspräsidenten nicht unähnlicher Mann, der aber im Gegensatz zu diesem einen recht gutmütigen Eindruck machte.

»Zur Verpuffung sind gas- oder dampfförmige Brennstoffe gelangt, die aus den im Plenarsaal eingebrachten, vermutlich flüssigen Brennstoffen herrühren«, erklärte Josse. »Das vom Zeugen Klotz beobachtete Qualmstadium trat ein, weil in der Nähe der Flammen Luftmangel entstand. Es war ja keine Luftzirkulation in dem Plenarsaal, während dort tatsächlich kolossal viel Luft zu einer vollkommenen Verbrennung vorhanden war, wenn sie nur an die Brennstoffe herangekommen wäre. Aber da keine Zirkulation stattfand, verbrannten diese Brennstoffe mit Luftmangel. Die brennbaren Gase, die mit dem Sauerstoff der in dem Plenarsaal enthaltenen Luft das explosive Gemisch gebildet haben, können nicht als Schwelgase aus dem in Brand gesetzten Gestühl stammen. Ich halte es für ausgeschlossen, dass von diesem aus Eichenholz massiv oder mit Eichenholz furnierten Gestühl Kohlenoxid in der Menge geliefert worden wäre, die zur Verpuffung ausgereicht hätte. Die Verschwelung des Holzes bei Luftabschluss beginnt erst bei über 160 Grad und erreicht ihre richtige Entwicklung ab 280 Grad. Außer dieser Temperatur wäre auch noch eine bestimmte Zeit dafür erforderlich gewesen, beide Komponenten waren aber nicht vorhanden.«

Die Vorbereitung des Brandes im Plenarsaal habe vom Stenografenraum aus stattgefunden, führte Josse aus. »Nachdem der Zeuge Klotz beobachtet hat, dass eine ungewöhnlich starke Hitze vorhanden war, als er die Saaltür öffnete, habe ich eine Temperatur des Gasinhalts von 60 Grad angenommen. Für die Aufwärmung des Gasinhaltes in diesem riesigen Raum, der 11.000 Kubikmeter beträgt, berechnet sich daher die Brennstoffmenge von flüssigem Brennstoff mit einem Heizwert von 10.000 Wärmeeinheiten pro Kilogramm bei vollkommener Verbrennung auf 20 Kilogramm flüssigen Brennstoff. Da die Verbrennung aber nicht vollkommen war und andererseits in dieser ungefähren Berechnung die durch Abkühlung an der Staubdecke und an die Umfassungswände abgegebene Wärmemenge nicht berücksichtigt ist, müsste die eingebrachte Brennstoffmenge mindestens einer Größenordnung von rund 40 Kilogramm entsprochen haben.«

Im Folgenden ging Josse auf die Temperatur- und Sauerstoffverhältnisse im Plenarsaal vor der Zerstörung der Decken ein, die er als eine Verpuffung erklärte. Danach hätten sich völlig neue Brandverhältnisse ergeben, erkennbar an dem starken Zug, der sogar ein Fenster im Mauerwerk verschoben habe. »Das Feuer hätte sich in dem Stenografenraum nicht ausbreiten können, wenn dort nicht schon Brandstoffe eingebracht und entzündet worden wären. Ein weiterer Beweis, dass hoch entzündliches Material in diesem Raum entflammt wurde, ist die restlose Verbrennung des eichenen Sofas, von dem man nur noch die Sprungfedern als Überreste gefunden hat und das mit flüssigem Brandbeschleuniger getränkt gewesen sein musste. Vielleicht sind auch auf dem Sofa noch Textilstoffe, die damit getränkt waren, angehäuft worden.«

Der Gerichtspräsident Bünger unterbrach ihn. »Das kann nicht durch das spätere Feuer im Plenarsaal geschehen sein?«

»Nein«, sagte Josse. »Ich bin überzeugt, dass der Brennstoff in dem Stenografenraum sehr früh angesteckt worden ist. Man hat ja auch die Flammen, die in Form von Zypressen da herausgekommen sind, schon frühzeitig bemerkt.«

»Die Zerstörung des Sofas kann nicht durch den Gesamtbrand erfolgt sein?«

»Nein. Das ist ausgeschlossen. Denn die Zerstörung

des Sofas ist so restlos erfolgt, dass das ohne Tränkung mit flüssigen Brennstoffen nicht möglich gewesen wäre.«

Aus dem Gesamtbefund folgerte Josse, dass die Einbringung und Verteilung der Brennstoffe und Zündmittel durch van der Lubbe nicht erfolgt sein könne, vielmehr müsse dies von einer oder mehreren anderen Personen ausgeführt worden sein. Die Brandstiftung sei mit Sachkenntnis erfolgt.

»Ohne die aufgetretene Verpuffung hätten die einzelnen Brandnester von der Feuerwehr rasch gelöscht werden können, und die Zerstörungen wären verhältnismäßig gering gewesen. Der wesentliche Zweck der Brandlegungen an den zahlreichen anderen Stellen im Reichstagsgebäude außerhalb des Plenarsaales war meines Erachtens der, die Aufmerksamkeit der Ankommenden auf sich zu ziehen und sie vom Plenarsaal fernzuhalten, was auch tatsächlich erreicht worden ist.«

Josse fasste zusammen: »Die rasche Entwicklung des Plenarsaalbrandes erfolgte erstens durch die Wahl der eingebrachten Zünd- und Brennstoffe, zweitens durch deren Verteilung auf eine größere Zahl von Stellen, wodurch das Auftreten der Verpuffung begünstigt wurde, und drittens durch die Brandstellen in den Umgängen, die eine rechtzeitige Bekämpfung verhindert haben. Die Anlegung des Brandes im Plenarsaal kann von van der Lubbe erfolgt sein. Ich halte es aber für ganz ausgeschlossen, dass auch die Vorbereitungen zu diesem Brand, die doch immerhin eine gewisse Zeit erforderten, von ihm kurz vorher getroffen worden sind. Diese müssen von anderen, zumindest von einem anderen ausgeführt worden sein.«

»Der Herr Sachverständige ist also der Auffassung, dass die übrigen Brandstellen im Restaurant oder in den Umgängen ein Ablenkungsmanöver waren«, schaltete sich der Oberreichsanwalt Dr. Werner ein. »Der Gedanke liegt ja verhältnismäßig nahe, und ich habe ihn auch schon gehabt. Aber – ich komme über die Zweifel nicht hinweg: Tatsächlich ist man doch auf den Brand erst aufmerksam geworden, als im Restaurant Feuer ausbrach. Es wäre also jedenfalls eine Fehlleistung gewesen, denn wenn dieser Brand im Restaurant nicht entstanden wäre, dann hätte ja der im Plenarsaal wahrscheinlich viel länger Zeit gehabt, sich zu entwickeln. Dadurch, dass man das Feuer im Restaurant gesehen hat und die Feuerwehr alarmierte, ist man, nachdem sie bereits da war, darauf aufmerksam geworden, dass es auch im Plenarsaal brannte. Wenn man im Restaurant nichts bemerkt hätte, wäre man voraussichtlich erst viel später auf das Feuer im Plenarsaal aufmerksam geworden, und die Feuerwehr wäre nicht so früh da gewesen.«

»Wenn ich darauf antworten darf, so erscheint mir psychologisch da noch ein Rätsel vorzuliegen«, sagte Josse. »Wenn ich ein Gebäude anstecken will, stelle ich mich nicht auf eine Balustrade mit einem Feuerbrand, sodass man alles von der Straße aus sehen kann, was ich machen will. Erst recht trete ich kein Fenster ein, was jeder in der Nähe hören kann, und ich gehe auch vor allem nicht durch das Erdgeschoss, das man von der Straße aus sehr gut einsieht, zumal im Erdgeschoss nur wenig brennbares Material vorhanden ist, der Fußboden ist ganz plattiert, und es kommt als Hauptbrandstelle eigentlich nur die Waschtoilette infrage. Das ist mir wirklich noch ein Rätsel, welcher Gedankengang Lubbe dabei geleitet hat.«

»Das war auch mein Zweifel«, meinte Werner, »deswegen ist mir dieser Gedankengang nicht ganz einleuchtend, dass es ein Ablenkungsmanöver war.«

»Das kann man vielleicht insofern aufnehmen, dass, wenn in diesen Nebenräumen Feuer brennt, die Feuerwehr natürlich zuerst diese Nebenbrände bekämpft«, erwiderte Geheimrat Josse, »und nachdem sie den Brandstifter da gesehen hat, den Gedanken ventiliert, dass der nur an dieser Stelle gezündelt hat. Insofern könnte man vielleicht doch sagen, es sei ein Ablenkungsmanöver gewesen.«

Rechtsanwalt Dr. Teichert, der die bulgarischen Angeklagten vertrat, meldete sich zu Wort. »Herr Geheimrat: Ich habe vorhin nicht ganz verstanden. Es wurde von Kanistern beziehungsweise Flaschen gesprochen, in denen der Brandbeschleuniger ins Gebäude gebracht worden sein könnte, und dass man aber Reste von solchen Behältern nicht gefunden hat, die möglicherweise im Plenarsaal selbst zurückgelassen worden sein könnten und dort verbrannt wären. Wenn man das annimmt, hätte man da Reste gefunden?«

»Ich muss es annehmen«, antwortete Josse. »Man hätte wenigstens Spuren von den Böden der Flaschen gefunden.«

»Und von den Kanistern?«

»Vorausgesetzt, dass sie aus Blech waren, hätte man wohl auch Reste von diesem Eisen – das Zink wäre verbrannt – gefunden, denn der Boden ist ja sehr bald von Wasser überschwemmt worden.«

»Also Reste hätte man da finden müssen?«

»Ja.«

»Sind denn die Aufräumungsarbeiten in einer Weise vorgenommen worden, dass solche Sachen nicht übersehen wurden, beispielsweise Flaschenböden oder sonst irgendetwas?«, fragte der Präsident.

»Mein Assistent und ich sind öfter bei diesen Aufräumungsarbeiten zugegen gewesen, haben immer darauf gedrungen, dass alles durchsucht wird, und wir haben auch den Herrn Untersuchungsrichter gebeten, dass er eine diesbezügliche Anordnung trifft. Ich möchte sagen, nach der Art wie durch die Kriminalpolizei die Durchsuchung des Schutts vom Plenarsaal vorgenommen worden ist, halte ich es für ausgeschlossen, dass ihr irgendetwas entgangen sein kann, beispielsweise Flaschenböden oder Blechkanister. Wenn in Flaschen oder Kanistern der Brennstoff eingebracht worden wäre, hätte man im Saal selbst oder in den anschließenden Räumen Reste finden müssen. Ich halte es aber nicht für ausgeschlossen, dass der Brennstoff in Gummiblasen, beispielsweise in Eisbeuteln, hereingebracht wurde, die dann in den Saal geworfen und restlos verbrannt sind. Daraus, dass man keine Reste der Behälter gefunden hat, ist keinesfalls zu schließen, dass nicht flüssige Brennstoffe eingebracht worden sind.«

»Geschieht das auch sonst, dass solche Flüssigkeit in solchen Behältern …«

»Nein, das ist außerordentlich ungewöhnlich, aber in diesem Fall besteht die Möglichkeit. Ich möchte nur darauf hinweisen, dass bei der Besichtigung des Tunnels, der vom Reichspräsidentenpalais herüberführt, festgestellt worden ist, dass der sogenannte Generalschlüssel 20 zuverlässigen Personen gegeben worden ist. Mein Assistent hat mit dem Generalschlüssel eines Berliner öffentlichen Gebäudes sämtliche Türen hier geöffnet, also mit dem Generalschlüssel eines anderen Gebäudes. Ich wollte nur darauf hinweisen, dass dieser Generalschlüssel gar keinen Verschluss darstellt.«

»Gut, gut«, sagte der Präsident, der diesen Aspekt erkennbar nicht vertiefen wollte. »Aber wie verhält es sich denn nun mit der Feuerübertragung von Brandherd zu Brandherd. Können Sie das näher erläutern?«

»Ich musste mir überlegen, wie es technisch möglich ist, dass diese vielen Brandstellen in einer ganz kurzen Zeit aufgeflammt sind«, erwiderte Josse. »Da gibt es nur drei Möglichkeiten: Zündschnüre, Filmstreifen oder eine

Flüssigkeit, die bei einer gewissen Erwärmung von selbst Feuer fängt und sich in Brand setzt.«

»Sie lassen die drei Möglichkeiten offen?«

»Die drei Möglichkeiten müssen offen bleiben.«

»Bleiben denn bei Zündschnüren und Filmstreifen irgendwelche Rückstände?«, fragte der Oberreichsanwalt.

»Nein«, sagte Josse.

»Also die Tatsache, dass nichts gefunden worden ist, beweist nicht, dass solche Dinge nicht verwendet worden sind.«

»Genau so ist es!«, bestätigte Josse.

Einer der Angeklagten, der Bulgare Dimitroff, erhob sich von seinem Platz.

»Ich frage nun den Sachverständigen, ob das möglich ist, dass van der Lubbe in einer Viertelstunde von draußen durch das Restaurant und in der gleichen Viertelstunde zum Plenarsaal und dann wieder zurück laufen und diesen Brand legen konnte?«

»Halt!«, rief der Präsident. »Herr Professor Josse, Sie haben diese Frage meines Erachtens schon beantwortet. Aber antworten Sie ruhig noch einmal darauf, ob es möglich war, dass van der Lubbe diesen Brand in einer Viertelstunde auslösen konnte, gerechnet vom Einsteigen bis zur Beobachtung durch Scranowitz und so weiter.«

»Das habe ich mir verschiedentlich überlegt«, sagte Josse, »und ich war eine Zeit lang der Meinung, dass das nicht möglich wäre. Nachdem ich aber bei der Besichtigung gesehen habe, mit welcher Gewandtheit diese Glasscheibe durchgehauen worden ist, und wenn ich berücksichtige, dass van der Lubbe in Schweiß gebadet festgenommen worden ist, so möchte ich doch glauben, dass bei entsprechender Vorbereitung einer allein den Brand hat legen können.«

»Bei entsprechender Vorbereitung, sagen Sie?«, fragte der Präsident.

»Ja. Welcher Art die war, weiß ich nicht. Aber dass die Zeit außerordentlich kurz ist, sodass ein Zweifel darüber auftreten kann, ob er das allein gemacht hat, das will ich zugeben.«

»Also, Sie halten für möglich, dass bei entsprechender Vorbereitung, wobei sich Lubbes Tätigkeit im Wesentlichen auf das Anzünden erstreckte, der Brand in einer Viertelstunde hätte gelegt werden können, nicht wahr?«, fuhr der Präsident fort.

»Das ist aber meines Erachtens eine rein brandtechnische Frage«, meinte Josse, »und ich würde bitten, diese Frage an den Herrn Oberbranddirektor Wagner zu richten. Sein Gutachten geht auf diese Frage besonders ein.«

Der Bulgare Dimitroff preschte noch einmal vor. »Herr Präsident, die Fragen, die ich jetzt stelle, betreffen auch die anderen Sachverständigen, damit ich nachher nicht immer wieder zu fragen brauche«, sagte er. »Also zweite Frage: Ist als gesichert anzunehmen, dass Lubbe diesen Weg von draußen durch das Restaurant zum Plenarsaal genommen hat? Glaubt der Sachverständige, dass dieser Weg der richtige Weg gewesen ist oder bestand noch eine andere Zutrittsmöglichkeit?«

»Ich bin nicht dabei gewesen«, gab Josse zurück.

»Nein, aber auf der Grundlage Ihrer Untersuchungen, Herr Sachverständiger!«, sagte Dimitroff.

»Die Frage läuft wohl dahin, ob der Sachverständige bei seinem Gutachten unterstellt hat, dass Lubbe den Weg genommen hat, den er angegeben hat, und ob Sie diesen Weg zur Grundlage Ihres Gutachtens gemacht haben«, warf Rechtsanwalt Dr. Teichert ein.

»Mein Gutachten kann nur dahin gehen, dass die Brandstellen dort in dieser Reihenfolge festgestellt worden sind«, sagte Josse. »Ob Lubbe den Weg genommen hat, das kann ich nicht beurteilen. Das kann ja ein anderer gemacht haben, das weiß ich nicht, ich war nicht dabei. Lubbe hat ja gesagt, er hat diesen Weg genommen.«

Der Präsident fragte: »Sie sind davon ausgegangen, indem Sie sich an die Brandstellen, die festgestellt worden sind, gehalten haben? Das ist also dieser Weg, den der Brandstifter genommen hat oder auch andere?«

»Der Kriminalkommissar ist mit Lubbe diesen Weg durchgegangen. Die Zeit hat ja gestimmt.«

»Ich möchte noch eine Frage stellen«, sagte Dimitroff. »Nach der angeblichen Beschreibung des van der Lubbe über die Brandlegung ist dort, wo van der Lubbe selbst und allein mit eigener Hand, mit seinem Mantel und mit seinem zerrissenen Hemd einen Brand gelegt hat, in der Tat eigentlich kein Brand entstanden. Beispiel: Restaurant, Beispiel: Nebenräume. Und dort, wo van der Lubbe mit einem Stück von seinem Mantel oder seinem Hemd oder einer Portiere zum Plenarsaal gegangen ist, dort ist der größte Brand entfacht worden, und die Kuppel ist sogar kaputtgegangen. Wie ist das zu erklären?«

»Es konnte im Plenarsaal nur dadurch so brennen, dass Brandstoff vorher hereingebracht worden ist«, sagte Josse.

»Wenn ich den Bericht des Sachverständigen richtig verstanden habe«, erwiderte Dimitroff, »so steht er auf dem Standpunkt, dass es nicht ein Brand war, sondern dass es zwei oder drei Brände gewesen sind. Ich stehe auch auf diesem Standpunkt und möchte wissen, ob der Sachverständige glaubt, das Hauptziel der Brandstifter war, nicht den ganzen Reichstag, nicht diese Umgänge und Korridore, sondern nur den Plenarsaal anzuzünden?«

»Jawohl!«, sagte Josse knapp.

Josses Vernehmung war beendet, und die Verhandlung

wurde nach einer kurzen Pause mit der Anhörung des Oberbranddirektors Wagner fortgesetzt.

Wagner hatte mit allen Stoffen und Materialien, wie sie im Plenarsaal vorhanden gewesen waren, Versuche über den möglichen Brandverlauf angestellt.

»Wir haben die beiden Stuhlarten im Plenarsaal erprobt«, berichtete er. »Es ist ja bekannt, dass Eichenholz sehr schwer in Brand zu setzen ist. Die Eichenstühle älterer Art waren aus einem massiven Eichenklotz geschnitzt. Es wurde nun versucht, mit einem Kohlenanzünder der gleichen Art, wie ihn van der Lubbe verwendet haben will, einen Brand hervorzurufen, indem man unten auf die Lehne einen Kohlenanzünder legte und abbrennen ließ, oder indem man auf den herabgekippten Sitz, auf die Polsterung, einen Kohlenanzünder legte und zum Abbrennen brachte. Beide Male betrug die Branddauer etwa 18 Minuten. In diesen 18 Minuten gelang es nicht, die Stühle völlig in Brand zu setzen. Im Gegenteil, nach Verlauf der 18 Minuten waren die Spuren verhältnismäßig gering, zum Teil nur ganz leichte Ankohlungen. Wir haben, um stärkere Mittel zu erproben, die gleiche Stuhlart dann dadurch in Brand zu setzen versucht, dass Filmrollen von etwa 500 bis 700 Gramm Gewicht unter die Stühle gelegt und entzündet wurden, sodass in einer sehr heißen Flamme von gewaltigem Ausmaß etwa eine Minute und 25 Sekunden die Stühle völlig von Flammen umhüllt waren. Auch diese Angriffsmöglichkeiten durch starkes, heißes Feuer genügten nicht, um den Stuhl so in Brand zu setzen, dass er später aus eigener Kraft weiterbrennen konnte. Es wurden dann die gleichen Versuche wiederholt mit den Stühlen neuerer Bauart. Bei diesen zeigte sich, dass beim Auflegen der Kohlenanzünder die Brandspuren am Holz zwar etwas deutlicher, aber immerhin auch nicht so waren, dass ein

Weiterbrennen aus eigener Kraft möglich gewesen wäre. Lediglich durch die andere Polsterung, die aus Kunstleder bestand, wurde das Feuer etwas besser entfacht. Auch mit Teppichen wurden Versuche gemacht. Aber es bestätigten sich die bisherigen Erfahrungen: Teppiche brennen im Allgemeinen sehr schwer. Auf den Teppich, wie er im Bismarcksaal lag, wurde ein Viertelliter Benzol ausgegossen und zum Abbrennen gebracht. Nachdem das Benzol verbrannt war, war der Teppich nur verkohlt, im Übrigen aber nicht in Brand geraten.«

Wagner wandte sich nun dem durch die Zeugenaussagen und den Tatortbefund gewonnenen Brandbild zu und analysierte es. »Es ist wohl zweifelsfrei die Zeit der Feuermeldung mit 21.14 Uhr beziehungsweise 21.15 Uhr festgestellt, ferner die Meldung über das Einsteigen oder erste Aufflammen im Restaurationsraum um 21.04 Uhr oder 21.05 Uhr. Man muss von dem ersten Bemerken des Einsteigens bis zu der Meldung durch den betreffenden Zivilisten doch immerhin noch eine Zeit von einer Minute in Ansatz bringen, sodass ich als die wirkliche Zeit des Einstiegs mit Sicherheit 21.03 Uhr ansetzen zu können glaube. Ich setze die Zahlen hier so ein, dass ich die frühesten Zeiten annehme, um ganz objektiv zu sein, also die längste Zeit, die zur Verfügung gestanden haben kann – denn je länger diese Zeit ist, umso eher wäre es ja möglich, dass der Brandverlauf so gewesen ist, wie er später geschildert wurde, – obgleich, worauf ich später komme, das nicht der Fall war. Es sind weiter folgende Aspekte bedeutungsvoll: Die erste Beobachtung von Lateit im Plenarsaal, festgestellt mit 21.21 Uhr, ferner die dritte Beobachtung von Klotz um 21.24 Uhr. Danach muss, da Scranowitz zwischen diesen beiden Zeugen einen Blick in den Plenarsaal geworfen hat, seine Beobachtung dazwischengelegen haben, also 21.22 bis

21.23 Uhr. Eine vierte wichtige Zeitaufnahme ist dann die von Klotz, die die Entflammung mit 21.27 Uhr angibt. Lege ich diese Zeiten zugrunde, so komme ich dazu, dass, wenn man für den Gang Lubbes nach dem Einstieg etwa 13 Minuten annimmt – ob das möglich war oder nicht, gehört nicht an diese Stelle –, die Brandlegung im Plenarsaal etwa 21.16 bis 21.17 Uhr erfolgt sein muss, unter der Voraussetzung, dass die Lubbe'schen Angaben zunächst ebenfalls zugrunde gelegt werden, wonach die Inbrandsetzung im Plenarsaal etwa in vorletzter Minute vorgenommen wurde. Wenn dann für die Brandlegung im Plenarsaal noch ein bis zwei Minuten angenommen werden, so bleibt von der Entstehung des Brandes bis zu der ersten Entdeckung durch eine neutrale Person, den Zeugen Lateit, eine Branddauer von etwa vier Minuten. Nur unter der Voraussetzung, dass die Lubbe'schen Angaben nicht zugrunde gelegt werden, sondern dass man zunächst annehmen wollte, dass die Inbrandsetzung des Plenarsaales im Anfang bereits erfolgt wäre, würde sich die Zeit auf etwa zwölf Minuten verlängern, also eine Gesamtdauer von 16 Minuten infrage kommen können.

Nach Lateits Angaben war der Umfang des Feuers gering, als er den Blick in den Plenarsaal warf. Der Laie ist im Allgemeinen geneigt, ein Feuer gefährlicher anzusehen als der Feuerwehrmann, weil er die Gefahren nicht richtig einzuschätzen vermag. Wenn trotzdem Herr Lateit, den ich in diesem Falle als Laien in Bezug auf Feuer ansprechen möchte, den Umfang als verhältnismäßig gering angibt, so kann man ihm wohl Glauben schenken. Er hat weiter angegeben, dass er bei seinem Aufenthalt in der Tür Hitzeeinwirkungen nicht verspürt hat. Rauch hat er ebenfalls nicht wahrgenommen. Auch hat er kein Prasseln oder Knattern vernommen, sondern nur ein lautloses Brennen. Der Zeuge Scranowitz, ein bis zwei Minuten später am Ort, bestätigte die gleichen Beobachtungen, ebenfalls kein Rauch, keine nennenswerte Hitze, lautloses Brennen. Die wichtigen Beobachtungen von Klotz gipfelten darin, dass er nach weiteren zwei Minuten die Flammen nicht mehr bemerkte, sondern nur einen schwachen Schein auf der Empore sah. Im Gegensatz zu den vorherigen Zeugen erwähnte er nunmehr eine starke Verqualmung und, ebenfalls neu, das Auftreten einer starken Hitzewelle, die ihm entgegenkam. Dann gab er an, dass zwei bis drei Minuten später das Feuer sich schlagartig ausgebreitet und bis an die Tür erstreckt hätte.«

Nach kurzem Hinweis auf die Andersartigkeit der Brände in den Nebenräumen und einer Darstellung über den normalen Ablauf von großen Bränden fuhr der Sachverständige fort: »Daraus, dass Lateit kein Prasseln wahrgenommen hat, müssen wir schließen, dass das Holz noch nicht brannte, sondern nur andere Stoffe auf den Sitzen des Präsidententisches beziehungsweise Vorhänge. Wenn Eichengestühl, in erster Linie Eichenholz in nennenswertem Umfang, an dem Brandvorgang beteiligt gewesen wäre, dann hätte sowohl Lateit als auch Scranowitz unter keinen Umständen das Geräusch entgehen können, das mit dem Abbrennen von Holz verknüpft ist: Es ist ein lautes Prasseln und Knattern, das sich bei Eichenholz bis zu pistolenartigen Schussgeräuschen steigert. Wenn Lateit dies nicht vernommen hat, kann zu dieser Zeit das Eichen- und Holzgestühl sowie auch das Holz der Furnierung und der Wandverkleidung noch nicht in nennenswertem Umfang gebrannt haben. Aus den Äußerungen von Scranowitz ergibt sich eine ziemliche Ausdehnung des Feuers, aber ohne verbindende Brücken und ohne Prasseln, weshalb man keine Beteiligung des Holzes annehmen kann. Hier ergibt sich das erste Rätsel bezüglich der Entwicklung des Feuers. Der Zeuge Klotz sieht um 21.24 Uhr, dass das Feuer nicht mehr in nennenswertem Umfang wahrnehmbar ist, bis auf den Schein auf der Empore. Allerdings sieht er jetzt starken Rauch. Daraus ist zu schließen, dass das Feuer nunmehr, da ihm die Hitzewelle entgegenkam, längere Zeit geschwelt haben muss. Umso auffallender ist daher – wenn wir berücksichtigen, dass das Feuer vorher in geringem Umfange brannte – die schlagartige Entzündung des ganzen Raumes. Hier tritt eine Steigerung der rätselhaften Entwicklung des Feuers ein, die sich nicht erklären lässt, so lange man nicht eine Präparierung des Raumes in Erwägung zieht.«

Der Sachverständige stellte nun die Frage, ob eine Person die Brandverhältnisse so habe beeinflussen können, dass es in dieser kurzen Zeit zu dem beobachteten Aufflammen hätte kommen können.

»Ich verneine mit Entschiedenheit die Möglichkeit, dass der Saal in der beobachteten Weise ohne Präparation hätte entzündet werden können. Ich habe auch Zweifel an der Glaubwürdigkeit der Behauptungen Lubbes und der polizeilichen Überprüfungen betreffend den Weg des Brandstifters vom Einstieg bis zum Erreichen des Plenarsaals. Nach meinen persönlichen Erfahrungen ist eine Orientierung, wenn man zum ersten Male in einen Raum einsteigt und diesen nur bei Nacht oder bei dem irreführenden Licht eines Kohlenanzünders sieht, namentlich wenn man nicht auf normalem Wege kommt, nicht derart möglich, dass man an einem der nächsten Tage ohne weitere Vorbereitung den Weg mit der gleichen Schnelligkeit wiederfindet.«

Wagner fügte hinzu, dass nach seiner Meinung die Brände in den Nebenräumen nur den Sinn gehabt haben könnten, die Feuerwehr vom Vordringen zum Plenarsaal abzulenken. Die Brandlegungen an der Peripherie des Gebäudes seien für diesen Zweck unbrauchbar gewesen. Der Vergleich der Brände im ganzen Gebäude ergebe, dass im Plenarsaal grundsätzlich andere Entstehungsverhältnisse geherrscht hätten als in den Nebenräumen. Der Brand könne sich nicht so entwickelt haben, wie von van der Lubbe geschildert.

8

Nach Wagners Vernehmung stand ich mit Richard Koenen auf dem Flur vor dem Verhandlungssaal im Gespräch zusammen.

»Gemunkelt wird, dass der Einstiegszeitpunkt mit 21.03 Uhr zu früh angesetzt ist und der Einstieg tatsächlich fünf Minuten später angenommen werden muss«, meinte Koenen leise, »und auch der genaue Zeitpunkt der Festnahme van der Lubbes scheint nicht eindeutig geklärt. Nach der offiziellen Version, von der die Ankläger ausgehen, ist die Verhaftung um 21.30 Uhr erfolgt. Der Reichstagsdirektor hatte den verhafteten van der Lubbe aber bereits vor 21.25 Uhr zusammen mit einem Polizeibeamten in der Kuppelhalle gesehen. Nach seiner Aussage war die Verhaftung van der Lubbes um 21.23 Uhr bereits erfolgt.«

»Wenn das stimmt, hatte van der Lubbe für seine Tat nicht 18 Minuten, sondern kaum mehr als zehn Minuten zur Verfügung «, erwiderte ich, nachdem ich schnell nachgerechnet hatte. »Damit wäre eine Alleintäterschaft praktisch unmöglich.«

»Nicht nur das«, sagte Koenen. »Es steht doch schon fest, dass Torgler und die drei Bulgaren mit der Sache nichts zu tun haben, und es gibt niemanden sonst, den man der Öffentlichkeit als Mittäter präsentieren könnte. Je kürzer die Zeit ist, die van der Lubbe zur Verfügung hatte, um zu zündeln, umso stärker drängt sich der Gedanke auf, dass die Mittäter nicht irgendwelche Subjekte vom Schlage van der Lubbes waren, sondern Personen, die umsichtig und professionell vorgegangen sind und sich gut im Reichstagsgebäude auskannten.«

»Und dabei denkt man natürlich nicht an die Kommunisten, sondern an die SA.«

»Ja, und deshalb ist das Gericht bestrebt, den Zeitpunkt auszudehnen, der van der Lubbe für die Brandlegung zur Verfügung stand.«

»Gut, dass man die Aussagen der Sachverständigen nicht so leicht manipulieren kann wie die der Zeugen.«

»Der heutige Tag entscheidet diesen Prozess«, sagte Richard Koenen. »Der letzte Sachverständige – der Mann, der jetzt vernommen wird – ist der wichtigste Gutachter, seiner Aussage kommt unter allen Hunderten von Aussagen in diesem Prozess die größte Bedeutung zu. Wenn er das Urteil von Josse und Wagner bestätigt, dann steht fest – ohne dass allerdings auch nur irgendjemand ein Wort darüber verlieren wird –, dass van der Lubbe geheime Helfer hatte und diese Helfer nicht unter den Kommunisten, sondern im Dunstkreis der SA zu suchen sind.«

Der wichtige Mann, den Koenen meinte, war der Sachverständige für chemische Vorgänge, Dr. Schatz. Er war der letzte der Gutachter und hatte von allen den schwierigsten Part, denn da er – im Gegensatz zu Josse und Wagner – für sein Fachgebiet kaum Beweismaterial in der Hand hatte, war er darauf angewiesen, dass alles experimentell nachvollzogen werden konnte. Schatz hatte ein kantiges, recht intelligentes Gesicht, mit dunkelblauen, von dicken Brauen überdachten Augen.

»Hoher Senat!«, begann er. »Nach den ausgezeichneten Ausführungen meiner Vorgutachter habe ich an und für sich nicht mehr viel zu sagen. Ich kann nur die Ausführungen ergänzen anhand der Feststellungen, die ich selbst getroffen habe, anhand der Zeugenaussagen und der ergänzenden Untersuchungen, die ich jetzt im Laufe der Verhandlung vorgenommen habe, weil sich durch diese für mich doch verschiedene neue Momente ergeben haben.«

Er machte eine Pause, und der Gerichtsvorsitzende nickte ihm freundlich zu.

»Auch ich komme zu dem Ergebnis, dass die Brände bzw. der Brand im Plenarsaal einen unnatürlichen, dass dagegen die Brände in den Umgängen und im Restaurationsraum einen natürlichen Ablauf gehabt haben«, fuhr er fort. »Die Zündungsart der Brände in den Nebenräumen ist eine andere gewesen als jene im Plenarsaal. Ich bin der festen Überzeugung, dass dort eine selbstentzündliche Flüssigkeit verwendet worden ist, deren Natur ich nachher noch bekannt geben möchte, und dass zur Ausbreitung des Feuers Kohlenwasserstoff gedient hat, wofür Petroleum oder Schwerbenzin infrage kommen. Im Interesse der allgemeinen Sicherheit möchte ich zunächst an den Hohen Senat den Antrag stellen, die Öffentlichkeit auf kurze Zeit auszuschließen, in der ich mich zur Zündflüssigkeit und zum Zündstoff äußere. Ich kann nähere Ausführungen vor der breiteren Öffentlichkeit nicht machen, weil aufgrund der bisherigen Erfahrungen nach solchen Ausführungen eine starke Erhöhung der Brandstiftungen beobachtet worden ist.«

»Können wir nicht den Weg gehen, dass Sie die betreffende Flüssigkeit nicht bezeichnen, sondern nur eben als ›Flüssigkeit‹, ebenso den Zündstoff nur als ›Zündstoff‹ bezeichnen?«, fragte Präsident Bünger. »Dann wissen wir, dass Sie darunter etwas ganz Bestimmtes verstehen, das nicht genannt werden soll, weil Brandstifter und dergleichen Verbrecher sich vielleicht in den Besitz dieser Flüssigkeiten setzen und sie anwenden könnten. Wenn damit aber die Prozessbeteiligten nicht einverstanden sind, so müssten wir tatsächlich für diese kurze Zeit Ihrer Einvernahme die Öffentlichkeit ausschließen.« Er blickte sich nach allen Seiten um, als ob er Einwände erwartete. »Ich höre aber keine Anträge in der Richtung, wir können also so verfahren.«

»Jawohl«, stimmte Schatz nach kurzem Zögern dem Vorschlag des Präsidenten zu. »Nach den Beobachtungen also, die von den verschiedenen Zeugen – Lateit, anschließend Scranowitz und schließlich Klotz – gemacht worden sind, erstreckt sich das Flammenbrennen auf einen ganz kurzen Zeitraum, auf kaum vier bis fünf Minuten. Es ist ausgeschlossen, dass in dieser Zeit durch die Brandwirkung eine Menge von Gasen erzeugt wurde – Ethan, Methan und so weiter, Kohlenoxid –, die dann das schlagartige Inbrandsetzen des Plenarsaals bewirkt haben könnten. Es handelt sich nur um einen typischen Oberflächenbrand, das heißt einen Brand, der bei leicht brennbaren Flüssigkeiten oder Stoffen verlöscht, wenn das Brandmittel aufgebraucht ist. Wir haben unten im Gang vor dem Stenografenraum diese außerordentlich starke Verrußung gehabt, wie sie eintritt, wenn Kohlenwasserstoffe wie Benzin oder Petroleum zum Abbrennen kommen. Die Aufzehrung derartiger Flüssigkeiten geschieht nicht vollkommen durch das Feuer, sondern es verbrennt zunächst ein Teil zu Kohlenoxid, ein zweiter Teil verrußt, und zugleich verdunstet ein großer Teil der Flüssigkeit durch die Brandwärme. Im Plenarsaal findet diese Verdunstung der Flüssigkeiten an Holz statt, das teilweise lackiert, teilweise wohl auch gestrichen ist. Dann tritt ein Moment ein, wenn durch irgendeinen Umstand die Flamme auf diese mit Petroleum-, auch Benzindämpfen beschlagenen Hitzeteile übergreift, dass der Saal oder das Holzwerk ursprünglich und schlagartig in Flammen stehen kann. In diesem Falle ist kurz nach der Entflammung in einem Zeitraum von einer Minute ein sehr starkes Nebeln beobachtet worden. Dieses ist charakteristisch für das Zündmittel, das hier zur Anwendung kommt. Es ist ein Oxidationsstoff, und zwar ein Anhydrid der Verbindung, das nicht nur die Eigenschaft hat, stark zu nebeln, sondern gemeinsam mit dem beim Brennen entstandenen Wasser eine außerordentlich starke Hitze entwickelt. Schon ganz geringe Mengen – schon wenige Liter, vier bis fünf Liter – genügen vollkommen, diese Umstände hervorzurufen; also das plötzliche Aufflammen vor allen Dingen. Durch die starke Hitzeentwicklung und durch das gleichzeitige vorübergehende Verlöschen der Flammen ist eine Bewegung der Gase in dem Raum eingetreten, und wir haben gehört, dass auf der Empore durchaus noch eine Flamme vorhanden war. Wir wissen auch, dass zu Beginn des Brennstadiums Gase nach oben gegangen sind, die dann durch ein gewisses Abkühlen an der Wand sich in Bewegung setzten. Andererseits sind durch den chemischen Vorgang der Verbindung des Anhydrids mit dem Wasser Bewegungen in dem Raum eingetreten. Nach meinem Dafürhalten ist die daraufhin erfolgte, schlagartige Zündung auf die Entzündung angetriebener Dämpfe, die teilweise noch im Raum schwebten, zurückzuführen; an dieser Flamme auf der Empore, und zwar infolge rotierender Bewegung der Gase im Raum. Ich bin von dem Standpunkt ausgegangen, dass man Flüssigkeiten nicht an dem Material suchen darf, das zum Verbrennen bestimmt ist, sondern dass man Flüssigkeiten da suchen muss, wo sie hinzulaufen pflegen und festgehalten werden. Andererseits bin ich von der Überlegung ausgegangen, dass die Verbrennungsgase nicht da bleiben, wo sie verbrennen, sondern aufsteigen und sich an bestimmten Orten sammeln. Ich habe daher unter den Vorhängen hinter dem Präsidentensitz Proben entnommen und weitere in der Gegend, wo der sogenannte ›Tisch des Hauses‹ gestanden hat. Schließlich sind Proben entnommen worden von den

Rußablagerungen in der Entlüftung und unten im Gang vor dem Stenografenraum. In allen vier Proben waren einwandfrei Erdöle, Kohlenwasserstoffe, aber auch Verbrennungsprodukte des Zündstoffes selbst vorhanden, die auch heute noch nachweisbar sind. Es ist weiter festgestellt worden, dass in allen Proben auch Naphthalin vorhanden war. Das deutet nach meiner festen Überzeugung darauf hin, dass die Brandlegung im Plenarsaal in der Weise stattgefunden hat, dass Kohlenanzünder mit Naphthalin und besagter selbstentzündlichen Flüssigkeit getränkt worden sind, und diese auf eine petroleum- oder schwerbenzingetränkte Unterlage gelegt wurden. Diese Komponenten würden sich je nach der Konzentration des Lösungsmittels in einer Zeitspanne von 20 Minuten bis zu einer halben Stunde selbst entzünden, ohne dass überhaupt ein Mensch einen Finger dabei krümmt.«

Dr. Schatz blickte kurz in die Runde, ob ihm alle folgen konnten und fuhr dann fort.

»Für diese Zündungsart spricht hier das sukzessive Fortschreiten von einem höher gelegenen Brandort zu einem tieferen, und ich habe schon erwähnt, dass ich in dem Stenografenraum einen Brandherd für vorliegend halte. Hier ist meiner Meinung nach zunächst bei dem ersten Übergreifen nach der Selbstentzündung des Brandmaterials eine Verpuffung eingetreten, die ein momentanes Herauspressen der Rußschwaden und der Brandflüssigkeiten zur Folge hatte, und hierbei sind ganz erhebliche Reste des Brandmittels mitgezogen worden. Wenn man also davon ausgeht, dass hier der erste Brandherd gelegen hat, so ist es auch erklärlich, dass zunächst der Sitz, der Tisch und die Vorhänge darüber brannten, wenn die mit dem Petroleum begossen wurden. Ich will voraussetzen, dass es Petroleum gewesen ist. Bestimmt kann ich es nicht sagen. Aber es war mit Sicherheit eine verwandte Flüssigkeit. Ich setze voraus, dass Tische begossen wurden, und es wurden zwei oder drei kleine Würfel von diesen Kohlenanzündern getränkt mit Brandflüssigkeit hingelegt. Die anderen Brände im Umgang und im Restaurationssaal sind ganz anderer Natur. Ich habe verschiedene Feststellungen gemacht, Nachuntersuchungen getroffen, und nichts von einer Brennflüssigkeit feststellen können, meistens nur Naphthalin gefunden. An einem Tisch im Restaurationsraum hat es den Anschein, als ob dort ein Zünder gelegen habe, der stark gesprüht hat. Aber ich habe nichts mehr entdeckt, weil eben zu viel Zeit verstrichen war. Ich unterscheide also die natürlichen Brände im Umgang und den künstlich erzeugten Brand im Plenarsaal, der eben durch Verwendung leicht brennbarer Flüssigkeiten und mittels Zündung einer selbstentzündlichen Masse oder eines ebensolchen Stoffes entfacht wurde. Die Frage, ob die Vorbereitung im Plenarsaal von nur einer Person in der Zeit vorgenommen werden konnte, wie sie van der Lubbe geschildert hat, verneine ich. Nach meiner Überzeugung müsste eine Person im Plenarsaal mindestens 20 bis 25 Minuten Zeit gebraucht haben, wenn das Material bereitstand.«

»Wie viel?«, fragte der Präsident erstaunt.

»20 bis 25 Minuten, wie gesagt, wenn das Material bereitstand«, sagte Schatz, »das heißt Begießen der Tische, vielleicht Putzwolle oder Werg zur Hand, das man in die Stühle oder Kästen hineinstopfte und gleichzeitig mit Petroleum begoss. Ich bin aber der Meinung, dass es sich um mehr als eine Person handelt. Denn es sind mehrere Handbewegungen zu machen, bei denen die Personen ständig in Fühlung bleiben müssen, um das Ganze sachgemäß verteilen zu können. Die ganze Einrichtung im Saal, vor allen Dingen die Verwendung dieser leicht brennbaren oder leicht selbstentzündlichen Substanz lässt darauf schließen, dass der oder die Brandstifter eine fundierte Kenntnis dieser Dinge gehabt haben müssen. Zur Brandlegung oder zur schlagartigen Ausbreitung des Feuers genügen nach meinem Dafürhalten vier bis fünf Liter Petroleum oder Schwerbenzin. Eine größere Menge halte ich für ausgeschlossen, weil die Wirkung und auch der ganze Brandablauf dann anders gewesen wären. Eine frühere Vorbereitung, Stunden vorher, kommt meiner Meinung nach nicht in Betracht, denn dann würde sich das Bild ergeben haben, dass vielleicht von den Ausbreitungsflüssigkeiten überhaupt nichts mehr zu der Zeit vorhanden gewesen wäre. Ich glaube, der eventuelle Brandstifter wäre dann hauptsächlich in dem Falle, wenn er direkt gezündet hätte, nicht mit dem Leben davongekommen, sondern liegen geblieben, weil die Entstehung des Feuers eine schlagartige gewesen wäre.«

»Konnte dieser Stoff so platziert werden, dass er zu einer gewissen, ziemlich bestimmten Zeit sich selbst entzündete?«, fragte der Präsident.

»Jawohl, wir können das aufgrund der Stärke der Lösung bestimmen. Ich habe übrigens eine Flasche von dieser Lösung mit. Ich könnte den Versuch praktisch vormachen.«

»Ist denn diese Lösung verhältnismäßig leicht zu beschaffen?«

»Sie ist sehr leicht zu beschaffen, das heißt vor allem, wenn einer in der Industrie oder Apotheke tätig ist, kann er das sofort machen. In jedem Laboratorium kann sie hergestellt werden.«

»Sie sagten, vier bis fünf Liter Petroleum oder Benzin. Wie groß kann das Quantum dieser Lösung sein?«

»Mit der Flasche, die ich unten habe – so habe ich ausgerechnet –, könnte ich ungefähr 40 Kohlenanzünder in Brand setzen, und es handelt sich hier um eine kleine Flasche! Die kann man in der Hosentasche tragen, läuft allerdings Gefahr, dass die Flasche … Also, ich habe den Mantel von van der Lubbe untersucht, weil mir die Brandwirkung in der Tasche eigenartig vorkam. Ich habe aber leider diesen Zündstoff nicht feststellen können. Vielleicht ist es zu lange her und der Mantel ist zu lange gelüftet gewesen. Mit der Zeit, wenn sie nicht in Öl eingeschlossen sind, gehen die Verbrennungsprodukte in andere Oxidationsstufen über oder verflüchtigen sich. Es ist nur auffällig an dem Mantel, dass eine richtige Laufspur in dem Futter noch vorhanden ist, in der Manteltasche. Es kann sein, dass er einen getränkten Stoff in der Tasche gehabt hat. Bestimmt lässt sich das nicht sagen.«

»Kohlenanzünder?«

»Vom Kohlenanzünder ist es nicht, denn ich finde kein Naphthalin darin. Das ist das Komische. Während man in der anderen Tasche Naphthalin findet, gibt es hier keine Spur von Kohlenanzündern. – Dann noch eins! Dieser Vorhang vom Stenografenraum, den van der Lubbe zur Ausbreitung des Feuers im Plenarsaal benutzt haben will, brennt nicht, das heißt dieser eine Überwurf, der aus Baumwolle besteht, brennt wohl ab, aber der Hauptvorhang besteht aus Tuch, und zwar aus Wolle, die mit Magnesium als Feuerschutz getränkt ist. Also wenn Lubbe behauptet, er hätte den Vorhang brennend durchs Lokal gezogen und damit Feuer entfacht, so kann es nicht stimmen, dass oben am Ende des Westausgangs nur ein Stück des Vorhanges gelegen ist. Denn, nehmen wir mal an, dass er unten den ganzen Vorhang angezündet hätte, dann wäre der Überwurf weggebrannt, und er hätte oben mit dem Tuch ankommen müssen. Aber man hat nur ein Stück gefunden. Es ist nicht ausgeschlossen, dass diese Vorhänge bei der Brandlegung doch zum Durchtränken mit der Flüssigkeit und so weiter eine Rolle gespielt haben.

Auffällig ist weiter, dass die Fackel an dem Sessel, ebenso wie diese Tafel, die Namenstafel, unten gebrannt haben. Der Zeuge Scranowitz behauptet, er hätte gesehen, dass die Fackel unten gebrannt habe, ebenso das Brett mit den Namen am Westausgang. Auch das soll unten gebrannt haben. Das ist ein Zeichen dafür, dass hier eine Brandflüssigkeit mitgespielt haben kann, denn die Konzentration der Flüssigkeit findet immer unten statt. Während oben bereits ein Teil verbrannt ist, ist unten noch ein Rest dieser Flüssigkeit vorhanden.«

»Kann es nicht sein, dass diese Fackel gar keine Fackel gewesen ist, sondern ein zusammengerolltes Tuch?«, fragte der Präsident.

»Ganz recht! Ich habe mit dem Vorhang vor dem Stenografenraum einen Versuch gemacht. Man kann sehr gut ein fackelähnliches Gebilde daraus herstellen, wenn man ihn zusammenrollt. Zunächst brennt der Stoff eine Zeit lang, wenn man Spiritus oder Benzin darauf schüttet, und es bleibt eine steife schwarze Masse übrig, die durch die Verbrennung der Wolle entsteht. Die Wolle ist im Gegensatz zur Baumwolle ein eiweißartiger Stoff und bildet nach dem Brennen eine harte Kruste, die sofort beim Zertreten zusammenfällt. Ich halte es für möglich, dass diese sogenannte Fackel bei dem Stuhl das zusammengerollte Stück von diesem Vorhang gewesen sein kann.«

»Sie meinen also, eventuell könnte van der Lubbe selbst die Fackel gebildet haben?«

»Jawohl, es wäre möglich gewesen!«

Der Präsident ließ den Blick reihum schweifen. »Sind noch Fragen?«

»Ich habe eine Frage«, sagte der Oberreichsanwalt Werner. »Wie viel Brandmaterial, Herr Dr. Schatz – Sie sprachen vorhin von Lappen, Werg oder dergleichen –, wäre etwa erforderlich? Und konnte diese Menge im Laufe kurzer Zeit etwa in Aktentaschen oder Ähnlichem hergebracht werden?«

»Herr Oberreichsanwalt, ich glaube, es sind – ich kann mich nicht genau erinnern – eine größere Anzahl Handtücher von der Toilette weggekommen.«

»Richtig! Ungefähr 20 von der Toilette, 60 mal 60 Zentimeter.«

»Das hätte vollkommen genügt. Es hätte auch gereicht, wenn man den Vorhang in zehn, zwölf Teile geteilt und diese in die Kästen gesteckt hätte. Auf den Tischen brauchte man ja nichts auszubreiten, da hat man zweifellos ausgegossen, es ist ja herabgelaufen und bis tief in den Fußboden hineingesickert.«

Der Rechtsanwalt Dr. Sack, der Verteidiger des Reichstagsabgeordneten Torgler, meldete sich zu Wort. »Herr Dr. Schatz, Sie unterscheiden also zwischen Flüssigkeit und Zündstoff.«

»Ich unterscheide zwischen Flüssigkeit, die zur Ausbreitung des Feuers benutzt wurde, und der Lösung eines Zündstoffes, die zur Zündung benutzt wurde.«

»Hat dieser Zündstoff einen Geruch?«

»Der Zündstoff oder vielmehr die Lösung des Zündstoffes hat einen ähnlichen Geruch wie Chloroform. Wenn sie sich in dem Raum ausbreitet, riecht sie schwach nach faulendem Kohl.«

»Wenn ich mich mit der Flüssigkeit zehn Minuten im Plenarsitzungssaal, überhaupt zehn Minuten zur Vorbereitung des Brandes befasse, bleibt der Geruch an mir haften oder nicht?«

»Er bleibt haften.«

»Wenn ich dann, mit diesem Geruch behaftet, beim Pförtner Wendt und dem Beleuchter Scholz vorbeigehe, riecht er das oder nicht? Das sind ganz konkrete Fragen, die gehen auf Torgler!«

»Wenn ich damit zu tun gehabt habe, so kann man eine halbe Stunde danach die Sachen noch riechen, vor allen Dingen den Zündstoff selbst, weil der gleichzeitig etwas flüchtig ist und sich auch in der Kleidung festsetzt.«

Der Gerichtspräsident meinte: »Dann müsste er schon einen anderen Rock anziehen.«

»Er hat vielleicht die Sache ohne Überzieher gemacht«, sprang der Oberreichsanwalt dem Präsidenten bei, »zieht den Überzieher an, auch Handschuhe – es ist ja Winter – und geht vorbei.«

»Es bleibt aber, Herr Oberreichsanwalt, ein ganz eigenartiger Geruch haften, wie fauler Kohl«, sagte Schatz. »Wenn man neben dem Betreffenden sitzt, riecht man es genau. Bei meinen Versuchen habe ich festgestellt: Ich konnte den Geruch gar nicht loswerden. Selbst in der Bahn sind beim letzten Herfahren die Leute aus dem Abteil ausgerissen.«

Der Präsident fragte: »So? Doch so schlimm?«

»Jawohl!«

»Verzeihung, Herr Präsident«, sagte Rechtsanwalt Sack, »ich habe noch eine Frage! Wenn Ihre Erklärung zur Ursache der Brandstiftung zutrifft, ist Folgendes erforderlich: erstens ein Plan, wie die Brandstellen im Plenarsitzungssaal angelegt werden; zweitens eine Berechnung der Zeit, wann die Lösung die Selbstzündung herbeiführt, und drittens das Ansetzen eines Täters von außen, der beides berücksichtigen muss. Das wären drei Voraussetzungen.«

»Die Zünddauer dieser Flüssigkeit kann man auch ohne hiesige Ortskenntnis allgemein feststellen«, antwortete Schatz. »Aber natürlich muss eine gewisse Ortskenntnis vorliegen, um das alles ausführen zu können, hauptsächlich in der Dunkelheit.«

»Und dann würde man keine Haken schlagen auf dem Brandwege!«

»Ich meine vor allen Dingen: Ich halte die Lubbe'schen Angaben, wie er das Anzünden bewerkstelligt haben will, für vollständig ausgeschlossen, auch die ganzen anderen Angaben. Ich will die Brandstellen außerhalb des Plenarsaales einteilen in solche, die aus Zufall entstanden sind, und solche, die beabsichtigt sind. Die beabsichtigten sind die im Restaurationsraum und in der Toilette. Das andere sind Brandstellen, die davon herrühren, dass er irgendetwas Brennendes verloren hat. Zum Beispiel überall auf dem Teppich zur Treppe hoch und auch unten in dem Umgang der Toilette, alles das sind meiner Ansicht nach Dinge, wo er Kohlenanzünder in ein Kleidungsstück eingedreht und so eine Fackel gemacht hat. Damit ist er umhergelaufen, und die Masse, die beim Brennen teilweise flüssig wird, ist abgetropft oder heruntergefallen.«

»So stellt er es selbst dar«, sagte der Präsident. »Er gibt auch gewisse Stellen als von ihm absichtlich entzündet an.«

»Man muss die Brennfähigkeit der einzelnen Sachen in Betracht ziehen!«, erklärte Schatz. »Meiner Meinung nach hat er im Restaurationsraum mindestens fünf Minuten zugebracht; allein schon um diese beiden imprägnierten Vorhänge anzuzünden, hat er immer versucht, diese über die Kohlenanzünder zu halten. Das geht auch aus der Brandwirkung auf den Tischen selbst hervor, dass das nicht so schnell gegangen ist.«

Rechtsanwalt Sack sagte: »Ich unterstelle mal, Herr Sachverständiger, als richtig, was Sie eben gesagt haben, er hätte fünf Minuten im Restaurationsraum zugebracht. Dann müsste er fünf Minuten von außen beobachtet worden sein. Wie verbinden Sie das mit den bisherigen Ergebnissen der Beweisaufnahme?«

»Ich will so sagen: Er ist ja nicht im Restaurationsraum geblieben, sondern hinübergegangen. Er ist erst einmal hinausgegangen, und erst beim Zurückkehren in den Restaurationsraum hat er den Versuch gemacht. Die Zeitspanne taxiere ich auf fünf Minuten.«

»Die Zeitspanne wird vielleicht gar nicht so wichtig sein«, gab der Präsident zu bedenken. »Wesentlich ist: Wann hat es angefangen? Wir haben frühestens 21.03 Uhr konstatiert.«

»Die Zeitspanne von 14 Minuten, die er allein gebraucht haben will, ist vor allem deswegen nicht möglich, weil erstens einmal die Lichtverhältnisse bei den Versuchen anders waren und weil die Entzündbarkeit der einzelnen Materialien nicht berücksichtigt worden ist«, sagte Schatz. »Auch die Brandlegung auf der Toilette hat länger gedauert.«

Der Präsident wirkte überrascht. »Der Umlauf hat länger gedauert?«

»Der Umlauf hat unstreitig länger gedauert! Deswegen nehme ich an, dass van der Lubbe im Plenarsaal überhaupt nichts zu tun gehabt hat, dass er höchstens den Vorhang herausgeholt und angebrannt hat.«

»Das ist nicht wesentlich«, erwiderte der Präsident, »denn nach seiner Beschreibung, wenn man ihm glauben wollte, ist er nur einmal durchgelaufen und dann wieder zurück. Das ist ein kurzer Weg von etwa zwei Minuten. Wenn man den abzieht, so würde das am Gesamtergebnis nicht viel ändern. Aber ich glaube sicher, dass er den Saal wohl einmal durchquert hat. Wie sollte auch sonst zu erklären sein, dass dieses abgerissene Stück von dem Stenografenvorhang beim Mantel gefunden worden ist? Das spricht wohl dafür, dass er tatsächlich einmal durchgerannt ist.«

Rechtsanwalt Seuffert, der Verteidiger van der Lubbes, meldete sich zu Wort: »Habe ich Sie richtig verstanden, Herr Sachverständiger, dass auch die Kohlenanzünder mit dieser Ausbreitungsflüssigkeit getränkt gewesen sind?«

»Gerade diese!«

»Gerade diese?«

»Sonst wäre es nämlich nicht möglich gewesen!«

»Und die sogenannte Zündlösung oder Lösungsflüssigkeit war nicht in den Kohlenanzündern? Oder wie ist das?«

»Es ist so: Wenn zum Beispiel diese Zündlösung direkt mit Petroleum gemischt worden wäre, zündet sie nicht, dann hört es auf. Aber deswegen musste eine Überleitung da sein. Das Petroleum verhindert die Zündung, wenn dieser Stoff im Petroleum eingeschlossen ist.«

»Also diese Ausbreitungsflüssigkeit, meinen Sie, wäre in den Kohlenanzündern gewesen? Die hätte er damit getränkt?«

»Die Ausbreitungsflüssigkeit nicht. Ich bin der Meinung, dass Werg, Stoff oder Holzwolle – das ist ganz gleich, aber Holzwolle ist eher ungeeignet –, jedoch hauptsächlich die Putzwolle, die man hat, mit einer Flüssigkeit wie Petroleum oder Schwerbenzin oder auch Nitrolackbenzin, was petroleumähnlich ist, getränkt worden ist und dass man ein Stück Kohlenanzünder auf ein mit der Zündflüssigkeit getränktes Stück gelegt hat. Das entzündet sich selbst. Es entsteht ein weißer Beschlag, in kurzer Zeit geht die Flamme hoch, und in dem Moment steht aber auch unten schon die ganze Flüssigkeit in Flammen.«

Rechtsanwalt Sack fragte: »Herr Dr. Schatz, ich will einmal die Richtigkeit Ihrer Meinung unterstellen. Dann würde es doch gegenüber der Arbeitsteilung, gegenüber dem ganzen Plan – verzeihen Sie den Ausdruck – widersinnig sein, wenn dann derjenige Täter, der die Entflammung zu setzen hat, ausgerechnet im Restaurationsraum sich mehrere Minuten zu schaffen macht.«

»Das meine ich ja nicht, dass der sie gesetzt hat«, sagte Schatz. »Nein, ich habe ja direkt getrennt: Restaurationsraum und Plenarsaal.«

»Gerade weil Sie trennen – ich knüpfte an das letztere an: Plenarsaal eine Arbeit für sich, das Äußere Nebenarbeiten! Und nun werden die Nebenarbeiten ausgerechnet an einer Stelle ausgeführt, wo man am besten von außen sehen kann, wenn da irgendetwas brennt, wie auch die Beweisaufnahme zeigt, und das dauert mehrere Minuten!«

»Ich habe ja über die ganze Balkonsache, über das Verhalten von van der Lubbe meine eigene Meinung. Sie gehört nicht in mein Sachverständigengutachten hinein. Deswegen möchte ich mich auch dazu nicht äußern.«

»Sie setzen dabei voraus, dass auch zwei Täter oder vielleicht zwei Gruppen von Tätern im Restaurationsraum gewesen sind und besonders gearbeitet haben?«, fragte Reichsgerichtsrat Coenders.

»Besonders gearbeitet?«

»Das ist der Gedanke, der natürlich alle, die sich mit der Sache befasst haben, wohl beschäftigt hat«, sagte der Präsident, und Rechtsanwalt Sack fügte hinzu: »Wenn aber der Herr Sachverständige an eine solche Lösung denkt und sie als seine Meinung vertritt, dann muss er auch sagen – insofern stimme ich der Frage des Herrn Reichsgerichtsrats Coenders bei –, wenn er an mehrere Täter denkt, muss er sich zur Stützung seiner Meinung auch überlegt haben: Wie sind die mehreren Täter herein- und herausgekommen?«

»Das ist nicht meine Sache!«, sagte Schatz.

»Und wenn er weiter an Gruppen denkt, muss er das auch überlegt haben«, beharrte Rechtsanwalt Sack, »das dient meiner Meinung nach zur Begründung seiner Meinung.«

»Herr Rechtsanwalt, überlegt habe ich die Sache ganz

genau!«, erwiderte Schatz. »Ich habe auch meine eigene Meinung über andere Vorkommnisse vom kriminalistisch-psychologischen Standpunkt aus.«

»Sagen Sie sie doch!«, sagte Sack.

»Nein, das gehört nicht zu meinem Sachverständigenurteil. Das festzustellen ist Sache des Gerichts.«

Der Präsident meinte: »Wenn man sagt, dass die äußere Anzündung nur erfolgt ist, um abzulenken, wird man unterscheiden müssen zwischen Anzündung an Fenster und Umgang.«

Der Sachverständige nickte. »Jawohl!«

»Nun könnte – für den Umgang hat Herr Oberreichsanwalt ja auch seine Meinung geäußert, dass es unabsichtlich geschehen sei –, das aber auch zur Not für die Anzündung am Fenster gelten. Das ist auch möglich.«

»Nein, nein!«, rief Schatz.

Der Angeklagte Torgler erhob sich von seinem Platz. »Herr Präsident, darf ich mir eine Frage an den Herrn Sachverständigen gestatten?«

»Bitte!«

»Herr Sachverständiger, außer diesem Angeklagten van der Lubbe sitzen hier auf der Anklagebank vier Menschen. Wenn für Sie die Möglichkeit besteht, im Interesse dieser unschuldig Angeklagten die Wahrheit an den Tag zu bringen, ist das zwar nicht Ihre Aufgabe als Sachverständiger, aber Ihre Aufgabe als Mensch, diese Ihre Meinung hier zum Ausdruck zu bringen. Ich bitte Sie deswegen, Herr Sachverständiger, und richte an Sie die Frage: Welches ist Ihre Auffassung über die Möglichkeiten bei der Brandstiftung, wie sie sich bei Ihnen ergibt?«

»Die Möglichkeiten der Brandstiftung habe ich hier dargelegt. Aus dem Verhalten von van der Lubbe habe ich Schlüsse für mich gezogen, die mit der Art der Brandlegung und mit den Tätern – vielleicht mit den Tätern oder mit dem Täter – etwas zu tun haben, aber nicht mit der Tat als solcher. Ich meine, es ist so: Ich habe überlegt, welches Vorwissen van der Lubbe gehabt haben könnte; denn das Verhalten eines Brandstifters auf dem Balkon ist anormal, so will ich sagen, und dass er bereits beim Aufstieg nach meiner Überzeugung vielleicht gewusst hat, dass bereits andere Vorgänge sich in dem Raum abspielen und er nur die Schuld durch das eigenartige Verhalten auf sich ziehen soll. Denn es ist ungewöhnlich, dass man draußen etwas anbrennt oder im Anfang einer Tat sich schon zu erkennen gibt, was man doch eigentlich vermeiden möchte. Das ist meine Ansicht. Ob sie richtig ist, das mag das Gericht entscheiden.«

Der Oberreichsanwalt Dr. Werner schaltete sich ein. »Kann ich die Frage des Angeklagten Torgler übernehmen: Der Angeklagte Torgler gibt an, bis ungefähr 20.20 Uhr, wobei nach meinem Dafürhalten und dem Ergebnis der Untersuchungen nach ungefähr 20.40 Uhr, 20.45 Uhr eher realistisch ist, im Reichstag gewesen zu sein. Kann danach nach Ihrer Überzeugung und aufgrund der Art, wie der Brand im Plenarsaal vorbereitet worden ist, der Angeklagte Torgler als Täter infrage kommen?«

»Bis 20.45 Uhr?«

»Ja!«

»Ich sage ja. Wenn man die Zündung um 21.05 Uhr ansetzt, 20 Minuten zurück – nach der Zeit besteht die Möglichkeit!«

»Sie sprachen vorhin davon: Man kann sogar die Zeit noch verlängern …«

»Ganz recht!«

»… eine Stunde und noch länger! Also selbst wenn der Angeklagte Torgler um 20.20 Uhr etwa, wie er behauptet, bereits den Reichstag verlassen hätte, bestünde auch da die Möglichkeit, dass der Brand um diese Zeit, in der er ausgebrochen ist, auf eine Mittäterschaft Torglers zurückzuführen wäre?«

»Die Zeit würde etwas sehr weit zurückliegen. Aber die Möglichkeit besteht noch. Ich meine so: Eine Stunde ungefähr rechnet man dafür, dass die Verdunstung des Lösungsmittels erfolgt ist. Das halte ich für möglich.«

»Ich darf einmal anknüpfen, Herr Dr. Schatz«, ergriff Rechtsanwalt Sack das Wort, »an die Frage des Herrn Oberreichsanwalts: Besteht diese Möglichkeit bloß für den Abgeordneten Torgler, oder bestünde diese Gelegenheit für jede Person, die um diese Zeit noch im Reichstag gewesen ist?«

»Das ist selbstverständlich! Die hier Angeklagten kommen für mich gar nicht in Betracht. Ich denke nur an die Tat selbst. Die ist selbstverständlich für jede Person in dieser Zeit möglich.«

»Ich unterstelle die Richtigkeit Ihrer Meinung, wie Sie die Brandstiftung erklären, und die Richtigkeit, dass Torgler es gewesen sein könnte. Daraus ziehe ich die Schlussfolgerung: Torgler geht an den Pförtnern Wendt und Scholz vorbei. Mussten die den Geruch – den spezifisch klinischen Geruch, wie Sie gesagt haben – wahrnehmen oder nicht?«

»In dem Falle: ja!«, sagte Schatz.

Nun meldete sich der Landgerichtsdirektor Parrisius: »Herr Sachverständiger, mussten sie den Geruch auch dann wahrnehmen, wenn sich der Angeklagte Torgler nicht gerade mit dieser Flüssigkeit beschäftigt hat?«

»Dann nicht!«

»Es kann doch der Fall sein, dass es mehrere Mittäter gewesen sind«, wandte Parrisius ein. »Davon geht ja auch die Anklage aus. Also könnte es nicht so sein, dass da mehrere Personen im Plenarsaal arbeiten, der eine macht das, und der andere macht das, nicht wahr? Müssen denn nun alle diese Personen, die da irgendwie beschäftigt sind, nachher, wenn sie an dem Portal, an den verschiedenen Pförtnern vorbeigingen, diesen Geruch an sich haben, nur deswegen, weil oben diese Vorbereitungen getroffen worden sind?«

»Wenn er nicht unmittelbar damit hantiert hat, dann braucht er nicht danach zu riechen«, sagte Schatz. »Ich sage ja, der Geruch ist chloroformähnlich. Wenn man den Stoff öfters in der Hand hat oder man bespritzt wird und sich kleine Spritzer anhaften, dann setzt sich der Geruch natürlich fest. Aber schon einige Schritte davon weg ist es anders. Dann nimmt der Anzug des Betreffenden den Geruch nicht an.«

»Auf welche Entfernung ist der Geruch wahrnehmbar?«, fragte Oberreichsanwalt Dr. Werner. »An Pforte fünf ist ein ziemlich breiter Gang. Wenn er nun an einer Person gerade vorbeigeht – er hat dem Beleuchter Scholz nur den Schlüssel hingereicht –, muss man das auch bemerken, wenn er über seinen Anzug, den er vorher hatte, den Überzieher gezogen hat?«

»Wenn der Überzieher drüber gewesen ist und er in eiligem Schritt vorbeigegangen ist, muss der Geruch nicht zwangsläufig wahrgenommen worden sein.«

»Herr Dr. Schatz«, sagte Rechtsanwalt Sack, »nun bliebe noch die weitere Frage: Wenn ich mit dem Täter oder mit demjenigen, der mit dieser Lösung hantiert hat, wiederum in Berührung komme, teilt sich dieser Geruch auf den anderen mit oder nicht?«

»Nein, wenn zum Beispiel jemand einige Zeit nachher mit einem anderen zusammenkommt … nein, so stark wirkt die Sache nicht.«

Es meldete sich der Rechtsanwalt Teichert: »Eine Frage: Wenn sich der Geruch in die Kleidung des Betreffenden gesetzt hat, wie lange etwa hält er sich dann darin, sodass er also deutlich wahrnehmbar ist?«

»Es kommt ja auf die Menge an, natürlich auch darauf, ob er zum Beispiel länger gespritzt hat und an welcher Stelle man getroffen wird, denn die Verdunstungszeiten sind unterschiedlich. Das kann man schlecht sagen. Ich kann mich nicht an eine Zeit binden. Manchmal hält der Geruch des Zündstoffes sehr lange an und man kann ihn einige Stunden riechen, zum Beispiel wenn man etwas unter die Fingernägel bekommen hat.«

»Ich meine: Hält er sich mehrere Tage?«

»Nein, mehrere Tage nicht. Dann geht er schon in die Oxidationsstufe über.«

»Hier muss doch nach Ihrer Meinung auch ein bestimmter Ablauf eingehalten werden«, sagte Rechtsanwalt Sack. »Es muss präpariert werden mit der Flüssigkeit, es muss zum Beispiel das Zündungsmittel in einem bestimmten Zeitraum angesetzt werden, der nicht überschritten werden darf. Denn der Täter soll ja von außen auch noch einsteigen und von dort aus die Nebenbrandstellen legen. Es muss ein zeitlich zusammengedrängter Komplex nach einem bestimmten Plan, nach einer bestimmten Arbeitsteilung sein. Unterstellen Sie einmal, was Sie ja selbst bei der Bildung Ihrer Meinung getan haben, diesen Plan auch zeitlich! Könnte denn innerhalb dieser Zeit nach der intensiven Beschäftigung mit dem einen Mittel sich der Geruch verflüchtigt haben?«

»Ich verstehe nicht, Herr Rechtsanwalt, wie sich der Geruch verflüchtigt? Es braucht doch der Täter, der die Tat ausführt, gar nicht die Vorbereitung oder die Lösung hergestellt zu haben. Ich habe ja gesagt: Die Lösung kann bereitgestellt gewesen sein; er kann sie auch bei sich geführt haben.«

»Ich will keine allgemeine Erörterung von Ihnen, sondern ich stelle es auf den Angeklagten Torgler ab. Ich nehme Bezug auf die vom Herrn Oberreichsanwalt hier gebrachte Unterstellung, dass er erst 20.45 Uhr herausgegangen sein soll, die ich einmal als richtig annehme. 20.45 Uhr geht er heraus. Somit müsste Torgler derjenige gewesen sein, der mit dieser Flüssigkeit gearbeitet hat. Es fragt sich, wie lange er damit gearbeitet haben kann. Nicht sehr lange, denn vorher war der Beleuchter Scholz durch den Reichstag gegangen. Es ist also für Sie erkennbar, wie viel Zeit zur Verdunstung des Geruches möglich bleibt. Nun frage ich Sie: Kann der Angeklagte, all dies unterstellt, bei Wendt und Scholz – dem Scholz hat er bei Portal fünf den Schlüssel in die Hand gegeben – vorbeigekommen sein, ohne dass dem Scholz zumindest ein besonderer Geruch an Torgler auffällt?«

»Das würde an und für sich schon ein Teilurteil sein, das ich ablehne.«

»Das ist nicht einmal die juristische Konsequenz, die ich aus Ihren gutachtlichen Äußerungen ziehe, sondern ich will Sie zu einer näheren Erläuterung der von Ihnen hier vorgetragenen Meinung zwingen.«

»Ich will voraussetzen, der Angeklagte Torgler hätte die Flüssigkeit hergestellt, hätte die ganzen Vorbereitungen getroffen, hätte die Flüssigkeit ausgegossen und überall verteilt, hätte stark riechende Chemikalien in die Hand bekommen und wäre danach hinausgegangen. Dann glaube ich sicher annehmen zu können, dass man etwas gerochen hätte, wenn er diese ganze Sache allein gemacht hätte.«

»Wenn er aber nichts an die Hand bekommen hätte?«, warf der Reichsgerichtsrat Coenders ein.

»Dann konnte er hinausgehen, ohne dass man etwas bemerkte. Aber wenn er sich intensiv damit beschäftigt hätte, hätte man den Geruch wahrnehmen müssen.«

Der Rechtsanwalt Seuffert sagte: »Danach, Herr Sachverständiger, hätten Sie auch sagen müssen: Wenn van der

Lubbe diese Lappen, die getränkt waren, auf einem Platz vorgefunden hat und sie mit dem Lösungsmittel, Kohlenanzünder, versehen hat, sodass also die Wirkung eintrat, dann müsste van der Lubbe selbst diesen Geruch an sich gehabt haben, als er verhaftet wurde.«

»Sehr richtig, Herr Rechtsanwalt! Deswegen bin ich ja der Meinung, dass van der Lubbe da drin gar nichts zu suchen gehabt hat und im Saal nichts getan hat. Das ist meine feste Überzeugung.«

»Eine Frage noch, Herr Sachverständiger!«, sagte Rechtsanwalt Teichert. »Verbreitet dieses chemische Mittel beim Verdunsten, beim Zünden und beim Verbrennen einen Geruch?«

»Einen direkten Brandgeruch nicht. Ein leichtes Prickeln in der Nase wird erzeugt.«

»Ist der Geruch derart, dass ihn die Feuerwehrleute riechen konnten?«

»Nein, das hört auf. Ich möchte noch einmal auf diese Gerüche kommen, Petroleum, Benzol oder was da angezogen wurde. In dem Moment, wenn die brennen, verschwindet der Geruch in der Regel, weil die leicht flüchtigen Stoffe diejenigen sind, die entflammt werden, die hochgehen, und erst später die schwer siedenden angegriffen werden, denn die Riechstoffe sind bekanntlich die leicht flüchtigen. Bei Petroleum und Ähnlichem braucht es nicht zu riechen. Ich habe Fälle gehabt, wo man direkt daneben gestanden hat, als Petroleum entzündet wurde und man hat nichts gerochen.«

»Er hat ja auch seine Jacke ausgezogen«, sagte Reichsgerichtsrat Coenders. »Könnte er sich die vielleicht beschmutzt haben?«

»Schade, dass ich die Untersuchung des Überziehers und der anderen Sachen nicht gleich vornehmen konnte, unmittelbar danach.«

»Den Überzieher hat er wahrscheinlich ausgezogen, um besser laufen zu können«, meinte der Präsident. »Außerdem wollte er ihn als Brandmittel verwenden. Also Ihre Auffassung ist Arbeitsteilung: Die einen oder der eine hat den Plenarsaal bearbeitet, und unabhängig davon, höchstens auf Verabredung, van der Lubbe so, wie er es eingestanden hat, den Umgang? Bloß meinen Sie, es sei nicht richtig, wenn er gesagt hat, er wäre durch den Plenarsaal gelaufen. Das schließen Sie aus?«

»Jawohl, dass er diese Zündung vorgenommen haben will.«

»Aber möglich wäre das?«

»Dass er nicht in nähere Berührung damit gekommen ist.«

»Gewissermaßen als überflüssig«, sagte der Präsident, »weil im Plenarsaal einer oder mehrere andere gearbeitet haben.«

Der Angeklagte Dimitroff meldete sich zu Wort. »Wenn ich diesen interessanten Vortrag richtig verstanden habe …«

Der Präsident unterbrach ihn. »Es wäre besser, wenn Sie sich kurz fassten!«

»… dann komme ich zu der Schlussfolgerung«, fuhr Dimitroff fort, »dass die Verwendung dieses Brandmittels und einer solchen Methode bei der Brandstiftung nur möglich ist durch Leute, die nicht ganz unerfahren, die nicht Laien sind, sondern gewisse Kenntnisse von dieser Kunst haben müssen. Ich frage den Herrn Sachverständigen: Welche Kenntnisse sind ungefähr nötig?«

»Arbeiter, die in der chemischen Industrie, oder Studenten, die in einem Laboratorium arbeiten, oder Apotheker, die mit den Sachen zu tun haben, wissen Bescheid darüber und können es natürlich weitertragen«, antwortete Schatz.

»Konnte diese Methode und dieses Brandmittel von Leuten, die keine Kenntnis von der Lage im Reichstag und vom Plenarsaal haben, durchgeführt werden?«, fragte Dimitroff. »War das möglich?«

»Ich weiß nicht, welche Kenntnisse die einzelnen der Angeklagten besitzen. Ich weiß nur, dass van der Lubbe als Arbeiter tätig ist. Was die anderen sind, weiß ich nicht.«

»Das ist ein Missverständnis«, sagte der Angeklagte Dimitroff. »Ich frage Folgendes: Wenn jemand die Lage im Plenarsaal, im Reichstag, nicht kennt, kann er sich so plötzlich orientieren, um diese Methode zur Brandstiftung zu verwenden?«

»Ich habe schon gesagt, dass doch eine gewisse Ortskenntnis dazu nötig gewesen ist.«

»Wenn diese Flüssigkeit, dieses Brandmittel, am 26. ausgegossen wurde und nicht am 27.?«

»Dann ist es vorbei.«

»Vorbei? Das wäre also unmöglich?«

»Das wäre unmöglich.«

»Also nur ein oder zwei Stunden vorher?«

»Kurz vorher.«

»Keine Vorbereitung? Am Tage?«

»Nein, große Vorbereitungen nicht.«

»Ich schließe die heutige Sitzung«, sagte der Präsident.

9

Das ›Kakadu‹ war ein großes, etwas überladen wirkendes Etablissement in der Augsburger Straße. Die Inneneinrichtung zeigte eine deutliche Vorliebe für das Ornamentale, für lebhafte Muster und spielerisch durchbrochene Linien, mit Wandbespannungen in roten, blauen und goldenen Tönen. Hauptanziehungspunkt war die große Theke im hinteren Teil des Lokals, die man gern auch als die längste Bar Berlins bezeichnete.

Es war kurz nach zehn Uhr am Abend, und noch war das Lokal recht leer. Ein paar Trinker saßen an der kleinen Bar im vorderen Teil des Lokals und liebkosten ihre gefüllten Gläser. Es gab aber auch ganz normale Gäste. Leute, die einfach von der Straße auf ein Bier hereinkamen, um sich etwas umzusehen. Erst sehr viel später am Abend würde es voller werden.

Leni Ravenov saß auf einem Hocker an der hinteren Bar und nippte an einem Cocktail. Wir begrüßten uns mit einer knappen Umarmung, und ich setzte mich an ihre Seite. Sie hatte mich am Nachmittag angerufen und um das Treffen in diesem Lokal gebeten.

»Ich habe einen freien Abend«, lächelte sie. »Deshalb habe ich es vorgezogen, Sie hier zu treffen anstatt in Ihrem Büro.«

»Eine gute Entscheidung. Ich finde es hier auch netter als in meiner Kanzlei.«

Sie sah wundervoll aus. Der Stoff der Wandbespannung in ihrem Hintergrund war blau und goldfarben und kontrastierte reizend mit ihrer nackten, seidigen Haut, die ihr Trägerkleid, das an allen Seiten weit ausgeschnitten war, großzügig freilegte.

»Ich habe noch einmal über alles nachgedacht, was wir

letztens besprachen«, erklärte sie. »Inzwischen glaube ich, Hinweise auf ein Motiv für den Mord an Alice zu haben.«

Ich blickte sie gespannt an. »Haben Sie Ihre Meinung geändert? Haben sich die Gewichte zwischen Mord und Selbstmord neu verteilt?«

»Nicht unbedingt! Aber ich verstehe jetzt besser die verzweifelte Lage, in der Alice sich befand.«

»Was haben Sie herausgefunden?«

»Der Mann von Alice, Georg Resow, ist die rechte Hand – oder eine der rechten Hände – des Berliner SA-Chefs Karl Ernst. Das wusste ich bereits, und auch, dass Alice nicht nur Ernst, sondern auch einen besonderen Freund der Berliner SA-Führung, nämlich den Wahrsager Hanussen recht gut kannte, der – wie man munkelt – später von der SA umgebracht worden ist. Dessen Tod hängt wiederum mit dem Brand des Reichstagsgebäudes zusammen, der von ihm in der Nacht vor dem Brand geweissagt worden ist. Über den Reichstagsbrand wurde bei uns an der Scala allerhand getuschelt. Dass Hanussen bei der Sache seine Hand im Spiel hatte, war ein offenes Geheimnis – obwohl natürlich niemand Details kannte. Alice war, wie ich nun weiß, mehr als andere über die Hintergründe von Hanussens Rolle bei der Brandstiftung informiert, kannte womöglich die Täter persönlich. Sie wusste offenbar, wie alles miteinander zusammenhing, und konnte beweisen, dass der Magier van der Lubbe hypnotisiert hatte, damit dieser zwei Tage später das Feuer legte. Auch hat sie vielleicht den Lockvogel für van der Lubbe gespielt.«

»Was sind das für Beweise? Wie haben Sie davon erfahren?«

Leni nahm ihr Handtäschchen von dem Tresen und machte es auf. Ein goldenes Uhrenarmband umspannte ihr schlankes Handgelenk.

»Vor ein paar Tagen wurde die kleine Wohnung von Alice leer geräumt«, sagte sie. »Man hatte es mir mitgeteilt, damit ich mir ein paar Sachen abhole, die ich als ihre Freundin bekommen sollte. Der Vermieter hatte meine Adresse und schrieb mich an. Eine Zeit lang war ich in der Wohnung allein. Beim Durchsuchen der Schubladen habe ich das hier gefunden.«

Sie hatte ein dünnes zusammengefaltetes Dokument aus der Tasche genommen und reichte es mir.

»Lesen Sie!«

Das Dokument, das ich auseinanderfaltete, war der Durchschlag eines auf Schreibmaschine verfassten Schreibens, das an den Herrn Senatsvorsitzenden des Reichsgerichts Wilhelm Bünger adressiert war und folgenden Wortlaut hatte:

›Sehr geehrter Herr Präsident!

Mit diesem meinem Schreiben möchte ich Sie davon in Kenntnis setzen, dass der Brandstifter Marinus van der Lubbe bei der Ausführung seiner Tat unter hypnotischem Einfluss stand und daher für die Brandstiftung als nicht verantwortlich anzusehen ist. Anstifter der Tat sind der inzwischen ermordete Magier Hanussen und der Berliner SA-Führer Graf Helldorf. Hanussen hat im Februar von diesem den Auftrag bekommen, van der Lubbe hypnotisch zu behandeln, und ihm so den Auftrag zur Reichstagsbrandstiftung zu übermitteln. Da van der Lubbe ein außerordentlich leicht zu beeinflussender Mensch gewesen ist, stellte er für Hanussen ein ausgezeichnetes Medium dar. Bei den hypnotischen Sitzungen, die Hanussen und Helldorf zusammen mit van der Lubbe durchgeführt haben, wurde diesem immer wieder versichert, dass ihm in keinem Falle irgendetwas geschehen würde, sondern dass ein Prozess wegen Brandstiftung, falls ein solcher denn überhaupt stattfinden würde, nur eine Komödie sei. Man würde van der Lubbe nach der Verurteilung heimlich ins Ausland schaffen und ihn mit genügend Geldmitteln versehen, damit er für den Rest seines Lebens sorglos leben könne. Das heutige Verhalten van der Lubbes beweist ganz klar, dass er schon bei den vorherigen Brandlegungen einem Zwange folgte. Der Zustand van der Lubbes, das Schwanken zwischen Apathie und Versagen der Sprache einerseits, und Aufmerksamkeit, Redegewandtheit und Zeichen von Intelligenz andererseits sind typische Zeichen dafür, dass er unter Hypnose stand. Er hat gar keine Ahnung von der Rolle, die er spielen muss, und glaubt, die Brände aus sich selbst heraus gelegt zu haben. Der Zustand van der Lubbes ergibt eindeutig, dass seine Hypnotiseure Stümper waren, die ihn auch noch ganz zu Grunde richten werden, falls er nicht sofort in ärztliche Behandlung gebracht wird. Van der Lubbe hat unter dem hypnotischen Banne des Magiers Hanussen die Brände gelegt und befindet sich seither ständig unter einem nachhypnotischen Einfluss eines oder einiger Schüler Hanussens. Der Magier selbst musste diesen Dienst mit dem Tode bezahlen, da man seiner Verschwiegenheit nicht traute.

Mit vorzüglicher Hochachtung

A.R.‹

Eine Zeit lang betrachtete ich stumm das Schriftstück in meiner Hand.

»Hat der Senatspräsident das Original erhalten?«, fragte ich Leni schließlich. »Wissen Sie etwas davon?«

»Keine Ahnung, aber ich nehme es an. Sonst wäre nicht nur der Durchschlag da gewesen.«

Weiter hinten hatte eine Musikkapelle zu spielen begonnen und untermalte mit ihren Klängen auf unaufdringliche Weise die Gespräche der Menschen im Lokal. Der Barmann, der Leni und mich bediente, trat nur gelegentlich näher, um nach unseren Gläsern zu sehen. Er war offensichtlich italienischer Abstammung und trug ein charmantes und gelassenes Lächeln zur Schau. Leni, die ihn mit dem Namen Sergio ansprach, schien ihn recht gut zu kennen.

»Besteht die Möglichkeit, dass die Post von Alice kontrolliert wurde und man den Brief abgefangen hat?«, fragte ich Leni.

»Alice war nicht dumm! Sie hat den Brief bestimmt nicht mit der Post geschickt, sondern ihn selbst in den Briefkasten des Gerichts geworfen.«

»Dazu hätte sie allerdings nach Leipzig fahren müssen.«

Leni hob in einer hilflosen Geste die Schultern. »Sie haben recht. Daran habe ich gar nicht gedacht. Aber haben Sie denn Anlass zu vermuten, dass der Gerichtspräsident den Brief nicht erhalten haben könnte?«

»Ich überlege gerade, wie er wohl auf ein solches Schreiben reagieren würde. Wahrscheinlich ist das nicht die einzige Zuschrift, die das Gericht aus der Bevölkerung erhält. Allem kann er nicht nachgehen. Mag auch sein, dass die Briefe gar nicht alle auf seinem Schreibtisch landen. Falls Bünger diesen Brief erhalten hat, hätte er jedenfalls allen Anlass, van der Lubbe gründlich untersuchen zu lassen, ob er tatsächlich unter hypnotischem Einfluss steht. Ob er es wirklich tut, ist eine andere Frage. Offenbar tut er es aber nicht; er lässt auch anderes unbeachtet, was van der Lubbe entlasten könnte. Den Eindruck muss man haben angesichts der Art und Weise, wie er diesen Prozess führt. Irgendwer muss verurteilt werden. Das schuldet er der nationalen Regierung. Und wenn schon Torgler und die Bulgaren Wackelkandidaten im Hinblick auf eine Verurteilung sind, kann er van der Lubbe nicht auch noch davonkommen lassen.«

»Den Brief kann er ja vielleicht ignorieren – aber wenn Alice persönlich vor dem Gericht ausgesagt hätte, ginge das doch sicher nicht?«

»Eine Aussage vor Gericht lässt sich natürlich schwieriger unterdrücken als ein Brief. Bei der Vernehmung des Grafen Helldorf, bei der ich zugegen war, wurde allerdings deutlich, dass das Gericht auch mündliche Aussagen nur zur Kenntnis nimmt, wenn es sie zur Kenntnis nehmen will.«

»Alice könnte, als sie ihren Mann verließ, gedroht haben, ihr Wissen preiszugeben, wenn sie nicht finanziell entschädigt werden würde.«

»Halten Sie es wirklich für möglich, dass Alice Resow ihren Ehemann erpresste?«

»Alice hatte mir gegenüber einmal dubiose Andeutungen gemacht, dass sie ihren Mann in der Hand hätte, wenn er nicht so tat, wie sie wollte. Aber jetzt stelle ich mir vor, dass sie ihm das von ihr verfasste Schreiben gezeigt und ihm gedroht haben könnte, es abzuschicken, wenn er ihr nicht eine bestimmte Summe Geld zukommen lässt.«

»Es muss ihr doch bewusst gewesen sein, dass eine solche Erpressung nicht ungefährlich ist.«

»In diesen SA-Kreisen ist reichlich Geld vorhanden. Warum nicht auch davon profitieren, wird sie sich gesagt haben. Falls sie ein neues Leben anfangen wollte, hätte sie etwas Geld gut gebrauchen können.«

»Hatte sie das vor? Wollte sie fort?«

»Sie war zuletzt nicht mehr sehr glücklich mit dem Leben, das sie führte. An der Scala gefiel es ihr nicht mehr, das ist inzwischen fast so etwas wie ein Stammlokal der SA. Ein solcher Ort konnte nicht mehr ihre tänzerische Heimat sein.«

Eine Zeit lang hingen wir schweigend unseren Gedanken nach.

»Wenn ich diesen Faden mal weiterspinne«, sagte ich dann, »würde er dahin abrollen, dass Alice sich mit ihrem Mann in dem Hotel getroffen hat, um diese Sache zu regeln. Doch dann – noch vor dem Gespräch oder bei einer Unterbrechung – bekommt sie es mit der Angst zu tun, verlässt das Zimmer, geht in eine der Telefonkabinen und ruft mich an. Möglicherweise war sie unter einem Vorwand hinausgegangen, und der Mann hat von dem Telefonat gar nichts mitbekommen. Oder er kam erst nach dem Anruf zu ihr. Wie dem auch sei – nachdem sie jedenfalls in das Zimmer zurückgekehrt ist, kommt es zu einem Streit mit ihrem Mann, und er erdrosselt sie. Daraufhin zieht er sie aus und arrangiert alles so, dass es wie ein Selbstmord aussieht. Er verschwindet aus dem Hotel, informiert seine politischen Freunde über den angeblichen Selbstmord, damit die Ermittlungen von Anfang an in die richtige Richtung laufen. Die geheime Polizei macht sich sofort auf den Weg und trifft im Hotelzimmer nicht nur auf die Tote, sondern auch auf mich, nachdem ich dort inzwischen aufgekreuzt bin.«

»Falls es Mord war, könnte es ungefähr so gewesen sein – ja«, erwiderte Leni, »aber ich nehme an, dass sie sich freiwillig ausgezogen hatte, um Verkehr mit ihrem Mann zu haben. Es war das Einzige, das zwischen den beiden über Jahre hinweg noch stimmte.«

»Das gerichtsmedizinische Gutachten enthielt keine sicheren Hinweise darauf, dass sie mit einem Mann zusammen war.«

»Man muss berücksichtigen, dass der Gutachter entweder gar nicht nach entsprechenden Spuren gesucht oder dass er diese auf Anweisung von oben unterschlagen hat«, erwiderte sie kenntnisreich. »Natürlich könnte auch ein Kondom benutzt worden sein.«

»Mag sein! Aber war es wirklich der Ehemann, mit dem

Alice Resow vor ihrem Tod zusammenkam? Der Brief an das Gericht deutet zwar auf diesen hin. Aber könnte es nicht doch jemand anderer gewesen sein, mit dem sie sich in dem Hotelzimmer traf? Warum hätte Alice am Telefon von einem Freund sprechen sollen, mit dem sie Ärger hatte, wenn es sich um ihren Ehemann handelte.«

»Sie wusste ja nicht, was noch kommen würde. Vielleicht spürte sie bei dem Anruf das Bedürfnis, ihren Mann zu schützen, solange die Fronten ungeklärt waren, und sprach deshalb unverbindlich von einem Freund. Das würde erklären, weshalb ich selbst von diesem ›Freund‹ nichts wusste – weil er eben nur ein Vorwand war.«

Sie schaute vor sich hin. Ihre Augen waren umschattet, als ob sie mit einem dunklen Gedanken beschäftigt wäre.

»Selbst wenn ihr Tod in Zusammenhang mit ihrem Wissen um den Reichstagsbrand stand, muss nicht der Ehemann der Täter gewesen sein«, sagte ich. »An der Brandstiftung waren auch andere beteiligt. Aber was ist eigentlich mit einem Unfall? Könnte nicht in sexueller Hinsicht etwas außer Kontrolle geraten sein?«

Leni wiegte wie zweifelnd den Kopf hin und her. »Alice war sehr erfahren.«

»Und wenn sie sich nun mit dem Falschen eingelassen hat?«

»Woran denken Sie? An einen Triebtäter?«

»Ich liege doch nicht falsch, wenn ich annehme, dass sie Spaß an harten Sexspielchen hatte.«

»Da liegen Sie schon richtig.«

»Hat sie mit Ihnen darüber gesprochen?«

Sie lächelte nachsichtig und warf in einer anmutig selbstbewussten Bewegung den Kopf zurück. »Wir waren Freundinnen und haben das auch zusammen gemacht. Auch ich liebe – wie Sie ja wissen – solche Spielchen.«

. Das Licht markierte mit den Schatten, die es warf, das Ebenmaß ihrer goldenen Arme und ich verspürte den sehnlichsten Wunsch, sie zu ergreifen und etwas Wildes und Ultimatives mit ihr zu tun.

Ich sagte: »Wir sind also so schlau wie am Anfang.«

»Trotz eines möglichen Mordmotivs halte ich es nach wie vor für wahrscheinlich, dass die arme Alice Selbstmord beging«, erwiderte Leni. »Deutet nicht letzten Endes auch dieser Brief an das Gericht darauf hin? Kann man nicht eine Art Abschiedsbrief darin erblicken? Es muss ihr alles zu viel geworden sein. Sie konnte den Druck, die Angst und all das nicht mehr ertragen – und so hat sie sich eben eine letzte Freude verschafft, bevor sie hinüberging.«

Sie sah mich mit einem reizenden Lächeln an, und trotz des schrecklichen Themas, mit dem wir uns gerade befasst hatten, ergriff mich ein heißes Gefühl.

»Mag sein! Aber sprechen wir nicht mehr davon. Wir beide werden es im Moment nicht aufklären. Was wollen Sie denn mit dem Durchschlag machen?«

»Ich wollte Sie bitten, ihn in Verwahrung zu nehmen. Schließlich waren Sie der Anwalt von Alice. Wenn zweifelhaft ist, dass der Präsident das Original erhalten hat, findet sich vielleicht eine Möglichkeit, dass er wenigstens diesen Durchschlag erhält.«

»Aus den Gründen, die ich schon nannte, verspreche ich mir nichts davon, aber ich denke noch mal darüber nach«, entgegnete ich und steckte das Schriftstück in die Tasche. Die Mahnung des Bankiers Arnheim, mich nicht einzumischen, stand mir deutlich vor Augen.

Sie sagte: »Ich habe eine weitere Bitte.«

»Wenn möglich, erfülle ich sie Ihnen gern.«

»Ich möchte, dass Sie einen Schlüssel für meine Wohnung an sich nehmen und in Ihrer Kanzlei verwahren. Sie sind ja jetzt auch mein Anwalt, und es gibt immer weniger

Menschen in meinem Umfeld, denen ich vertrauen kann. Sollte ich einmal in eine ähnliche Lage wie Alice geraten, nun, dann hätten Sie jedenfalls einen Schlüssel …«, sie machte eine Pause, »… und könnten mir zu Hilfe kommen.«

»Wenn Sie es möchten«, sagte ich, »– hoffentlich muss ich den Schlüssel nie benutzen! Haben Sie denn wirklich Grund sich zu fürchten?«

»Man weiß es nicht«, reagierte sie schnell, machte die Handtasche auf und entnahm ihr einen Ring mit zwei Schlüsseln, den sie mir reichte. »Der Größere ist für die Haustür, der andere für die Wohnung.«

»Ich werde ihn im Schreibtisch meiner Kanzlei deponieren. Wenn Sie ihn brauchen sollten, wissen Sie, wo er ist.«

»Na, prima«, sagte sie geistesabwesend und lächelte unbestimmt in meine Richtung. »Dann sind wir uns ja einig!« Sie warf einen Blick auf die goldene Uhr an ihrem Handgelenk. »Es wird Zeit für mich«, meinte sie und winkte dem Barmann, um zu bezahlen. »Ich habe noch eine Verabredung.«

Der Stich der Enttäuschung ging ziemlich tief, aber ich versuchte, mir nichts anmerken zu lassen.

»Lassen Sie das Geld stecken«, sagte ich. »In den letzten Tagen hatte ich ein paar größere Zahlungseingänge. Die Rechnung geht auf mich.«

»Das ist zwar nicht nötig, aber vielen Dank.«

Sie wartete noch, bis ich mein Geld losgeworden war, und schwang sich dann von ihrem Hocker.

Ich begleitete sie zur Garderobe.

»Werden wir uns einmal wiedersehen – ich meine privat?«, fragte ich, während ich ihr in den Trenchcoat half.

Sie lächelte. »Vielleicht, aber vorerst wird es mir nicht möglich sein, Sie zu treffen.«

»In den kommenden Tagen hätte ich auch gar keine Zeit, ab übermorgen bin ich für ein paar Tage auf Reisen; zu einem auswärtigen Gerichtstermin. Wenn ich zurückgekehrt bin, melde ich mich mal bei Ihnen. Ist das Ihnen recht?«

»Ja, tun Sie das nur«, entgegnete sie freundlich und reichte mir zum Abschied die Hand. Diese fühlte sich angenehm warm an und fügte sich gut in die meine, sodass ich sie am liebsten gar nicht mehr losgelassen hätte.

»Wir sehen uns«, sagte ich, während mir ihre Hand entglitt.

Sie antwortete nicht mehr. Und dann war sie draußen.

Die Frau in der Garderobe reichte mir meinen Mantel, und nur ein, zwei Minuten nach Leni Ravenov trat ich auf die Augsburger Straße hinaus.

Draußen blieb ich noch einen Moment stehen, schaute zurück in Richtung der Bar – zu der hohen Fassade aus edelgelbem Putz, dem in Leuchtschrift gehaltenen Namenszug ›Kakadu‹ über dem Eingang, den Fenstern und Türelementen aus rotbraunem Marmor und zu dem farbigen Glas. Dann sah ich hinauf in den leichten Regen, der das Licht der Straßenlampen mit zarten silbrigen Fäden durchzog, und als mein Blick wieder die Straße streifte, wurde er von einem Mercedes-Cabriolet angezogen, das auffallend langsam auf der ruhigen, lichterglitzernden Straße herangerollt kam.

Ich sah zu, wie der Wagen an mir vorüberglitt, wie kurz darauf am Heck die roten Lichter aufleuchteten, als der Wagen bremste und ein Stück von mir entfernt in zweiter Spur hielt.

Ein kurzes Hupen ertönte. Kurz darauf sah ich Leni, die zehn Meter weiter an der Straßenecke stand. Sie selbst erblickte oder beachtete mich nicht, und dann versperrten ein paar Passanten mir für Momente die Sicht auf sie, während sie sich durch die Lücke zwischen anderen geparkten Autos hindurchschlängelte und weiter auf den Mercedes zuschritt.

Sie öffnete die Beifahrertür und sprang ohne Umschweife auf den Sitz. Die Tür schlug zu, die Limousine rollte an, und schließlich brauste der Wagen durch den glitzernden Regen in Richtung Joachimsthaler Straße und Kurfürstendamm davon.

10

Einer der wenigen Menschen in Berlin, wenn nicht der einzige, bei dem ich das Gefühl hatte, noch frei reden zu dürfen, ohne an unangenehme Konsequenzen denken zu müssen, war Harry Weske, ein alter Freund und Anwaltskollege, der vorwiegend in Strafsachen tätig war.

Harry war von untersetzter, kräftiger Gestalt und hatte etwas in seinem Äußeren, das an einen Zuhälter aus dem Rotlichtmilieu erinnerte, doch war dies ein Eindruck, dem seine wohlwollende Ausstrahlung erfolgreich Paroli bot. Aufgrund seiner Tätigkeit als Strafverteidiger war er nicht nur mit den Abläufen von Strafprozessen, sondern auch mit den Abgründen der menschlichen Psyche gut vertraut.

Am Abend nach meiner Begegnung mit Leni im ›Kakadu‹ saßen wir in einer Kneipe am Nollendorfplatz beim Bier zusammen und unterhielten uns über den Brandprozess.

»Ich habe von Anfang an die Berichterstattung über das Brandgeschehen und auch die über den angelaufenen Prozess vor dem Reichsgericht aufmerksam verfolgt«, sagte Harry. »Verglichen mit den heutigen, vorsichtig abgefassten Meldungen über den Prozess wirken die Meldungen und Berichte, die in den Tagen nach dem 28. Februar veröffentlicht wurden, unzensiert und noch nicht so auf die Erwartungen der Ermittler und Ankläger abgestimmt. Einige der alten Berichte habe ich aufgehoben, und beim neuerlichen Lesen stößt man auf Ungereimtheiten, die einen nachdenklich machen.«

»Hast du Beispiele?«

»Da ist etwa der Chef der geheimen Polizei, Rudolf Diels. Der hat, zu seinen Erlebnissen in der Brandnacht befragt, Anfang März bekundet, er sei kurz vor halb zehn in das brennende Gebäude eingedrungen und habe dort schon mehrere Beamte seiner Abteilung angetroffen, die dabei waren, Marinus van der Lubbe zu vernehmen. Diels wörtlich: ›Mit nacktem, verschmutztem und schwitzendem Oberkörper saß van der Lubbe schwer atmend vor mir.‹«

Harry machte eine Pause. »Es gilt nun aber als ausgemacht, und alle Rundfunkberichte reden davon, dass van der Lubbe nicht im Reichstag, sondern im Polizeipräsidium durch einen Kriminalkommissar namens Heisig zum ersten Mal vernommen wurde, und zwar in Gegenwart seines Sekretärs und vieler anderer Herren des Ministeriums und auch – so Heisig wörtlich in seiner Vernehmung vor dem Reichsgericht – in Anwesenheit seines höchsten Vorgesetzten, des preußischen Ministerpräsidenten Göring. Wenn die Angaben von Gestapo-Chef Diels stimmen, hat das erste Verhör van der Lubbes aber nicht etwa auf dem Polizeipräsidium und auch nicht auf der Brandenburger-Tor-Wache stattgefunden, wohin van der Lubbe um halb zehn Uhr verbracht wurde, sondern schon im brennenden Reichstagsgebäude selbst.«

»Offenbar will man das frühzeitige Eintreffen der politischen Polizei am Brandort vertuschen.«

»Was ein gewichtiges Indiz dafür ist, dass man von höherer Stelle aus rechtzeitig Vorkehrungen für den Abend des 27. Februar getroffen hatte, weil man bereits gewusst hatte, dass im Reichstag etwas passieren würde. Diels muss vor halb zehn im Reichstag gewesen sein. Wie kommt er zu dieser frühen Stunde dorthin, wenn er nicht wusste, dass etwas passieren würde? Es ist wirklich merkwürdig, feststellen zu müssen, was im Nachhinein alles vertuscht und verzerrt worden ist, sodass es inzwischen praktisch unmöglich geworden ist, das Knäuel der Ereignisse zu entwirren.«

Mir fiel mein Gespräch mit Arnheim und Frau von Tryska über den Reichstagsbrand wieder ein, an dessen Einzelheiten ich mich noch recht gut erinnerte. Hatten diese beiden nicht auch den Chef der geheimen Polizei Diels im Hinblick auf seine Anwesenheit im Reichstag erwähnt?

Harry sagte: »Von Goebbels ist ein Spruch überliefert, den er am 31. Januar äußerte, unmittelbar nach der Machtübernahme. ›Der bolschewistische Revolutionsversuch muss zuerst einmal aufflammen‹, sagte Goebbels. ›Im geeigneten Moment werden wir zuschlagen. Vorläufig noch keine Gegenmaßnahmen. Und vier Wochen Zeit für den Wahlkampf.‹ Nimmt man das wörtlich und rechnet nach, kommt man auf den 28. Februar. Seit demselben Tag sprach Hitler vom ›psychologisch richtigen Moment‹ für die Auseinandersetzung mit der KPD. Die beiden haben sich anscheinend abgesprochen. Man hätte tatsächlich mit dem Kalender nachrechnen können. Was Wunder, dass schon eine Stunde nach Ausbruch des Brandes die Rollkommandos unterwegs waren.«

»Ich habe in jener Nacht meine eigenen Beobachtungen gemacht«, erwiderte ich. »Ich passierte gerade das Hauptportal am Reichstag, als sie nach kommunistischen Brandstiftern suchten. Und da haben sie mich geschnappt und ins Gebäude geschleppt.«

Harry verzog ungläubig das Gesicht. »Aber die können dich doch nicht für einen Kommunisten gehalten haben!«

»Ich bin zwei ziemlich üblen Gestalten über den Weg gelaufen, die noch ein Hühnchen mit mir zu rupfen hatten, und die durchaus der SA oder auch der geheimen Polizei angehört haben könnten.«

Ich erzählte Harry in der gebotenen Kürze von dem dubiosen Auftrag, der mich im vergangenen Jahr nach

New York geführt hatte, von den unangenehmen Folgen, die das unheilvolle Wirken der Geheimgesellschaft unter dem Bankier Philipp Arnheim und meinem Schwager Rudolf Mantiss für mich gehabt hatte, und endete mit meinen Erlebnissen in der Nacht des Reichstagsbrandes.

»Diese Leute, die damals, als ich Berlin verlassen wollte, hinter mir her waren, haben natürlich gewusst, dass ich kein politischer Brandstifter bin«, sagte ich, »deshalb hat mich der Vernehmungsbeamte zunächst auch wieder laufen lassen. Außerdem kannte er mich, weil er einmal mein Mandant gewesen ist. Aber meine Widersacher sind hartnäckig geblieben, und als ich am Anhalter Bahnhof versuchte, aus der Stadt zu entkommen, hat die Falle über mir zugeschnappt. Die Strolche haben mich zwei Tage lang in einen Keller gesperrt. Angeblich waren sie mir schon von der Wohnung meiner Schwester aus gefolgt und hatten mit dem Brandgeschehen nichts zu tun; was ich bezweifle. Es ist jedenfalls ein Wunder, dass ich überhaupt noch lebe.«

Harry sagte eine Zeit lang nichts, dann bestellte er zwei neue Biere und meinte: »Das ist ja eine ziemlich wilde Geschichte! Du könntest einen Roman darüber schreiben.«

»Aufgeschrieben habe ich das alles schon. Im Moment wird kein Verlag in Deutschland meine Erinnerungen drucken. Ich habe das Manuskript gut versteckt.«

Harry zündete sich eine Zigarette an. »Gemunkelt wird, dass ein Trupp SA-Männer sich durch den geheimen Gang, der vom Reichspräsidentenpalais in den Reichstag führt, in den Reichstag geschlichen ist und dort den Plenarsaal für ein Feuer präpariert hat«, sagte er. »Für diese Leute wäre es höchst gefährlich gewesen, sich außerhalb des Gebäudes zu zeigen. Es ist wenig wahrscheinlich, dass die beiden Strolche, die dich gegriffen haben, diesem Kommando angehörten. Denkbar wäre nur, dass der Brandstiftertrupp Unterstützung von außen gehabt hat, uniformierte Hilfspolizisten, die ein Auge darauf haben sollten, dass kein Ereignis von außerhalb des Gebäudes das Vorhaben der SA-Truppe im Plenarsaal störte. Zu dieser Entourage könnten diese Gestalten gehört haben.«

»›Rattengesicht‹ und sein tumber Kumpan – wie ich die beiden nenne – waren mit Arnheim und Mantiss bekannt, schon deshalb sind sie mir als Mittäter höchst verdächtig.«

»Kann ausgeschlossen werden, dass Marinus van der Lubbe allein gehandelt hat?«, fragte Harry.

»Die Brandsachverständigen, die sich im Prozess dazu äußerten, haben auf mich einen guten Eindruck gemacht. Anders als der Senat haben sie ihr Fähnchen nicht nach dem Wind gehängt. Dem Holländer ermangelte es ihrer Einschätzung zufolge sowohl an der Fähigkeit als auch an der Zeit, den Reichstag im Alleingang in Brand zu setzen. Nein, er hatte gewiss Helfershelfer. Einen unpräparierten Reichstag hätte er nicht in Flammen setzen können. Er wurde benutzt und hatte nicht nur geheime Mittäter, sondern auch geheime Anstifter.«

»Die Kommunisten scheiden als Auftraggeber aus«, meinte Harry. »Warum hätten sie den Reichstag anzünden sollen? Das Ergebnis wäre vorhersehbar gewesen. Der Brand konnte ihnen politisch nur schaden. Dass Kommunisten sich als Polizisten verkleiden, kann man sich zwar noch vorstellen; schwieriger wird es allerdings, wenn man sich fragt, wie sie in den Reichstag gelangt sein könnten, um ihn zu präparieren. Diese Möglichkeit besaß nur die SA auf dem Weg durch den unterirdischen Gang.«

»Es waren Graf Helldorf und sein Trupp, die das Fanal zum Losschlagen gegen die Gegner der Regierung gesetzt haben.«

»Und Göring nicht zu vergessen. Wenn die Mittäter durch den unterirdischen Gang kamen, wird Göring wohl dabei gewesen sein. Aber mit all diesen nahe liegenden Möglichkeiten und Indizien wird sich das Reichsgericht selbstverständlich nicht befassen.«

»Ebenso wenig wie mit dem Thema Hanussen. Es geht das Gerücht, dass van der Lubbe in Hypnose gehandelt haben könnte, möglicherweise unter dem Einfluss dieses inzwischen ermordeten Magiers. Das Gerücht ist nicht so abwegig, wie es im ersten Moment scheint.«

»Mit dem Thema Hypnose befasst sich ein deutscher Richter grundsätzlich nicht.« Harry nahm einen kräftigen Schluck aus dem Bierglas und zog an seiner Zigarette. »Was weißt du darüber? Hanussen war Jude! Und trotzdem hat er bei der Brandstiftung mitgemacht?«

»Ich hatte eine Mandantin in einer Scheidungssache, eine Tänzerin von der Scala. Sie hat an den Gerichtspräsidenten Bünger einen Brief geschickt oder schicken wollen, worin es heißt, dass Marinus van der Lubbe bei der Ausführung seiner Tat unter dem hypnotischem Einfluss des Magiers Hanussen gestanden habe, der ihn zusammen mit dem Berliner SA-Führer Graf Helldorf zu der Tat angestiftet habe.«

Harry kniff die Augen zusammen. »Und? Was denkst du selbst darüber?«

»Wenn man van der Lubbe ansieht, wie er apathisch und mit aufgedunsenem Gesicht auf der Anklagebank sitzt, wird einem klar, dass mit seinem Geisteszustand etwas nicht stimmt. Irgendwas wird mit ihm gemacht. Ob Hypnose im Spiel ist oder ob er Drogen verabreicht bekommt, wage ich nicht zu beurteilen. Aber Hypnose ist denkbar. Alice Resow – so hieß meine Mandantin – könnte recht gehabt haben. Hanussen ist an der Scala aufgetreten, wo auch sie als Tänzerin gearbeitet hat. Beide hatten enge Verbindungen zu führenden Berliner SA-Kreisen.« Ich machte eine Pause. »Und beide sind tot.«

»Aber nicht wegen des Briefes, oder? Wurde die Tänzerin auch umgebracht?«

»Die Todesumstände sind ungeklärt.« Ich berichtete Harry von meinem Erlebnis in dem Hotel in der Lietzenburger Straße.

»Die Geschichte geht also weiter«, resümierte Harry, als ich fertig war. »Na ja! Wenn die geheime Polizei einen Todesfall in der Weise zu vertuschen sucht, dass sie ihn als Selbstmord hinstellt, kann man praktisch sicher sein, dass es ein Mord gewesen ist.«

»Das war auch mein erster Eindruck. Inzwischen bin ich mir aber nicht mehr so sicher. Der Tod von Alice Resow wirft jedenfalls eine Reihe von Fragen auf – und nicht nur deshalb, weil die geheime Polizei mit dem Vorgang befasst ist. Eigenartig ist, dass man mich seitens der okkulten Gesellschaft quasi in einem Atemzug davor gewarnt hat, meine Erlebnisse und Beobachtungen in der Reichstagsbrandnacht und die offiziellen Umstände des Todes von Alice Resow zu hinterfragen.«

»Gibt es zwischen den beiden Ereignissen einen Zusammenhang?«

»Alice Resow war mit einem führenden Berliner SA-Mann verheiratet, der möglicherweise an der Brandstiftung beteiligt war. Von einer mit ihr befreundeten Scala-Tänzerin habe ich erfahren, dass sie sich an mich wandte, weil sie gehört hatte, ich sei in die Brandsache involviert gewesen. Sie hat sich von mir wohl irgendeine Hilfe erhofft – aber es war schon zu spät.«

»Einen solchen Brief zu verfassen kommt allerdings fast einem Selbstmord gleich. Hatte deine Mandantin Todessehnsucht?«

»Ob sie mit den Reaktionen, die sie durch den Brief

oder irgendeine andere Unbedachtheit auslöste, gerechnet hat, kann ich nicht beurteilen. Schade, dass ich ihr nicht helfen konnte. Das Ganze macht mir doch ein wenig zu schaffen.«

»Wenn sie dich nicht rechtzeitig in ihr Vorhaben oder was auch immer eingeweiht hat, konntest du nichts ausrichten.«

»Trotzdem empfinde ich Schuldgefühle. Es ist, als hätte ich versäumt, etwas zu unternehmen, was unbedingt hätte getan werden müssen.«

Eigentlich, so wurde mir in diesem Moment bewusst, hing das Schuldgefühl weniger mit der toten Alice Resow als mit der lebenden Leni Ravenov zusammen, wenn ich auch nicht so recht wusste, warum.

»Der Mensch, obwohl ein Schwächling, ist oft ein Narr«, seufzte Harry, »will heißen: Der Mensch, obwohl schwach und dumm, begibt sich in Situationen, deren unerbittliche Konsequenzen selbst die Stärksten und Klügsten überfordert hätten.«

»Ja! Mit der menschlichen Persönlichkeit scheint schon von Natur aus etwas nicht in Ordnung zu sein.«

»Aus demselben Grund, der deine Mandantin veranlasste, diesen Brief zu schreiben«, sagte Harry, »entwickelst du Schuldgefühle!«

Seine braunen Augen waren auf mich gerichtet, blickten weit geöffnet, ernst und ruhig, und es lag nicht nur an der Farbe der Augen, dass so viel Wärme in ihnen enthalten war. Mir fiel ein, dass seine Augen nicht immer so geleuchtet hatten, wie sie es heute taten, und die schweren Tränensäcke, die unter den Lidern hingen, erinnerten noch daran, dass er schon weniger glückliche Zeiten miterlebt hatte. Ich dachte an seine gescheiterte Ehe und die Trennung von seinen Kindern.

»Kennst du deinen Schatten. Harry?«

Er lachte. »Ich glaube, ich bin ihm noch nicht begegnet. Du etwa?«

»Vor ein paar Tagen habe ich den ersten Kontakt herzustellen versucht.«

Harry grinste. »Bleib dran. Er kann dir helfen. Du brauchst ihn nicht zu fürchten.«

»Mal sehen, welche Überraschungen er für mich bereithält. Ich bin einer reizenden Frau begegnet, die mich nach ihm gefragt hat. Es ist die Tänzerin, die mit Alice Resow befreundet war. Ich habe den Eindruck, dass sie zu den Leuten gehört, die ihre Sexualität als Weg zur geistigen Transzendenz benutzen. Sie sprach von einem okkulten Ritual. Irgendetwas lässt mich zögern, mich auf ihren Weg einzulassen, wenn ich auch gar nicht genau weiß, wovor ich mich eigentlich fürchte.«

»Ach, das ist nur wieder so ein okkult-spiritistischer Unsinn, wie er seit Jahren in gewissen Kreisen verbreitet ist! Gib nichts darauf, sondern versuch einfach, deinen Spaß zu haben! Ich an deiner Stelle wäre froh, ihr begegnet zu sein. Eine schöne Frau ist die beste Führerin in die Abgründe der Seele. Ergreife deine Chance und lass dir von ihr zeigen, wer du bist!«

Er nahm einen kräftigen Zug aus dem Bierkrug und wischte sich mit der Hand den Schaum vom Mund.

»Na ja, diese Frau ist schon eine Herausforderung«, sagte ich. »Und der Umgang mit ihr ist nicht ganz einfach. Keine Frau für schwache Männer.«

Harry lachte. »Man wächst mit den Aufgaben.«

Der Wirt kam an den Tisch und ich bestellte zwei weitere Biere.

»Was meinst du, Harry: Kann man von seinem eigenen Schatten besessen sein, ohne es zu wissen?«

»Wer seinen Schatten nicht kennt, ist zwangsläufig von ihm besessen», antwortete Harry. »Es gilt deshalb, ihn anzunehmen und dadurch zu erlösen. Ich weiß darüber Bescheid. Ich habe gerade die Bücher von Carl Gustav Jung gelesen. Der hat sich ausführlich mit diesem Thema befasst.«

»Der Schatten ist mächtig. Es ist nicht ungefährlich, ihm die Tür zu öffnen und ihn herein zu lassen. Denk an die Leute, die ihr eigener Dämon zu Mördern macht!«

»Glaubst du ernsthaft, dass dir das passieren kann?«

»Natürlich nicht. Trotzdem – das Unbewusste kann einen überlisten. Man weiß nie so genau, was geschieht, wenn man sich auf etwas einlässt, das der gewöhnlichen Erfahrung widerspricht.«

»Du weißt doch«, erwiderte Harry, »wer das Dunkel meidet, wird das Licht nicht finden.«

»Na ja, aber wer das Dunkel findet, hat deshalb noch nicht das Licht entdeckt.«

»Das ist richtig. Die schlimmsten Vertreter des Bösen wissen durchaus, wer sie sind. Am Ende gilt es immer, sich zu entscheiden. Man muss nur die Alternativen kennen.«

»Zwei Seelen, ach, in meiner Brust, – Engel und Teufel, der berühmte Gegensatz! Aber woher weiß ich, ob Lenis Einflüsterungen gut oder schlecht für mich sind?«

Harry lachte, und aus seinen Augen sprach der Spott, als er sagte: »Rührt dein Schuldgefühl wirklich von dem Wunsch her, dem okkulten Weg dieser Frau zu folgen?«

»Es ist nicht der Okkultismus, aber irgendetwas hindert mich, ihr auf die rechte Weise zu begegnen«, sagte ich. »Es ist, als ob ein geheimer Widerstand in meinem Inneren ihre Absichten bekämpft. Inzwischen ist sie meine Mandantin. Sie kennt die gleichen Leute wie ihre tote Freundin.«

»Nimm die Herausforderung an, aber ignoriere die

Warnungen deiner Widersacher nicht! Sonst hat deine Geschichte mit Sicherheit kein gutes Ende. Deiner toten Mandantin kannst du nicht mehr helfen, und auch die kommunistischen Angeklagten im Brandprozess brauchen deine Fürsprache nicht. Der arme van der Lubbe ist ohnehin verloren.«

»Es könnte trotzdem der Tag kommen, an dem ich dich nochmals um Hilfe bitten muss, Harry.«

»Ich tue für dich, was ich kann, Eugen. Aber du weißt, dass wir nicht mehr in einem Rechtsstaat leben. Ich will ja gar nicht behaupten, dass ich ein großer Anhänger der Weimarer Republik gewesen bin, aber diese Willkür, wie sie nun immer mehr um sich greift – so habe ich mir die nationale Revolution nicht vorgestellt. Da wünsche ich mir doch händeringend die alte Staatsform zurück.«

»Dafür ist es zu spät, Harry. Wir haben die Republik leichtfertig verspielt. Verschenkt ist verschenkt.«

Er nickte. »Was gedenkst du nun in deiner Sache zu tun?«

»Ich werde deine Ratschläge beherzigen, Harry. Aber morgen fahre ich erst einmal nach Breslau und hänge ein paar Tage Urlaub dran. Das habe ich dringend nötig.«

11

Die Reise nach Breslau, die ich am Donnerstagnachmittag antrat, stand in Zusammenhang mit einer schwierigen Scheidungssache, in der ich die Vertretung meines Mandanten nicht allein dem bei dem dortigen Gericht zugelassenen Kollegen überlassen wollte. Ich hatte es so eingerichtet, dass ich den Termin in Breslau mit einem kurzen Urlaub verbinden konnte. Das hatte ich seit Längerem so geplant. Es war mein erster und einziger Urlaub in diesem für mich so ereignisreichen Jahr.

Die Sache im Breslauer Gericht zog sich über drei Stunden hin, endete aber mit einem für meinen Mandanten akzeptablen Ergebnis. Danach hatte ich frei und besichtigte die Stadt an der Oder, die man wegen ihrer zahlreichen Brücken und Stege über Nebenflüsse und Kanäle das ›Venedig des Nordens‹ nannte. In Breslau war mein Vater geboren worden, aber ich selbst war seit meiner Jugend nicht mehr hier gewesen.

Mein Hotel lag in der Altstadt. Von dort führten alle Wege zum Ring, dem Hauptplatz der Stadt, in dessen Mitte, eingerahmt von feudalen Giebelhäusern, das Rathaus aus dem 15. Jahrhundert mit seinen aufwändig gestalteten Fenstern, Schmuckgiebeln und der astronomischen Uhr prunkte. Die Giebelfelder enthielten die Elemente des Breslauer Wappens, und zahlreiche, fast lebensgroße Figuren stellten Vertreter der Breslauer Zünfte dar. Unter dem prächtig verzierten Mittelerker befand sich der Eingang zum Schweidnitzer Keller, einem gut besuchten, traditionsreichen Gasthaus, wo es gutes Essen gab und das Bier in Strömen floss.

Nachdem mich der süffige Gerstensaft in einen heiter entspannten Zustand versetzt hatte, führte mich mein Weg durch die alte Stadt in nördliche Richtung zu den windschiefen, durch einen Torbogen malerisch miteinander verbundenen Häuschen an der Nordwestseite des Ringes, die im Volksmund ›Hänsel und Gretel‹ hießen. Dahinter erhob sich die Elisabethenkirche, ein hoch aufschießender strenger Backsteinbau, in dessen Schatten die ehemaligen Schlachthöfe lagen. Über die Schmiedebrücke ging ich in Richtung des Universitätsplatzes mit dem Fechterbrunnen in der Mitte, der seinen Namen einem elegant posierenden, degenschwingenden Jüngling verdankte. Vorbei an der backsteinernen Markthalle gelangte ich über eine gusseiserne Brücke auf die Sand- und Dominsel, wo ich schon von weitem die schwarzen Türme der Kathedrale in den Oktoberhimmel ragen sah.

Eine Kirche reihte sich hier an die nächste. In schwarzem Habit huschten Ordensschwestern über das Kopfsteinpflaster. Beim Betreten der Kathedrale, der die himmelstürmenden Türme gehörten, fühlte ich mich in das Reich der Finsternis versetzt. Die Wände und Gewölbe waren so dunkel, dass es schwer war, die reichen Kunstschätze, mit denen das Gotteshaus ausgestattet war, überhaupt zu erkennen. Durch die Glasfenster drang nur schwach das Tageslicht des späten Nachmittags herein. Die elektrischen Lichtquellen waren so spärlich, dass der Eindruck entstand, die Gewölbe würden allein durch den Flackerschein der hie und da in den Nischen brennenden Kerzen erhellt.

Die Gewölbe in den Seitenschiffen waren mit fantastischen Fresken ausgemalt und zeigten den Kampf zwischen Gut und Böse. Der Erzengel Michael stieß Luzifer in die Hölle, der wahre Glaube triumphierte über die Ketzerei.

Außer mir waren nur wenige Besucher in der Kirche, die das Altarbild oder die anderen Gemälde, die in den

Seitenschiffen hingen, betrachteten. In einer der ersten Reihen kniete eine alte Frau und betete.

Die Kirche besaß etwas Anheimelndes, alles helle Licht, so spürte ich, hätte hier nur gestört. Neben dem Altar brannte eine Öllampe, die das ewige Licht symbolisierte. Nachdem ich durch eines der Seitenschiffe gegangen war, setzte ich mich in einer der Nebenkapellen auf eine Bank und versuchte ein stummes Gebet. Dann stand ich auf und schaute mich um.

Im Seitenschiff gegenüber gab es kleine Gruften, und an den Wänden hingen kleinere Gemälde, die man erst beim zweiten Hinsehen gewahrte. Ich ging hinüber, um sie mir anzusehen.

Die Bilder zeigten biblische Motive, vorwiegend aus dem neuen Testament. Sie glichen in der Art der Darstellung den Bildern aus der Zeit der Renaissance. Ich wollte schon daran vorübergehen, als ich bei einem der Bilder stehen blieb und verblüfft die dargestellte Szene betrachtete.

Das Bild zeigte eine Kreuzigung, oder besser gesagt, eine Massenkreuzigung, eine makabre Szene mit fünf oder sechs Kreuzen, an denen nackte Menschen hingen. Davor standen in einer Reihe mehrere Männer und Frauen zusammen, die dabei waren, sich zu entkleiden, einige am vorderen Ende der Warteschlange schon nackt, während sie darauf warteten, bis sie an die Reihe kamen, um gekreuzigt zu werden. Beim Nähertreten fiel mir auf, dass bei den am weitesten hinten stehenden Kreuzen die Gemarterten in feinstofflicher Form vom Kreuz stiegen. Sie ließen die leiblichen Hüllen am Marterholz zurück und hoben sich als Erlöste hinweg in die Lüfte – voller Schönheit, unsterblich und frei.

Ich schrak zusammen, als ich hinter mir ein Geräusch vernahm, und drehte mich um.

Zwei Meter von mir entfernt stand ein Mann in einer schwarzen Soutane, offenbar ein Priester, und lächelte mir zu. Ich schätzte ihn auf Ende 60, er hatte schütteres weißes Haar und ein hageres Gesicht.

»Wenn Sie eine Frage haben, bin ich gern bereit, Sie Ihnen zu beantworten«, sagte er.

Einen Moment lang spürte ich Ärger über seine Einmischung in meine stille Betrachtung, und ich wollte mich schon bedanken, damit er schnell wieder seiner Wege ging; aber dann besann ich mich anders und sagte zu dem alten Priester, indem ich den Blick zurück zu dem eigentümlichen Renaissancegemälde wandern ließ: »Es sieht fast aus, als ließen sich diese Frauen und Männer freiwillig kreuzigen, als könnte ihnen gar nichts Besseres passieren?«

Der alte Mann nickte. »Es sind Menschen, die ihr Schicksal aus freiem Willen annehmen.«

»Warum wählen sie den Tod?«

»Sie haben keine andere Wahl. Physisch könnten sie zwar weiterleben, wenn sie es wollten, doch diese Alternative wäre ihr wirklicher Tod.«

Er hob die magere Hand und deutete mit dem Zeigefinger an den rechten Rand des Bildes. »Die Alternative sehen Sie hier.«

Das Bild enthielt Details, die man erst bei genauem Hinsehen entdeckte. Dort hinten standen nämlich ein paar Soldaten mit Speeren, und zwischen ihnen ein in einen roten Mantel gekleideter Mann mit recht gefälligen, aber diabolischen Zügen, auf denen sich so etwas wie Grimm zu zeigen schien. Ich begriff, dass der Ärger im Gesicht des Mannes nicht dem Hass auf die Frauen und Männer Ausdruck verlieh, sondern dass er gerade der Tatsache galt, dass sie sich für den Tod am Kreuz entschieden, und nicht für ihn und damit für das Leben.

Der Mann im roten Mantel war der Teufel, der den Menschen ihr Verderben brachte.

»Es ist für diese Menschen die einzige Möglichkeit, ihm zu entkommen ...«, sagte der Priester, »– der Tod am Kreuz.«

»Schrecklich, nicht wahr?«

Der Priester zuckte die Achseln. »Ja, vielleicht. Aber wenn diese Menschen dort sich anders entschieden, würden sie nicht ihr Leben, wohl aber ihre Seele verlieren. Und das ist eine noch weitaus größere Qual. Dabei dürfen Sie die Darstellung des Künstlers hier natürlich durchaus als eine symbolische verstehen.«

»Sie meinen, er warnt den Menschen vor dem Pakt mit dem Teufel?«

»Er versucht, an der Entscheidung der Männer und Frauen für das physische Opfer deutlich zu machen, dass der Mensch bei einem Pakt mit dem Teufel wahrhaft sich selbst verliert. Das Selbst des Menschen ist nicht sein Körper, sondern seine Seele.«

Ich schaute ihn nachdenklich an. »Gibt es denn eine Seele?«

Der Priester lächelte. »Gäbe es keine, würde es auch den Menschen nicht geben.«

»Wie meinen Sie das?«

»Die Evolution hat den Zweck, aus dem universellen Geist unsterbliche Seelen hervorzubringen. Tiere und Pflanzen kommen über die Teilhabe an der Gruppenseele noch nicht hinaus – die individuelle Seele ist der Mensch.«

»Sie meinen, es ist kein Zufall, dass es überhaupt etwas gibt und nicht vielmehr nichts.«

»Sie sagen es, mein Herr! Dem Sein liegt ein Plan zugrunde – ein göttlicher Plan.« Er blickte auf das Bild. »Erst die unsterbliche Seele macht den vollständigen Menschen. Der Mensch ist dann ein Ganzes, wenn er Person geworden ist.«

Ich schaute meinerseits zu dem Gemälde. »Ich werde mal über das nachdenken, was Sie mir sagten, Herr Pfarrer«, erklärte ich und nickte ihm zu. Ich wollte mich schon von ihm abwenden, hielt dann aber noch einmal inne und sagte: »Herr Pfarrer, segnen Sie mich! Ich glaube, ich kann den Segen gebrauchen.«

Er tat es, und ich bedankte mich bei ihm. Wir gaben uns die Hand. Kurz darauf verließ ich das Gotteshaus und die Dominsel und kehrte in den Schweidnitzer Keller zurück.

Ich verbrachte einen weiteren Tag in Breslau, nahm an dem darauffolgenden Tag den Zug nach Dresden und schaute mir das ›Florenz an der Elbe‹ an. Ich sah die Altstadt mit der Frauenkirche, die Semperoper mit dem Theaterplatz, die Brücken, die Brunnen und die Wasserspiele, die Gemäldegalerie der Alten Meister und das Pillnitzer Schloss.

Zum Ende meines Aufenthalts an der Elbe fuhr ich mit der Straßenbahn nach Radebeul hinauf, wo sich die Villa Shatterhand, das letzte Wohnhaus des von mir verehrten Schriftstellers Karl May befand. Seine Witwe hatte im Jahr 1928 in einem Anbau ein Museum eingerichtet, das über Leben und Werk des Dichters berichtete und eine Indianerausstellung beherbergte, die ›Villa Bärenfett‹, die ein dort lebender Museumskustos für Besucher offen hielt. Der Verwalter des Hauses, mit dem ich ins Gespräch kam, nannte sich Patty Frank und war ein gutmütiger Mann in den Fünfzigern, der einen Cowboyhut aufgesetzt hatte und eine Jagdflinte mit sich herumtrug. Wie er mir erzählte, wohnte er auch in dem Blockhaus. Er führte mich durch die Ausstellung und erzählte mir vom Leben und den Gebräuchen der Indianer.

Auf der der ›Villa Shatterhand‹ gegenüberliegenden Straßenseite befand sich ein Obstgarten, eine Art Gedächtnishain mit Wasserläufen und einem herzförmigen Wasserbecken, der an den verstorbenen Schriftsteller erinnerte. Ein Granitfindling mit einer Bronzeplakette und der Inschrift ›Karl May‹ rundete das Ganze ab.

Es war ein milder Herbsttag Ende Oktober, und so setzte ich mich auf eine Bank und gab mich alten Erinnerungen hin. Lang verschüttete Bilder aus meiner Kindheit stiegen vor meinem inneren Auge auf und belebten das Gedächtnis an die Eltern, die ich durch einen Unfall verloren hatte, als ich erst zwölf Jahre alt gewesen war. Die Bücher von Karl May hatte mir der Vater zu lesen gegeben. Ich hatte mich sehr darüber gefreut und es ihm mit meiner Begeisterung für den Schriftsteller gedankt. Die Abenteuer und die Romantik, die der Autor beschrieb, diese ganz besondere Ferne und doch so deutsche Atmosphäre hatten sich mir mit dem Bild des Vaters verbunden. Als ich über unser Verhältnis nachdachte, das recht herzlich und liebevoll gewesen war, kamen mir die Tränen. Auf einmal kam mir Doris in den Sinn, meine um zwei Jahre jüngere Schwester, und ich fragte mich, ob nicht doch noch eine Aussicht bestand, unser zerstörtes geschwisterliches Verhältnis wiederherzustellen, wenn auch nur auf kleiner Flamme.

Lange grübelte ich darüber nach. Sicher wäre alles anders gekommen, hätten nur die Eltern länger gelebt. Obwohl Doris mich bei unserem letzten ernsthaften Gespräch auf das Heftigste beschimpft und als Bruder quasi verstoßen hatte, wurde ich den Gedanken nicht los, dass ich es vielleicht doch ihr verdankte, dass ich noch am Leben war. Ihr Ehemann und seine Freunde hätten mich wohl bereits auf dem Altar ihrer okkulten Bestrebungen geopfert, wäre sie nicht gewesen. Der Gedanke, dem ich mich da hingab, mochte nur ein Trost sein, um der schrecklichen Wahrheit nicht ins Auge schauen zu müssen. Aber wer anders als Doris hätte denn Rudolf Mantiss, ihren Ehemann, der auch der geheime Vorsitzende der bösen ›Loge der Brüder und Schwestern vom Licht‹ war, davon abbringen können, mich beseitigen zu lassen. Keiner sonst hätte mich vor ihm geschützt.

Ich kehrte ins Zentrum von Dresden zurück, verbrachte den Abend am Elbufer in einem Weinlokal und nahm am folgenden Tag den Zug zurück nach Berlin.

Am Mittwoch war ich wieder in meiner Kanzlei, hatte noch keine Stunde an meinem Schreibtisch zugebracht und kaum begonnen, die in den letzten Tagen liegen gebliebene Post zu erledigen, als das Telefon läutete.

»Hier Hermann Ravenov!«, sagte der Anrufer. »Spreche ich mit Rechtsanwalt Goltz?«

»Am Apparat.«

»Sie haben mich vor Kurzem angeschrieben wegen des Besuchsrechts meiner Frau bei meiner Tochter. Darf ich Sie fragen, wann Sie meine Frau zuletzt gesehen haben?«

»Warum fragen Sie?«

»Leni ist verschwunden.«

Um mich herum wurde es plötzlich ganz still, und ich spürte, dass mein Herz wie wild pochte. Ich hörte Hermann Ravenovs Stimme am anderen Ende der Leitung, nahm jedoch den Sinn seiner Worte nicht mehr recht wahr. Einmal versuchte ich, ihn zu unterbrechen, konnte es aber nicht, meine Kehle war wie zugeschnürt, mein Mund völlig trocken.

»Seit wann ist sie verschwunden?«, brachte ich heraus, als ich mich endlich gefangen hatte.

»Seit Sonnabend.«

»Woher wissen Sie das so genau?«

»Leni kommt zweimal in der Woche, um ihre Tochter

und mich zu besuchen. Sonnabends und dienstags. Beide Male kam sie nicht. In ihrer Wohnung ist sie nicht zu erreichen. An der Scala hat sie vergangenen Freitag zum letzten Mal getanzt. Seither blieb sie den Auftritten unentschuldigt fern. Ich habe schon eine Reihe von Leuten nach ihr gefragt, niemand weiß, wo sie steckt. Jetzt stehen Sie auf meiner Liste.«

Ich überlegte einen Moment. »Vergangenen Dienstagabend stieg sie vor der ›Kakadu-Bar‹ in einen Wagen. Zu wem, weiß ich nicht.«

»Leider kenne ich ihre neuen Freunde auch nicht.«

»Gibt es denn gar keine Hinweise?«

»Nichts«, sagte er. »Ich wollte heute Morgen bei der Polizei eine Vermisstenanzeige aufgeben, doch die haben gleich abgewinkt.«

»Das wundert mich nicht«, erwiderte ich. »Die Anzeige können Sie sich sparen.«

»Ich bin mit meinem Latein am Ende.«

Eine ganze Reihe von Fragen keimte in mir auf, aber das Schlimmste war, dass ich nicht verhindern konnte, an Lenis tote Freundin Alice Resow zu denken.

»Vielleicht kann ich Ihnen helfen, Leni zu finden«, sagte ich fast gegen meine eigene Überzeugung. »Würde es Ihnen etwas ausmachen, sich mit mir zu treffen?«

»Meinetwegen, treffen wir uns«, gab Hermann Ravenov zurück. »Wann passt es Ihnen denn?«

»Am besten heute noch.«

»Dann kommen Sie doch zu mir in die Fasanenstraße«, schlug er vor. »Sagen wir, so gegen fünf Uhr.«

Er legte auf und ich merkte nach einer Weile, dass ich den Telefonhörer noch immer krampfhaft umklammert hielt. Ich legte ihn weg, atmete tief durch und versuchte mich zu beruhigen, aber es fiel mir nicht leicht.

Quälende Fragen stürzten auf mich ein und suchten

bohrend nach einer Antwort. Hatte ich nicht geahnt, dass es ein Verhängnis gab, dessen Schatten nicht nur auf das Leben von Alice Resow gefallen war, sondern das auch die Existenz von Leni Ravenov bedrohte? Ihre Ausflüchte bei unserem letzten Gespräch, über die ich so nachsichtig hinweggegangen war, ihre Bereitschaft, Grenzen zu überschreiten, wenn es um sexuelle Abenteuer ging, ihr Wissen über die Hintergründe der Brandverschwörung und nicht zuletzt die Tatsache, dass sie die Übergabe des Wohnungsschlüssels mit dem Hinweis verbunden hatte, dass sie sich in ähnlicher Gefahr wie ihre tote Freundin wähnte – um all diese Dinge hatte ich doch gewusst! Trotzdem hatte ich es nicht verstanden, rechtzeitig ihr volles Vertrauen zu erringen, sondern war stattdessen auf Reisen gegangen, sodass für sie nicht einmal die Möglichkeit bestanden hatte, einen Hilferuf an mich zu richten.

Ich stand auf und ging im Zimmer umher.

Was konnte mit ihr geschehen sein? War sie noch ein freier Mensch, noch Herr ihrer Handlungen, oder war sie verschleppt worden oder gar tot? Der Schweiß brach mir aus und ich musste mich wieder setzen. Oder war vielleicht alles ganz anders und sogar eine harmlose Erklärung für ihre Abwesenheit möglich?

Mein nächster Gedanke galt Philipp Arnheim. Falls die SA oder die geheime Polizei die Hände im Spiel hatte, bestand Aussicht, dass Arnheim etwas darüber wusste. Am liebsten hätte ich ihn sofort angerufen und ihn quasi zur Rede gestellt, aber ich musste mir sagen, dass ein solches Verhalten übereilt und töricht wäre, besonders dann, wenn er tatsächlich Informationen über Lenis gegenwärtigen Aufenthalt besaß.

Es blieb mir vorerst nichts übrig, als mich in Geduld zu üben, und ich nutzte die Zeit bis zu meiner Verabredung mit Lenis Ehemann für ein paar Telefonate, die mir halfen herauszufinden, wer und was Hermann Ravenov eigentlich war.

12

Hermann Ravenov war Autohändler. Er war aber nicht irgendein Autohändler, sondern er besaß eine der Berliner Repräsentanzen der Daimler-Werke in Stuttgart-Untertürckheim. Obendrein entstammte er einer weit verzweigten Berliner Industriellenfamilie und war von Haus aus mit Geld gesegnet. So ein Mann brauchte eine schöne Frau an seiner Seite, sagte ich mir, am besten natürlich eine Tänzerin von der Scala.

Ravenov war in meinem Alter, ein schlanker, gut gebauter Mann mit hageren, aber angenehmen Gesichtszügen und dunkelblondem Haar. Er empfing mich im Arbeitszimmer seiner riesigen, hochrepräsentativen Wohnung in der Fasanenstraße, der man auf den ersten Blick ansah, dass ihr Bewohner ein Mann von Geld war. Die Zimmer waren durch Flügeltüren miteinander verbunden, hatten Stuckdecken und die Fußböden der Räume und Dielen waren aus hochwertigem Parkett.

Nachdem wir uns miteinander bekannt gemacht hatten, nahmen wir vor einer deckenhohen Bücherwand in schweren roten Ledersesseln Platz und sahen eine Weile schweigend zu, wie hinter den hohen Fenstern die Sonne unterging. Es war ein hübsches Zimmer mit einem großen Kamin.

»Ich habe Angst, dass Leni etwas passiert ist«, sagte Ravenov.

»Woran denken Sie?«

»Nichts Konkretes, es ist nur so ein Gefühl.«

»Leni erzählte mir, Sie hätten sich von ihr getrennt«, sagte ich. »Von ihren regelmäßigen Besuchen bei Ihnen wusste ich nichts.«

»Hat Leni Sie etwa beauftragt, die Scheidung einzureichen?«

»Nein, bisher noch nicht. Aber wie ich sie verstanden habe, hat sie vor, es irgendwann zu tun.«

»Ich hoffe, dass es nie zu einer Scheidung kommen wird. Wir sind auch nur so halb und halb getrennt.«

Ein Hausmädchen hatte Kaffee gebracht und die Tassen auf den kleinen Tisch zwischen unseren Sesseln gestellt. Ich nahm Zucker, rührte mit dem Löffel um und nahm einen Schluck.

»Was heißt halb und halb?«

»Ich bezahle ihr eine eigene Wohnung, in der sie seit ein paar Monaten lebt«, erwiderte er. »Wir hatten uns darauf verständigt, dass dies nur ein vorübergehender Zustand sein soll. Leni ist oft wegen der Kleinen hier.«

»Finden Lenis Besuche bei Ihnen schon seit dem Beginn der Trennung statt?«

»Von Anfang an. Deshalb habe ich mich über Ihren Brief sehr gewundert. Ich sprach Leni darauf an. Sie lachte aber nur und meinte, ich solle das nicht so ernst nehmen. Es hätte schon seinen Grund, mit mir hätte es nichts zu tun.«

»Und das haben Sie einfach so hingenommen?«

»Was sollte ich denn tun? Etwa selbst zum Anwalt rennen, obwohl es gar keinen Grund dafür gibt!«

»Weshalb kam es zu der Trennung?«

Er zögerte. »Leni hat einen starken Freiheitsdrang«, antwortete er schließlich, bevor er zu seiner Kaffeetasse griff.

»Freiheitsdrang?«, insistierte ich vorsichtig. »Was verstehen Sie darunter?«

Er seufzte. »Sie braucht ihre Freiräume – na gut, was rede ich herum –, sie ist mir nicht treu und unterhält ehewidrige Beziehungen.«

»Sie scheinen ein recht toleranter Ehemann zu sein.«

Ein bitteres Lächeln erschien auf seinem Gesicht. »Tolerant zu sein ist alles, was mir bleibt. Ich teile Leni lieber mit anderen, als sie ganz zu verlieren.«

»Sie hat sie offenbar nicht nur einmal betrogen?«

Er nahm einen Schluck Kaffee und stellte die Tasse wieder hin. »Sie betrügt mich regelmäßig«, erklärte er, »– mit verschiedenen Männern und Frauen – und das seit Jahren.«

»Warum tut sie das?«

Seine Augen wurden groß. Die Frage schien ihn zu verwundern.

»Es ist ihr Charakter«, gab er nach kurzem Zögern zurück. »Vor unserer Eheschließung erklärte sie mir freiweg, dass sie mir die geschlechtliche Treue nicht versprechen könne.«

»Ihre Frau scheint tatsächlich für eine Ehe nicht sonderlich prädestiniert zu sein. Warum hat sie geheiratet?«

»Sie hat sich ein Kind gewünscht, das in einer Familie aufwächst. Ich war von allen Männern, mit denen sie ein Kind hätte zeugen können, die beste Partie. Sie hat mich des Geldes wegen geheiratet. Das weiß ich heute, damals habe ich geglaubt, dass es andere Gründe gab. Das Erwachen war bitter.«

»Ihre Frau hatte Ihnen immerhin von Anfang an die Wahrheit gesagt. Sie hätten Leni ja nicht heiraten müssen.«

»Sie haben sie doch gesehen! Erklärt das nicht alles?«

»Sie wollen sagen, Sie haben sie ihrer Schönheit wegen geheiratet?«

»Wer hat nicht gern eine so schöne Tänzerin zur Frau! Ich dachte, ich hätte das große Los gezogen, und redete mir ein, dass sie sich irgendwann die Hörner abstoßen würde. Schon, dass sie es ablehnte, ihren Beruf aufzugeben, hätte mich stutzig machen müssen. Aber Sie haben recht. Ich wusste, was ich erhielt: eine Frau, die schön, aber untreu ist. Ich habe mich selbst getäuscht.«

Ich hatte den Eindruck, dass er sich noch immer über Lenis Einstellung ihm gegenüber täuschte, aber kaum hatte ich das gedacht, fragte ich mich, ob es mir selbst in Bezug auf Lenis Einstellung nicht ganz ähnlich ging.

»Und warum haben Sie sich von ihr getrennt – oder halb und halb von ihr getrennt?«

Er ließ mich aus den Augen und starrte zum Fenster. »Der Anblick ihrer Schönheit und die Art, wie sie sie zeigte – sie ständig zu sehen und mir vorzustellen, wie sie sich anderen Männern und Frauen hingab, wenn sie sich davon die Erfüllung eines ihrer sexuellen Wünsche versprach –, das quälte mich so sehr, dass ich ihr vorschlug, in eine eigene Wohnung zu ziehen und die Kleine bei mir und dem Hausmädchen zu lassen. Bis dahin hatte ich geglaubt, sie würde irgendwann ruhiger werden, aber das Gegenteil war der Fall. Sie war mit meinem Vorschlag einverstanden. Das war vor bald einem halben Jahr. Seither geht es so, dass sie manchmal hier, aber hauptsächlich in ihrer eigenen Wohnung lebt.«

Er erhob sich aus seinem Sessel, und meine Augen folgten ihm, während er eine Runde durch das Zimmer drehte und vor einem Fenster stehen blieb, ohne mir den Rücken zuzudrehen. Ich dachte, dass er nicht so hoch über den Dingen stand, wie er es gern gehabt hätte.

»Kennen Sie Dantes ›Inferno‹?«, fragte er und richtete den scharfen Blick seiner Augen auf mich.

»Gelesen habe ich das Werk nicht.«

»Ich schon – in Dantes ›Inferno‹ ist von den sieben Kreisen der Hölle die Rede. Und wissen Sie, was der erste Kreis ist?«

Ich schüttelte den Kopf.

»Der erste Kreis der Hölle sind die sexuellen Perversionen«, sagte er. Er sah mich an, als ob er Zustimmung erwartete.

»Ja, und? Was wollen Sie damit sagen?«

Ein Schatten huschte über sein Gesicht. »Damit fängt es an – mit dem ungezügelten Ausleben von sexuellem Verlangen. Leni hat Grenzen überschritten, die zu Recht bestehen. Der Mensch ohne Grenzen schafft das Böse. Es musste so kommen.«

»Was musste kommen?«

»Was wir gerade erleben.«

»Sie glauben also, wegen ihrer sexuellen Wünsche sei sie verschwunden oder sei ihr etwas passiert?«

»Sie hatte eine Freundin, eine Kollegin, Tänzerin wie sie. Mit der zusammen hat sie diverse erotische Abenteuer bestritten, so wird es erzählt. Diese Freundin ist tot. Es wird davon geredet, dass die Todesumstände anrüchig sind; Genaues erfährt man nicht.«

»Ich kannte diese Freundin, allerdings nur ein wenig. Sie war für eine ganz kurze Zeit meine Mandantin.«

Erneut traf mich sein dunkelblauer Blick. »Dann wissen Sie ja Bescheid über das, was in Lenis Leben so vor sich geht.« Er musterte mich mit abschätzendem Blick und schien etwas zu sehen, das ihn argwöhnisch machte, denn er fragte: »Haben Sie auch mit meiner Frau geschlafen?«

Einen Moment lang war ich sprachlos.

»Nun …«, begann ich, konnte jedoch nicht weitersprechen, weil ich einen Hustenanfall bekam.

»Haben Sie oder haben Sie nicht?«, wiederholte er, als der Anfall vorüber war.

»Leni berichtete mir, sie hätte sich von Ihnen getrennt, sodass ich nicht den Eindruck hatte, dass sie Ehebruch beging.«

»Ach ja? Und wenn Sie es gewusst hätten, dann hätten Sie Lenis Angebot zurückgewiesen?«

Ich atmete tief durch. »Wahrscheinlich nicht.«

»Sie sind wenigstens ehrlich. Kommt das öfter vor, dass Anwälte mit ihren Mandantinnen ins Bett gehen?«

»An und für sich nicht. Aber auch seltene Dinge finden zuweilen statt.«

Er kehrte zu seinem Sessel zurück. »Vielleicht bin ich ein Narr, der an einer Ehe festhält, die längst gescheitert ist«, sagte er, nachdem er sich wieder hingesetzt hatte.

Ich widersprach ihm nicht, damit ich nichts Unwahres sagte, und eine Zeit lang herrschte Schweigen zwischen uns.

»Ich habe immer gedacht, dass ich Leni gut beschützen kann«, setzte er dann hinzu, »aber jetzt, wo sie die eigene Wohnung hat, da fällt mir das unerwartet schwer.«

»Beschützen – vor wem braucht sie Schutz?«

Er zuckte die Schultern. »Wenn ich das wüsste, hätte ich schon etwas unternommen.«

»Sie sprechen in Rätseln. Gibt es jemanden, der Ihre Frau bedroht?«

»Wenn die eigene Frau Beziehungen zu anderen Männern unterhält, macht man sich als Ehemann so seine Gedanken – und wenn etwas passiert, fragt man sich, wie es kommen konnte, dass man seine eigene Frau nicht hat beschützen können.«

»Bisher ist sie ja nur verschwunden.«

Er nickte, sagte aber nichts.

»Hat Ihre Frau noch Angehörige?«, fragte ich, damit es weiterging.

»Nein. Sie ist die einzige Tochter eines Offiziers, der noch im September 1918 im Weltkrieg fiel. Leni war damals 16 Jahre alt.«

»Und ihre Mutter?«

»Soll eine zweifelhafte Person gewesen sein. Außerordentlich schön, aber nicht die treu sorgende Ehefrau, wie ein Mann sie sich wünscht. Sie verließ die Familie, als Leni sieben Jahre alt war. Nach dem Tod ihres Vaters war Leni auf sich selbst gestellt. Wegen ihrer Schönheit fand sie schnell Anstellungen in der nach dem Krieg aufblühenden Unterhaltungsindustrie. Als ich ihr vor fünf Jahren begegnete, hatte sie schon viel erlebt.«

Wieder trat für eine Weile Schweigen zwischen uns ein, und ich dachte über Lenis bewegtes Leben nach.

»Wo könnte sie sein?«

»Ich habe alle mir bekannten Personen, die etwas über ihren Verbleib wissen könnten, gefragt. Nichts. Ich habe keine Ideen mehr. Fällt Ihnen vielleicht noch etwas ein?«

»Zuerst habe ich noch eine Frage. Als Sie eben andeuteten, Leni könne bei einem ihrer sexuellen Abenteuer etwas passiert sein – haben Sie da an bestimmte Personen oder Kreise gedacht, mit denen sie Umgang pflegt?«

»Personen? Nein. Sie sind der erste Mann, mit dem Leni mich betrogen hat, der mir persönlich bekannt geworden ist. Kreise? Ja, schon eher. Ich denke an die Scala. Dort treiben sich einige obskure Gestalten herum. Wenn ich nur an diesen Magier Hanussen denke, den Leni ebenfalls kannte, dreht sich mir schon der Magen um.«

»Warum erwähnen Sie gerade Hanussen?«

»Er ist am 24. März nach der Nachmittagsvorstellung in der Scala plötzlich verschwunden und Anfang April in einem Waldstück tot aufgefunden worden.«

»Es wäre ziemlich weit hergeholt, zwischen seinem Fall und dem Verschwinden Ihrer Ehefrau Ähnlichkeiten zu sehen.«

»Es verkehren in der Scala noch viele andere obskure Gestalten, die die Tänzerinnen umschwänzeln – zum Beispiel diejenigen, die Hanussen umgebracht haben. Manche von ihnen haben Verbindungen bis in höchste Regierungskreise oder gehören diesen Kreisen sogar an. Leni hat gelegentlich ein paar Andeutungen gemacht.«

»Nannte sie Namen?«

»Nein. Die hat sie ganz bewusst nie erwähnt.«

»Worauf bezogen sich ihre Andeutungen?«

Er rieb sich den Nasenrücken und berichtete: »Leni erzählte mir im Frühjahr von den Übergriffen der SA an der Scala, die es dort im Zusammenhang mit Boykottdrohungen auf jüdische Künstler gab. Duisberg, der kommissarische Leiter des Etablissements, hat die Sache aber schnell wieder in den Griff bekommen. Auch Graf Helldorf soll sich vor die jüdischen Darsteller gestellt und seine SA-Freunde zurückgepfiffen haben. Helldorf und andere SA-Führer sind dort regelmäßige Gäste. Es kommt immer wieder zu Beziehungen zwischen SA-Männern und Tänzerinnen.«

»Die tote Freundin, die Sie erwähnten, Alice Resow, hatte offenbar besonders enge Verbindungen zu den führenden Leuten der SA. Sie war mit einem von ihnen verheiratet.«

»Sehen Sie, das wusste ich nicht.« Er fuhr sich mit der Hand über die Augen. »Ich darf gar nicht daran denken, Leni könnte Ähnliches erlitten haben, wie es ihrer Freundin oder diesem Hanussen widerfuhr.«

Irgendetwas an seiner Art kam mir aufgesetzt vor. Die Sache mit den SA-Leuten erschien mir übertrieben, und ich hatte mit einem Mal das Gefühl, dass ihn das Verschwinden seiner Frau nicht so sehr bedrückte wie mich; aber ich mochte mich auch irren.

»Mal etwas anderes«, sagte ich. »Ich nehme an, dass Sie einen Mercedes fahren. Was hat Ihr Wagen für eine Farbe?«

»Schwarz.«

»Ist es ein Cabriolet?«

»Ich besitze sowohl ein Cabriolet als auch eine Limousine.«

»Sie waren aber wohl nicht der Fahrer des Cabriolets, zu dem Ihre Frau am vorvergangenen Dienstagabend vor der ›Kakadu‹-Bar in den Wagen gestiegen ist, nehme ich an? Oder waren Sie es doch? Es war so gegen halb elf. Leni hatte einen freien Abend.«

Er schüttelte den Kopf. »Nein, ganz sicher nicht. Ich tippe auf einen dieser Männer, die in der Scala verkehren, von denen ich schon sprach.«

»Das ist jetzt fünf Tage her. Seither hat sie ihre Auftritte versäumt. Läuft sie nicht Gefahr, dass man ihr das Engagement kündigt?«

Er zuckte die Achseln. »Mir wäre es ganz recht, wenn sie nicht mehr in dieses Varietétheater müsste. Aber es wird wohl kaum dazu kommen. Sie ist sehr beliebt und vor allem wunderschön anzusehen, wie sie halb nackt oder fast ganz nackt dort tanzt. Sie nehmen sie mit Kusshand zurück.«

»Hoffen wir, dass sie bald wieder tanzen wird. Ich hatte schon immer mal vor, mir einen ihrer Auftritte anzusehen.«

Er nickte und schaute betrübt vor sich hin. »Ja, tun Sie das, ich wünsche viel Vergnügen.«

»Und was wollen wir jetzt tun?«

Er blickte auf und seine Augen verengten sich. »Haben Sie Verbindungen zur SA?«

»Keine direkten, aber über ein paar Umwege ließe sich wohl einer herstellen. Haben Sie selbst keine Kontakte, ich meine beruhend auf Ihrem Autogeschäft?«

»Es ist nicht mehr wie früher«, sagte er. »Die Verhältnisse in diesem Land sind nicht mehr so, wie sie mal waren.

Meine früheren Verbindungen erscheinen mir mittlerweile als wertlos. Sind Sie in der Partei?«

»Nein. Und Sie?«

»Ich bin einer der ›Märzgefallenen‹, wie man uns nennt. Es ist wichtig für das Geschäft. Trotzdem – es hat eigentlich nicht viel genützt. Man bekommt zwar Kunden aus den höheren Kreisen oder besser gesagt, sie kommen weiterhin, aber außerhalb des Geschäfts helfen diese Kontakte kaum. An die richtigen Leute komme ich im Moment nicht heran.« Er seufzte. »Man ist heute so schutzlos geworden. Warum ist nichts mehr, wie es war? Warum musste diese Regierung über Deutschland kommen?«

»Denken Sie, es hätte anders kommen können?«

»Allerdings«, sagte er fest. »Seit dem Herbst 1930 hat die SPD das halbdemokratische Regierungssystem Brünings gestützt und gegen die Aufhebung der Notverordnungen gestimmt. Wenn Brüning 1932 die Kanzlerschaft nicht hingeschmissen hätte, wäre er bis zu den nächsten planmäßigen Reichstagswahlen im Jahr 1934 im Amt geblieben und hätte solange mit seinen Notverordnungen weiterregieren können. Bis dahin wäre die Wirtschaftskrise überstanden gewesen und Hitler wäre nie Reichskanzler geworden.«

»Ja, wenn – aber wenn Hindenburg Brüning nicht hätte fallen lassen, weil er die Subventionen für die überschuldeten landwirtschaftlichen Großgüter im Osten endlich abschaffen wollte, um den Staatshaushalt zu retten, hätte Brüning nicht hingeschmissen.«

Ravenov nickte. »Wie auch immer, es war ein Fehler. Doch was wollen wir nun in Bezug auf Leni unternehmen? Wir können nicht einfach abwarten, ob etwas passiert.«

»Falls nicht schon etwas geschehen ist.«

»Vielleicht ist ja alles auch nur falscher Alarm und sie

ist einfach nur untergetaucht. Wissen Sie, es gibt da eine Vorstellung, die mich besonders quält.«

»Was ist es?«

»Ich stelle mir vor, wie sie von irgendwelchen Schergen in einem dunklen Kellerverlies gefangen gehalten wird und wie ihre Bewacher sich an ihr vergehen. Diese Bilder verfolgen mich schon seit drei Tagen. Ich träume, dass ich sie befreien muss, sie aber nicht finden kann.«

»Der Gedanke, dass man sie verhaftet haben könnte, ist mir auch schon gekommen. Aber was könnte der Grund dafür sein?«

»Ich habe nicht die geringste Ahnung! Als ich gestern bei der Polizei war, habe ich die Beamten gefragt, ob sie etwas von einer Verhaftung wüssten. Aber die haben mich überhaupt nicht ernst genommen, sondern nur gelacht. Morgen früh bin ich bei meinem Anwalt. Er soll zumindest mal versuchen, von den entsprechenden Stellen eine Auskunft zu bekommen. Aber vielleicht können Sie ja im Moment sogar mehr ausrichten als er oder ich?«

»Eine offizielle Verhaftung wird es wohl kaum gegeben haben.«

»Dann hat die SA sie sich geschnappt.« Er schaute mir tief in die Augen. »Können Sie sie finden?«

»Mal sehen, was ich tun kann.«

»Ich bezahle Sie dafür, dass Sie sie suchen. Nennen Sie mir Ihren Preis, die Höhe spielt keine Rolle. Hauptsache, ich bekomme meine wunderschöne Frau unversehrt zurück.«

»Ich kann nichts versprechen.«

»Leni hat mir ein ganz reizendes Töchterchen geschenkt«, sagte Ravenov. »Sie fragt jeden Abend nach ihrer Mutter.«

Ich merkte, dass ich Schwierigkeiten hatte, ihn einzuschätzen. Konnte es sein, dass er nicht so harmlos war, wie er tat?

»Leni hat es nicht verdient, ein Opfer obskurer Leute zu werden«, sagte ich.

»Vielen Dank, dass Sie mich unterstützen«, gab er zurück.

Ich trank noch einen Kaffee, dann stand ich auf, um mich zu verabschieden.

Ravenov begleitete mich zur Tür.

»Hoffentlich ist es noch nicht zu spät«, sagte er und drückte mir fest die Hand. »Aber ich bin zuversichtlich. Jetzt, nach dem Gespräch mit Ihnen, geht es mir wieder besser.«

13

Durch das Licht der Laternen fiel der Regen in seidigen Fäden auf das Pflaster des Königin-Augusta-Ufers am Landwehrkanal. Eine Zeit lang stand ich da und betrachtete die Fassade des Gebäudes, aber es war alles dunkel hinter den Fenstern der Wohnung im obersten Stockwerk, zu deren Tür ich einen Schlüssel besaß.

Mit geöffnetem Schirm in der einen und meiner Aktentasche in der anderen Hand trat ich unter den baldachinartigen Vorsprung der Eingangstür. Der Regen spritzte auf meine Schulter, während ich die Schlüssel, die Leni mir überlassen hatte, aus der Tasche zog.

Durch schmale Fensterschlitze fiel trübes Licht in Halle und Treppenhaus. Bevor ich weiterging und die Treppen hinaufstieg, stand ich eine Weile still und lauschte wie nach fernen Stimmen. Oben angekommen betätigte ich die Türklingel, einmal, zweimal, nur um ganz sicher zu gehen. Es kam niemand an die Tür, und so schloss ich auf und trat in den düsteren Flur.

Auf mein Rufen antwortete niemand, die Wohnung war leer.

Von der einen Wand blickte mich die schwarze afrikanische Maske an. Weitere Schablonen stellten Krieger dar, die mit erhobenen Speeren auf mich zielten. Am Ende des Gangs öffnete ich die Tür zum Badezimmer, wo ich den Schirm zum Trocknen aufspannte.

Im Wohnzimmer rahmten die Vorhänge den grauen Himmel hinter dem Fenster wie ein Passepartout ein. Der Regen prasselte gegen die Scheiben. Alles schien unverändert. Gleich hinter der Tür an der Wand gab es noch einen kleinen Schreibtisch. Ich kniete mich hin und nahm mir sämtliche Fächer vor. Ich fand das übliche Allerlei, Rechnungen und diverse Dokumente, aber es war nichts darunter, das mir weiterhalf.

Ich trat zu der Schrankwand aus Kirschbaumholz rechts von der Tür. Die Bücherreihen erstreckten sich zu beiden Seiten einer Vitrine. Diese enthielt dunkelblaue chinesische Vasen mit bunten Reliefs und auf dem obersten Bord eine ebenholzschwarze Skulptur aus Marmor, die einen ägyptischen Sonnenherrscher mit edlen Gesichtszügen und einem feinen wohlgestalteten Körper darstellte. Vor den Bücherreihen standen kleine Statuetten, daneben gab es Keramiken jeder Art, und ich erblickte hölzerne Figuren, die in den leuchtenden brillanten Farben der indianischen Tradition bemalt waren. Die Bücher waren nach Themenbereichen sortiert, ich sah Bildbände über Kunst, Geschichte und Malerei, eine 24-bändige Brockhausausgabe und zahlreiche Romane, darüber hinaus etliche Bücher von Autoren, die sich an das große Geheimnis herangetastet hatten, das die Menschheit umgibt: Mythologie und Okkultismus, Gralssuche, Druidenpriester und Ähnliches.

Auf einem der Regalbretter entdeckte ich ein quer liegendes Buch, sodass ich annahm, dass erst kürzlich darin gelesen worden war. Es war eine Erstausgabe vom ›Geheimnis der Goldenen Blüte‹, Richard Wilhelms Übersetzung eines alten taoistischen Textes, zu dem der Tiefenpsychologe Carl Gustav Jung, von dem auch der Terminus des Schattens stammte, ein Vorwort verfasst hatte. Ich las eine Seite daraus und widmete mich dann dem taoistischen Text. ›Wer den unsterblichen Geistkörper ausbilden will‹, so die uralte fernöstliche Weisheit, ›muss sich in sich selbst versenken, bis jede Regung zum Stillstand kommt und das innere Licht der Erleuchtung erscheint, dann wird das Licht belebt und beginnt zu kreisen, rechtsläufig wie das Sonnenrad. Wenn man lange damit verfährt, so entsteht ganz natürlich außer dem Leibe noch ein anderer Geistleib, der unsterblich ist, und der die Kraft verleiht, die tausend Geburten zu erledigen.‹

Doch mehr als die Umschreibung von inneren Methoden, wie man zum Gottmenschen wurde, berührte mich eine andere Weisheit, die in einem Satz enthalten war, der gleich an mehreren Stellen des Buches auftauchte, und der eine nachdrückliche Warnung aussprach: ›Wenn aber ein verkehrter Mann die rechten Mittel gebraucht, so wirkt das rechte Mittel verkehrt.‹

Es war ein Hinweis, von dem ich spürte, dass er eine aktuelle Bedeutung für mein Leben besaß; ein Hinweis auch, der mich die Anwesenheit eines ›falschen Mannes‹ in Lenis Nähe fast körperlich fühlen ließ; und es war dieser Hinweis, der meine Gedanken erneut auf den Fahrer des dunklen Mercedes-Cabriolet lenkte, in das Leni an einem Abend vor etwas mehr als einer Woche nahe der ›Kakadu‹-Bar eingestiegen war.

Plötzlich schrak ich zusammen, und meine Nackenhaare stellten sich auf. Unversehens war eine andere Erinnerung in mir aufgestiegen. Mir war bewusst geworden, dass ich den Mercedes, als er vor dem ›Kakadu‹ hielt, nicht zum ersten Mal gesehen hatte, sondern schon früher, nämlich an dem Abend von Alice Resows Tod. Ein solches Cabriolet, in das Leni vor der Bar eingestiegen war, hatte an jenem Abend vor dem Hotel in der Lietzenburger Straße geparkt und war gerade in dem Moment vom Bordstein gerollt, als ich selbst vor dem Hotel eingetroffen war.

Eine böse Ahnung, ein gewisses unbestimmtes Gefühl von Verhängnis überkam mich, während die beiden nächtlichen Szenen in meiner Vorstellung miteinander konkurrierten. Dabei war es nicht mehr, als dass ich einige Zeit zu spät den Schatten wahrnahm, den der unbekannte Fahrer des Mercedes-Cabriolets auf meine Erinnerungen warf.

Ohne Unterlass fiel der Regen hinter dem Fenster aus dem finster verhangenen Himmel herab. In den Häusern, die sich hinter dem jenseitigen Ufer wie eine Linie erhoben, brannten nun alle Lichter. Wie ein riesiges Tuch hatte sich die feuchte Herbstnacht auf die unübersehbare Stadt gesenkt.

Ich trat zurück in den Flur. Mich befiel das Gefühl, als ob es etwas in der Wohnung gab, das mir auffallen müsste, und während ich darüber nachdachte, was es sein könnte, fiel mein Blick auf eine schmale Tür, die ich bis dahin noch nicht richtig wahrgenommen hatte.

Ich drückte die Klinke.

Die Tür führte in einen kleinen fensterlosen Raum, wie ich feststellen konnte, als ich das Licht anmachte. Es war ein Zimmer, das sich zwischen dem Wohnzimmer und dem Schlafzimmer befand; eine Art Ankleideraum, den man auch als begehbaren Schrank bezeichnete und der bis auf einen Kleiderständer mit Jacken und einen Schuhschrank vor einem Vorhang, der selbst keine rechte Funktion zu haben schien, keine weitere Einrichtung enthielt.

In der Wand auf der linken Seite befand sich eine weitere schmale Tür, durch die ich in das Schlafzimmer gelangte, und zwar an der Stelle, wo sich eine Nische zwischen dem Spiegelschrank und dem Fenster befand. Bei meinem vorangegangenen Besuch hatte ich die kleine Tür im Schlafzimmer wegen des davor platzierten Kleiderständers nicht gesehen.

Eine Zeit lang stand ich da und starrte auf die Zeichnung vom Gelben Kaiser an der Wand über dem Bett. In dem momentan herrschenden Licht war der Ausdruck von Weisheit und Güte im Gesicht des Herrschers verschwunden, das Lächeln des Kaisers war das eines Spötters geworden, sein anderes Gesicht war zum Vorschein gekommen. Unwillkürlich dachte ich an den ›verkehrten

Mann‹, vor dem die alten Texte warnten, weil sich in seinen Händen das richtige Mittel befand.

Vor meinem geistigen Auge sah ich die blonde Leni, wie sie in diesem Zimmer vor dem Spiegel stand, ihre herausfordernde Pose, die geheimnisvoll dunklen Augen. Ihr Gesicht leuchtete, ihre Pupillen hatten sich in Seen glänzender Schwärze verwandelt, deren Iris Strahlen versprühte, fast dem Feuer schwarzer Opale gleich. Es war, als blickte ich in einen Flammenherd, der sich hinter ihrem Wesen verbarg, und mehrmals, aber so leise, als wollte ich ihn nicht unnötig beschwören, murmelte ich den Namen des dämonischen Gottes, der das Symbol für die dunkle Seite sexueller Ekstase war, den Namen, den sie in der Nacht unserer sexuellen Begegnung im Munde geführt hatte, als sie ein den dunklen Kräften geweihtes Ritual inszenierte, in das sie mich hatte einweihen wollen. »Seth, oh mein Gott Seth.«

Ich holte den Schirm aus dem Bad und verließ die Wohnung am Landwehrkanal, um durch den Regen zur Straßenbahn zu gehen.

In meiner Wohnung griff ich mir das Telefonbuch und wählte die Nummer des Privatanschlusses von Philipp Arnheim.

Veronika, Arnheims Hausangestellte, kam an den Apparat.

»Eugen, ich freue mich, von Ihnen zu hören«, sagte sie, als sie hörte, wer der Anrufer war. »Aber Sie rufen wohl nicht meinetwegen an.«

»Veronika, wie geht es Ihnen?«

»Man muss das Leben nehmen, wie es kommt«, sagte sie ausweichend.

»Also nicht so gut?«

»Oh doch, ich bin frisch verliebt.«

»Darf man fragen, wer der Glückliche ist?«

»Sie werden ihn nicht kennen.«

»Ich hatte gehofft, Ihre Stimme zu hören, Veronika, bevor ich mit dem Hausherrn sprechen muss.«

»Herr Arnheim ist außer Haus. Am besten versuchen Sie ihn morgen in der Bank zu erreichen. Soll ich ihm morgen früh ausrichten, dass Sie angerufen haben? Ich mache jetzt Feierabend.«

Ich überlegte. »Dann wünsche ich Ihnen einen schönen Abend. Ja, richten Sie ihm aus, dass ich angerufen habe. Wenn er mag, kann er mich morgen in der Kanzlei zurückrufen. Ansonsten melde ich mich noch einmal.«

»Das wird so erledigt«, sagte sie. »Ich wünsche Ihnen alles Gute, Eugen!«

»Ich Ihnen auch, Veronika.«

Während der Abend verstrich, kehrten meine Gedanken zu dem unbekannten Fahrer des Mercedes-Cabriolets zurück. War womöglich der Tod von Alice Resow vor dem Hintergrund eines morbiden Opferdramas zu sehen? War es denkbar, dass auch Leni sich in ein solches Geschehen verstrickt hatte? Ihre verschiedenen Äußerungen zu okkulten Ritualen schienen mir in diese Richtung zu deuten, und angesichts ihrer sexuellen Experimentierfreudigkeit waren diese Überlegungen für mich durchaus gerechtfertigt. Immer stärker spürte ich am Rande meines Bewusstseins die Anwesenheit eines Mannes in ihrem Umfeld, der ein ›verkehrter‹ Mann war, vergleichbar mit dem, vor dem die alten Texte warnten, ein gefährlicher Liebhaber, so dunkel wie der Schatten des Gelben Kaisers.

Wer aber war er? Kam ihm die Bedeutung zu, die ich geneigt war, ihm beizumessen, oder war meine Vorstellung von ihm nur eine fixe Idee? War er es, der an kaum erforschbare Tiefen im Wesen der beiden Frauen zu rühren vermochte, in die nur vorzudringen vermochte, wer die Eigenschaften des dunklen Gottes Seth besaß?

Nur selten drang ein Lichtschein von einem vorüberfahrenden Auto in die Dunkelheit meines Schlafzimmers. Alles um mich herum schien mir steil aufragend wie die Wände eines Brunnens, nur ganz oben erblickte ich ein Stück Himmel, nicht größer als der Mond, und davor den Schattenriss eines Mannes, der zu mir herab in die Tiefe sah. Der letzte Gedanke, bevor ich in den Schlaf fiel, war der, dass es nichts Helles, nichts Tröstendes im düster ahnungsvollen Gegenüber dieses Unbekannten gab, nichts, das ein freundliches oder versöhnliches Licht auf eine Begegnung mit ihm hätte werfen können.

14

Harrys Wohnung in der Motzstraße hatte stuckverzierte Decken. Die Fußböden bestanden durchgehend aus Holzparkett und passten gut zu der ein wenig bunten und unprätentiösen Einrichtung, die aus zahlreichen Einzelstücken und nicht so teuren Kunstgegenständen bestand, die der Bewohner in unzähligen Gängen durch Trödelläden gesammelt hatte. Eine in die Wand eingelassene Bibliothek enthielt eine Meyers Enzyklopädie aus dem Jahr 1897 zusammen mit zahlreichen anderen alten Büchern.

»Die eine tot, die andere verschwunden«, sagte Harry, »das ist keine tolle Bilanz. Warum kommen diese Frauen ausgerechnet zu dir?«

»Der Grund könnte sein, dass wir dieselben Gegner haben.«

»Glaubst du wirklich, dass die SA deine Mandantin verschleppt hat?«

»Ich hoffe es fast. Den Fängen der SA kann man wieder entkommen; dem Teufel entkommt man nicht so leicht.«

»Warum sollte sie sich mit dem Teufel eingelassen haben?«

»Sie spielt gern mit dem Feuer. Sie gehört zu den Menschen, die sich an Grenzen tasten, die man besser nicht überschreitet. Aber sie könnte das Risiko unterschätzt haben und in dem Kampf mit dem Teufel die Unterlegene gewesen sein.«

»Das meiste wird nicht so heiß gegessen wie gekocht.«

»Das meiste wohl, aber diese Frau gehört zu der Minderheit, bei der man den Satz umkehren möchte. Bei ihr wird noch heißer gegessen als gekocht. Und ihre Freundin Alice Resow, ihre Verwandte im Geiste, ist auf eine ungeklärte, aber jedenfalls makabre Weise gestorben. Ihr Tod lässt ohne Weiteres Raum für Gedanken an dunkle Kulte.«

»Hast du wenigstens eine Ahnung, wer dieser Teufel oder böse Magier in ihrem Leben sein könnte?«

»Nicht die geringste.«

»Und du glaubst, dass es derselbe Schurke ist, der auch beim Tod von Alice Resow seine Hand im Spiel hatte?«

»Ja.«

»Aber nach wie vor ist nicht ausgeschlossen, dass Alice Resow Selbstmord beging?«

»Der Unterschied zwischen Mord und Selbstmord könnte in ihrem Fall von nur marginaler Natur sein.«

»Das verstehe ich nicht.«

»Sie könnte sich umgebracht haben, weil sie vor der Wahl stand, im Pakt mit dem Teufel ihre Seele zu verlieren oder im physischen Tod die eigene Identität zu bewahren – damit der Teufel gar nicht die Chance bekommt, sich ihrer Seele zu bemächtigen.«

Harry schüttelte den Kopf und sah mich an. »Weißt du, was ich denke?«

»Du wirst es mir sicher sagen.«

»Du unternimmst lediglich den Versuch, in die Psyche einer Selbstmörderin einzudringen. Wenn jemand sich umbringt, weil er glaubt, dass er sonst in die Fänge des Teufels gerät – was ist das? Ich will es dir sagen: Es ist nichts anderes als ein Selbstmord aus Wahn.«

»Das glaube ich nicht. Falls Alice Resow den Selbstmord wählte, war das für sie eine wohlüberlegte, endgültige Entscheidung.«

Harry schwieg einen Moment. »Wir müssen das nicht diskutieren, aber wenn du mal wieder einen Gang zurückschaltest, läuft es doch wieder auf die Frage hinaus, ob es diesen diabolischen Finsterling, der die Frauen im Sexualakt tötet oder in den Selbstmord treibt, überhaupt gibt. Wer ist er? Denkst du an jemanden aus dem Kreise der SA?«

»Ich denke vor allem an Philipp Arnheim und Rudolf Mantiss und ähnlich orientierte Männer aus ihrem Umfeld. Gerade die Erfahrungen, die ich mit dieser Geheimgesellschaft habe machen müssen, lassen mich daran glauben, dass es auch in der heutigen Welt dunkle Adepten gibt, die zum Zwecke der eigenen Höherentwicklung bereit sind, über Leichen zu gehen. Seitdem wir die nationalsozialistische Regierung haben, können diese Schwarzmagier ihrem finsteren Treiben nachgehen, ohne sich ernsthaft vor Strafe fürchten zu müssen. Arnheim hat am Fall seiner eigenen Frau bereits bewiesen, dass er nicht davor zurückschreckt, einen Menschen zu opfern. Er hat nicht nur etwas Attraktives, sondern auch etwas latent Grausames in seinem Habitus, und wenn ich ihn sehe, muss ich an Herrscher aus uralten Zeiten denken, die sich die schönsten Sklavinnen zunächst in ihr Bett holten, aber keine Bedenken hatten, sie dem Henker zu übergeben, sobald sie ihrer überdrüssig wurden. Und er ist nicht der einzige Mann in diesem Kreis, der Frauen für sich einzunehmen versteht.«

Harry schwieg eine Weile. »Ich will nicht ausschließen, dass es Menschen solcher Geistesart gibt und dass sie in einer Zeit wie dieser aus ihren Rattenlöchern kommen«, sagte er dann. »Aber solange du kein konkretes Indiz dafür hast, dass einer von ihnen zur Verwirklichung höherer Ziele getötet hat, halte ich es für wahrscheinlich, dass SA-Männer aus ganz profanen Gründen zum Nachteil der Frauen gehandelt haben – sei es in Zusammenhang mit der Brandstiftung, dem Mord an Hanussen oder wegen etwas anderem – und darauf würde ich an deiner Stelle auch mein Augenmerk richten.«

»Das tue ich selbstverständlich! Nur schließe ich das Ungewöhnliche nicht aus und gehe auch diesen Spuren nach.«

»Hast du denn konkrete Hinweise?«

Ich rieb mir die Stirn. »An dem Abend, an dem Leni zuletzt gesehen wurde, stieg sie vor der ›Kakadu‹-Bar in ein Mercedes-Cabriolet – und genauso ein Wagen parkte vor dem Hotel, in dem Alice Resow starb. Daran musste ich zuletzt immer wieder denken.«

»Dieser Mercedesfahrer kann sonst wer gewesen sein. Das ist sicher nicht das einzige Mercedes-Cabriolet in Berlin. Fast vor jedem besseren Hotel und vor jeder besseren Bar siehst du solche Autos.«

»Dieser Wagen ist so etwas wie ein roter Faden, der sich durch beide Fälle zieht.«

»Wahrscheinlicher als ein Zusammenhang ist ein Zufall.«

»Es ist und bleibt eine Spur.«

Harry sah mich nachdenklich an. »Hast du noch den Schlüssel für Leni Ravenovs Wohnung?«

Ich nickte. »Ja. Außer dir weiß niemand, dass ich ihn besitze.«

»Hm! Weißt du was? Wo wir von Spur sprachen – lass uns doch einmal zusammen in Lenis Wohnung gehen! Vielleicht fällt mir irgendetwas auf, das du nicht sehen kannst, weil du schon zu betriebsblind geworden bist. Und vier Augen sehen bekanntlich sowieso mehr als zwei.«

»Einverstanden«, sagte ich.

»Es ist noch früh am Abend, meinetwegen können wir sofort aufbrechen.«

Nicht lange danach machten wir uns auf den Weg zum Bahnhof der Untergrundbahn. Nachdem wir eine

Weile schweigend nebeneinander durch die Dämmerung geschritten waren, meinte Harry: »Ich würde deine Mutmaßungen für kompletten Unfug halten, wenn ich nicht davon überzeugt wäre, dass das Böse eine furchtbare Realität ist, eine Gestalt des kollektiven Unbewussten, geheimnisvoll, dunkel und schwer zu ergründen. Es gehört zum Charakter des Bösen, seine Existenz zu bestreiten und den Unterschied zwischen Gut und Böse für null und nichtig zu erklären.«

»Vielleicht renne ich einer fixen Idee hinterher, Harry, aber wir leben in einer dunklen Zeit.«

Wir erreichten den Untergrundbahnhof und schritten auf der Treppe hinunter in den dunklen Schacht. »Die meisten Menschen sind wie du und ich, sie sind nicht wirklich böse«, sprach er weiter. »Aber es gibt sie, die Bösen. Das sind die, bei denen du, wenn du tief genug gräbst, keine Liebe mehr findest; sie sind sogar unter ihrem Hass ganz eiskalt. Das sind die Mephisto-Gestalten dieser Welt. Wirkliche Macht erlangen sie aber nur, wenn sie genügend Menschen finden, die sie an sich binden können, oder wenn es zu wenige gibt, die sich ihnen widersetzen.«

Wir ließen die Mauern der unterirdischen Schächte stumm an uns vorübereilen, und als wir am Zielbahnhof angekommen waren und über ein paar Treppen wieder die obere Welt erreichten, hatte die Abenddämmerung die Stadt in ein bläulich schwarzes Licht getaucht, durch das sich rote Schattierungen zogen.

Mir war, als ob eine Atmosphäre finsterer Träume durch die dunklen Boulevards schwebte, als läge die Stadt im Kampf mit sich selbst und böte alle Kraft auf, sich zu bessern, bevor die Propheten kämen und die Ankunft eines mörderischen Rachegottes verkündeten. Ich hatte das Gefühl, vergangene Zeiten spüren zu können, und als ich die schwarzbraune Fassade eines der hundert Jahre alten

Häuser betrachtete, die im spärlich funkelnden Laternenlicht noch düsterer als am Tage wirkten, fühlte ich mich ins vergangene Jahrhundert zurückversetzt.

In dem stetigen Wechsel zwischen den Schatten des dämmernden Abends und dem Licht der Straßenlaternen schritten wir am Ufer des Landwehrkanals entlang. Bald danach öffnete ich die Tür zu dem Haus, unter dessen Dach sich Leni Ravenovs Wohnung befand. Die Geräusche, die der Fahrstuhl machte, während wir durch das schmiedeeiserne schwarze Gitterkleid und das schwache orange Licht nach oben holperten, hatten trotz ihrer verlässlichen Normalität etwas von einer monotonen Endgültigkeit. Ich war ganz froh, Harry dabei zu haben und die Wohnung nicht allein betreten zu müssen.

Die Wohnung war dunkel. Ich legte einen Schalter um und sah den leuchtenden Buddha über dem Meer, der den gespenstischen Eindruck der Leere nicht zu verdrängen vermochte. Dieser Eindruck wich auch nicht, nachdem wir durch alle Räume gegangen waren und überall das Licht angemacht hatten, zumal es keinen Hinweis darauf gab, dass seit meinem letzten Besuch jemand die Wohnung betreten hatte.

Harry zündete sich eine Zigarette an und stand dann schweigend in der Mitte des Wohnzimmers und rauchte, während er seine Augen mal hier und mal dort für längere Zeit verweilen ließ.

Ich stellte mir vor, dass er nach irgendwelchen magischen Zeichen suchte, als könnte er durch die Gegenstände hindurchsehen oder die von ihnen ausgehenden heimlichen Signale empfangen. Ich wünschte mir sehr, Harry hätte Erfolg.

»Wonach wollen wir suchen?«, fragte er.

»Weißt du es nicht?«

»Würde ich hier so ratlos herumstehen, wenn ich es

wüsste? Im Augenblick suche ich nach einem Aschenbecher.«

Er trat zu einer Kommode, auf der er einen fand. Er machte ein paar Züge, drückte seine Zigarette aus und durchquerte den Raum zu der nahe der Tür gelegenen Stirnseite hin, wo er einen Blick in den Spiegel warf und sich eine Weile zwischen den Topfpflanzen hin und her bewegte, die in Kübeln um den Schreibtisch herumstanden. Schließlich bückte er sich, hob eine der Pflanzen mitsamt Topf einen halben Meter in die Höhe und blickte in die Schale, in welcher der Topf gestanden hatte, als vermutete er darunter ein Versteck, doch die Schale war leer. Alle anderen Schalen, in denen er nachsah, waren es ebenso. Er machte kehrt und wandte das Gesicht der Bücherwand zu.

Längere Zeit betrachtete er prüfend die Reihen, sodass ich schon befürchtete, er könne ernsthaft beabsichtigen, in jedem einzelnen der Bücher nach einem geheimnisvollen Zettel oder irgendetwas anderem zu suchen, aber stattdessen schaute er auf die Figur des ägyptischen Sonnenherrschers in der Vitrine.

»Überleg einmal Folgendes«, sagte er. »Wo würde sie in dieser Wohnung etwas verstecken, sodass nur du, nicht aber dieser unbekannte Dritte es finden kann? Ein Ort, an den du denkst – nicht aber er! Gibt es so etwas?«

Er drehte der Regalwand den Rücken zu und musterte aufmerksam einen Druck an der Wand, der eine Meeresszene zeigte. Er ging auf das Bild zu und nahm es vom Haken, drehte es um und besah sich die Rückseite, löste jedoch den Rahmen nicht ab, sondern hängte es wieder an den Haken zurück.

Seine Augen wanderten an den Wänden entlang und hielten für Momente einzelne Szenen fest, als hoffte er, dass ihn seine Intuition auf die richtige Fährte setzte, denn das Öffnen aller Bilderrahmen würde ein kaum weniger aufwendiges Unterfangen als die Durchsicht sämtlicher Bücher sein.

In diesem Moment fiel es mir wie Schuppen von den Augen. »Du hast recht, Harry, es gibt einen solchen Ort.«

Die Messingtischlampen warfen einen türkisfarbenen Schein auf die Wände des Schlafzimmers, und wie gebannt starrte ich auf das Bild des Gelben Kaisers, auf die Züge der Grausamkeit in dem Gesicht des fernen Herrschers, die bei genauem Hinsehen deutlich zu sehen waren, zuweilen aber in dem Antlitz wie verborgen erschienen. Ich nahm das Bild von der Wand und legte es mit der Rückseite nach oben auf das Bett, löste die Zugringe, nahm die Rückplatte hoch und entdeckte am oberen Rand der Innenseite, an der Stelle, wo sonst ein Passepartout die Bildfläche umrahmte, einen Briefumschlag.

Ich machte ihn auf und sah, dass er mehrere Fotos und ein zusammengefaltetes Stück Papier enthielt. Ich nahm alles heraus, kehrte zu Harry zurück und legte die Fotoaufnahmen nebeneinander mit dem Schriftstück auf den Esstisch.

Harry trat neben mich, und gemeinsam betrachteten wir die Fundstücke.

Es waren drei ebenso bizarre wie beeindruckende Aufnahmen. Die Akteure auf den Bildern, zwei Frauen und ein Mann, waren nackt bis auf die silbernen Halbmasken vor den Gesichtern, die Schlitze für die Augen frei ließen. Beide Frauen besaßen ähnlich anmutige, langgliedrige Körper, und trotz der Masken erkannte ich sofort die beiden Tänzerinnen.

»Alice und Leni«, murmelte ich.

»Und wer ist der Mann?«, fragte Harry.

Auch dieser war eine beeindruckende Erscheinung und

passte mit seiner gleichermaßen kräftigen wie schlanken Gestalt körperlich recht gut zu seinen beiden Gespielinnen.

»Ich habe nicht die geringste Ahnung. Aber das ist Er! Der Teufel – der dunkle Adept.«

Harry nahm eines der Bilder in die Hand. »Könnte es Arnheim sein?«

Der Mann war auf zwei von den Bildern zu sehen. Auf dem einen hatte er mit Alice Resow, auf dem anderen mit Leni Ravenov Sex; auf dem dritten liebten sich die beiden Frauen. Der jeweils nicht beteiligte Akteur hatte anscheinend auf den Auslöser des Fotoapparats gedrückt.

»Ich bin mir nicht sicher, aber – ich glaube, eher nicht.«

Die Frauen lächelten glücklich in die Kamera, während sie ziemlich ausgefallene Verrenkungen vollführten; sie waren beide ganz Schönheit, Wonne und Lust.

»Sportliche Leistung«, sagte Harry neben mir. »Mannomann, du hast nicht übertrieben! Was für fantastische Frauen.«

Mit einer Vehemenz, die mich erschreckte, kam sexuelles Verlangen in mir auf. Die Begierde war von einer Art, die an etwas ganz Tiefem rührte, und in beklemmender Weise beschlich mich der Verdacht, dass ich mir nicht nur aus einem erotischen Verlangen heraus wünschte, an der Stelle des Mannes auf den Fotos zu sein, sondern dass die beiden Frauen sogar versucht hatten, mir eine Rolle zuzuweisen, die der seinen nicht unähnlich war. Waren sie deshalb meine Mandantinnen geworden, damit ich ihnen half, sich aus der Umklammerung dieses okkulten Hexers und dunklen Verführers, aus der Bindung an den falschen Mann, vor dem die alten Texte warnten, zu befreien?

»Was denkst du?«, fragte Harry. »Sind sie maskiert,

damit niemand sie erkennt, falls die Fotos so wie jetzt in falsche Hände geraten?«

»Nicht auszuschließen. Aber ich glaube, dass die Maskerade dazugehört, weil die Masken ihnen die Freiheit verleihen, das ungehemmt miteinander zu tun, was sie gern tun wollen, und die Grenzen, an die sie stoßen könnten, zu überschreiten.«

Harry nickte, griff dann nach dem Schriftstück und las halblaut, aber so, dass ich es hören konnte, den Text.

›Liebe Leni, anbei übersende ich Dir den Durchschlag meines Briefes, den ich an den Präsidenten des Reichsgerichts schrieb. Dir persönlich möchte ich ergänzend mitteilen, dass ich selbst an dem Komplott gegen van der Lubbe beteiligt war. Ich habe im Auftrag meines Mannes und von Helldorfs den Lockvogel gespielt. In ihrem Auftrag habe ich ihm bei einer Begegnung zwei Tage vor dem Ereignis schöne Augen gemacht. Am Abend des Brandes haben wir uns gegen halb neun Uhr mit Hanussen und von Helldorf in der Nähe des Reichstags getroffen. Meine Anwesenheit sollte bewirken, dass er in seinem Entschluss, Feuer zu legen, nicht wankelmütig würde. Aber die Gefahr bestand nicht. Er war guter Dinge und hatte keine Ahnung, was auf ihn zukommen würde. Ich hoffe, wir sehen uns wieder. Deine Alice.‹

Der Brief trug ein Datum von Mitte Oktober. Ich zeigte mit dem Finger darauf.

»Alice starb noch am selben Tag«, sagte ich. »Aber kein Wort in dem Brief, dass sie sich das Leben nehmen will.«

»Die Bemerkung, ›Ich hoffe, wir sehen uns wieder‹, klingt ambivalent«, sagte Harry. »So, als hätte sie damit gerechnet, dass es vielleicht kein Wiedersehen geben würde. Das kann mehr als ein Hinweis auf einen Todeswunsch sein. Aber wo ist dieser Durchschlag, von dem sie schreibt?«

»Das ist der Brief an das Reichsgericht, dessen Durchschlag mir Leni bereits gab.«

Harry kratzte sich am Kopf. »Was willst du mit diesen Fotos und den Schreiben machen?«

»Ich nehme sie an mich – verstecke sie meinerseits – vorerst weiter nichts.«

Harry faltete das Papier zusammen und legte es neben die Fotos zurück.

Beide sahen wir wieder auf die Bilder herab. Die Schönheit der Akteure, besonders der beiden Frauen, ihr Agieren im Zustand der Lust, war von einer überwältigenden Wirkung. Wer aber war dieser Mann, der wahrscheinlich beim Tod von Alice Resow Pate gestanden hatte?

»Er ist älter als sie«, sagte Harry.

Bei genauerem Hinsehen bemerkte ich es auch. Die Haut des Maskierten wirkte auf den ersten Blick zwar glatt, aber bei näherem Hinsehen bemerkte man doch recht deutlich ein paar Falten.

»Für wie alt hältst du ihn?«, fragte ich.

»Unser Alter – vielleicht sogar noch ein paar Jahre älter. Ein Mitt- oder Endvierziger, der gut in Schuss und erotisch noch in bester Verfassung ist. Na ja, wenn er wirklich ein dunkler Adept ist, wundert das einen nicht.«

Endlich schob ich die Fotos zusammen und steckte sie mit dem Brief in meine Jackentasche.

»Lass uns gehen«, sagte Harry. »Siehst du eine Möglichkeit herauszubekommen, wer der dunkle Adept ist?«

»Ich glaube, dass Philipp Arnheim ihn kennt.«

»Wird er dir seinen Namen verraten, wenn du ihn danach fragst?«

»Wenn er es tut, wird er irgendeine üble Gegenleistung dafür verlangen. Besser wäre, ich bekomme es ohne ihn heraus.«

»Und wenn du es weißt – was willst du dann tun?«

»Ihn fragen, was mit Leni geschehen ist.«

Ein dunkles Glimmen trat in Harrys Augen. »Du musst höllisch aufpassen, bei allem, was du tust, und du solltest sehr behutsam vorgehen.«

»Das versteht sich von selbst. Aber du verstehst mich doch jetzt, Harry, nicht wahr? Dass ich in dieser Situation nicht untätig bleiben kann?«

»Nachdem wir Bilder von diesem obskuren Mann haben, kann ich deine Theorie besser nachvollziehen als zuvor. Aber noch ist alles eben nur eine Theorie. Wir wissen nicht, ob er wirklich der ist, für den du ihn hältst. Ein Baustein fällt weg und das ganze Kartenhaus stürzt ein! Diese Möglichkeit musst du immer im Hinterkopf behalten, Eugen, bei allem, was du unternimmst.«

15

Mit den Fotos auf dem Schoß saß ich in meiner Wohnung in einem Sessel, starrte abwechselnd die beiden Schönen und den dämonischen Verführer an, und je länger ich Letzteren betrachtete, desto überzeugter war ich, dass mir der Maskierte kein Unbekannter war. Es wuchs in mir die Überzeugung, dass ich ihn kennen würde, wenn er seine Maske von dem Gesicht abnahm.

Ich hatte das dritte Glas Wein vor mir stehen, trank es leer und ging zu Bett. Wohl wegen des Alkohols schlief ich sofort ein. Doch mein Schlaf dauerte nicht lange.

Etwas weckte mich. Ich schreckte hoch. Dann vernahm ich es wieder. Es klopfte an der Tür.

Ich sprang aus dem Bett und eilte in den Flur.

»Wir wissen, dass Sie da sind, Goltz!«, hörte ich es von draußen. »Machen Sie auf.«

Ich wandte mich ins Zimmer zurück und blickte zur Uhr. Es war kurz nach Mitternacht. Ich hatte noch keine Stunde geschlafen.

Das Trommeln gegen die Tür ging weiter. Was konnte ich tun? Wo sollte ich hin? Aus dem Fenster springen war nicht möglich, die Wohnung lag im dritten Stock. In aller Eile schlüpfte ich in meine Sachen.

Draußen gaben sie nicht nach. »Wir brechen die Tür auf, Goltz, wenn Sie nicht sofort öffnen!«

»Einen Moment!«, rief ich und riss die Tür auf.

Zwei Männer stürzten an mir vorbei in den Flur. Als sie sich berappelt und orientiert hatten, griff der eine nach der Tür und schlug sie von innen zu.

Dann erkannte ich die beiden. Es waren die Gestapomänner, denen ich erstmals im Hotelzimmer der toten Alice Resow begegnet war.

»Können Sie sich keine andere Uhrzeit aussuchen?«, fauchte ich den Hageren mit dem bleichen Gesicht an, bevor ich mich erinnerte, dass er Köhler hieß.

»Wir haben den Auftrag, Sie zu verhaften!«, brüllte der andere, der Blonde mit dem breiten Kreuz, dessen Name Wunram war.

Köhler hatte aus seiner Manteltasche ein Schriftstück herauszogen, das er mir unter die Nase hielt.

Ich warf einen Blick darauf. Unterschrift und Stempel waren von einer Berliner Polizeidienststelle; ein Haftgrund war, soweit ich es auf die Schnelle feststellen konnte, nicht angegeben. Eigentlich war es auch egal, wer das Pamphlet ausgestellt hatte, und auch, was drin geschrieben stand, man brauchte heutzutage keine behördliche Anordnung, um jemanden in einen Keller zu verschleppen. Die unmittelbar im Anschluss an den Reichstagsbrand erlassene Notverordnung zum Schutz von Volk und Staat sowie weitere Notverordnungen in den folgenden Tagen hatten die Verfassung des Deutschen Reichs und die Grundrechte der Bürger einschließlich des Rechts auf persönliche Freiheit außer Kraft gesetzt. Seither konnte die geheime Polizei gegen jeden missliebigen Bürger eine sogenannte Schutzhaft verhängen, ohne dass ein Haftbefehl ausgestellt werden musste. Wir lebten wirklich in ›herrlichen‹ Zeiten.

»Gehen Sie freiwillig mit oder müssen wir Gewalt anwenden?«, fragte Wunram, der plötzlich eine Waffe in der rechten Hand hielt. Das erste Mal seit dem Krieg blickte ich wieder in eine Pistolenmündung, die direkt auf meinen Kopf gerichtet war.

»Ich gehe nicht mit«, entgegnete ich. »Sie können mich gleich hier erschießen.«

»Wer redet von erschießen?«, sagte Köhler.

»Ihr Kollege zielt mit vorgehaltener Waffe auf mich.«

»Wir sind nicht hergekommen, um mit Ihnen zu diskutieren«, sagte Köhler. »Sie sollen an einer Besprechung teilnehmen.«

»Also doch keine Verhaftung?«

»Nur eine vorübergehende.«

»Waffe und Haftbefehl sollen Ihre Bereitschaft zur Teilnahme an dem Gespräch fördern und notfalls erzwingen«, setzte Wunram mit höhnischem Grinsen hinzu. »Wir sind nur der Fahrservice und holen Sie ab. Also, wird's bald?«

»Nichts wird.«

»Niemand will Ihnen Gewalt antun«, sagte Köhler nochmals in beschwichtigendem Ton, »das sage ich nur, weil mir aufgetragen wurde, es Ihnen auszurichten, für den Fall, dass Sie sich der Einladung widersetzen sollten.«

»Wer lässt mir das ausrichten?«

Köhler blickte zu Wunram. »Weißt du, wie er heißt?«

Letzterer schüttelte den Kopf.

»Und mit wem soll ich sprechen?«

Köhler zuckte die Schultern. »Auch das hat man uns nicht gesagt.«

»Wo soll das Gespräch stattfinden?«

»In einem Hotel«, sagte Köhler. »Nicht wahr, Wunram, es ist doch ein Hotel?«

»Ein Hotel«, nickte Wunram, »hinter dem Spittelmarkt. Es soll ein Gespräch in gepflegter, angenehmer Atmosphäre sein.«

Es war dasselbe Hotel, in dessen Keller man mich nach dem Reichstagsbrand zwei Tage lang gefangen gehalten hatte.

Ich schüttelte den Kopf. »Geben Sie sich keine Mühe. Ich kenne dieses Hotel. Ich weiß, was mir dort blüht. Bringen Sie es hinter sich. Jetzt und hier!«

Köhler seufzte und blickte verzweifelt zu seinem Kumpan. »Er versteht es nicht.«

Wunram trat vor. »Hören Sie mal«, fauchte er. »Wenn Sie nicht freiwillig mitkommen, fackeln wir nicht mehr lange –«, er ballte die dicken Fäuste, »– und erst dann passiert, wovor Sie sich fürchten. Sie wären also besser beraten, wenn Sie nicht länger Zicken machen.«

»Ich bleibe bei meinem Entschluss.«

»Angenommen, wir würden wieder gehen, ohne Sie mitzunehmen«, sagte Köhler, »was hätten Sie dann gewonnen?«

»Ein bisschen Zeit.«

»Ungefähr die Zeit, die es braucht, aus dem Fenster zu springen oder sich anderweitig das Leben zu nehmen?«

»Daran dachte ich eben.«

Der Blonde packte mich am Hals. »Wir haben einen Auftrag«, knurrte er. »Und den führen wir aus.«

»Wenn ich mir das Leben nehme, haben Sie doch erreicht, was Ihre Auftraggeber wollen.«

»Sie sollten mal zum Arzt gehen«, sagte Wunram. »Sie scheinen unter Wahnvorstellungen zu leiden.«

»Es hindert Sie ja niemand daran, sich das Leben zu nehmen«, meinte Köhler betont nachdenklich, als wolle er mir wirklich helfen. »Nur im Moment ist dafür keine Zeit. Wir haben den Auftrag, Sie irgendwann heute Nacht wieder hierher zu bringen. Die Straßenbahnen fahren nachher ja nicht mehr. Danach können Sie gern Selbstmord begehen. Können wir uns darauf verständigen?«

Ich überlegte, ob vielleicht eine Chance bestand, bei diesem Gespräch etwas über Lenis Verschwinden zu erfahren. War die Verhaftung oder Einladung, die man mir zugedacht hatte, vielleicht die Folge meines Telefonats mit Philipp Arnheim? Eine vage Hoffnung keimte in mir auf.

Der Blonde hob die Faust, als ob er zum Schlag ausholen wollte, und da ich noch einen Rest von Glauben an das Gute im Menschen hatte und daran, dass man mich nicht vollständig belogen hatte, lenkte ich ein.

»Warten Sie! Es ist gut. Ich gehe mit und hole nur noch meinen Mantel.«

Als wir draußen waren, erblickte ich auf der anderen Straßenseite eine schwarze viertürige Limousine, bei der in diesem Moment der Motor ansprang und die Scheinwerfer aufleuchteten. Sie hatten also einen Fahrer und waren daher zu dritt. Wir stiegen alle drei hinten in den Fond, ich saß in der Mitte. Von dem Fahrer sah ich nicht mehr als den Stiernacken und das breite Kreuz.

Die Fahrt ging durch regennasse Straßen. Niemand sagte ein Wort. Ich schaute zum Fenster hinaus. Mein stummes Starren hatte etwas Verzweifeltes an sich, als wollte ich mir die Strukturen der Stadt einprägen, bevor sie mir für immer entgleiten würden, oder als könnte mir die Festigkeit der dunklen Gebäude die Sicherheit geben, nach der ich mich sehnte.

Schließlich rollten wir über den Spittelmarkt und bogen kurz darauf hinter dem mir hinlänglich bekannten Hotel Aranerhof in eine Auffahrt mit Torbogen ein. Der Wagen hielt im Innenhof zwischen hohen Mauern. Auch der Fahrer stieg mit aus dem Wagen, und zu viert betraten wir das Gebäude.

Zu meiner Überraschung und vorsichtigen Erleichterung brachten sie mich nicht in den Keller, sondern führten mich durch das unheimliche Hintertreppenhaus in eines der obersten Stockwerke. Diese Stockwerke über dem Hotel gehörten der ›Loge der Brüder und Schwestern vom Licht‹, wie ich seit meinem letzten Besuch dort oben wusste. Nach meinem zweitägigen Aufenthalt unten im Keller war ich das erste Mal wieder in diesem furchtbaren Gebäude.

In der Bibliothek erwarteten mich der Bankier Philipp Arnheim, mein Schwager Rudolf Mantiss und Wilhelm Santor. Letzterer war einer der Gründer der okkulten Vereinigung und vom Alter her ein Greis, allerdings ein rüstiger Greis mit weißen vollen Haaren, einer kantigen Stirn und einer gesunden Gesichtsfarbe. Wenn man vom Alter – insbesondere Santors – absah und weniger das erotische Vermögen als die Beschaffenheit der Charaktere in Betracht zog, hätte jeder von ihnen in die Rolle eines schwarzmagischen Teufels gepasst.

Der Alte stand in der Mitte und war der Einzige von den dreien, der mir zur Begrüßung die Hand entgegenstreckte.

»Ich freue mich, Sie wiederzusehen, Herr Goltz«, sagte er mit einem strahlenden Lächeln.

»Das geht mir genauso, aber zu einer anderen Uhrzeit wäre es mir lieber gewesen«, sagte ich und ergriff seine Hand. »Ich habe nichts dagegen, wenn mir ein Bote eine Einladung überbringt, aber ein Anruf hätte genügt, und ich hätte sogar den Weg allein gefunden.«

Meine Schwester Doris war glücklicherweise nicht bei der Versammlung zugegen, aber auch Frau von Tryska, die zuweilen ihre schützende Hand über mich hielt, fehlte. Mein schlimmster Feind, und zwar nicht nur in dieser Runde, war zweifellos mein Schwager Rudolf Mantiss, der sogenannte ›Pharao‹ oder geheime Vorsitzende der okkulten Gesellschaft. Meinen angeheirateten Verwandten musste ich unter allen meinen Gegnern am meisten fürchten.

»Sehen Sie uns die dramatische Inszenierung nach, Herr Goltz«, entgegnete Wilhelm Santor. »Es war nicht meine Entscheidung, mitten in der Nacht diese Herren zu Ihnen zu schicken, aber ich habe mich der Mehrheit gebeugt.« Er blinzelte hinüber zu seinen beiden Vereinsbrüdern, von denen der eine, nämlich Arnheim, ein spöttisches Lächeln, und der andere, mein Schwager Mantiss, nur einen mehr als eisigen Gesichtsausdruck für mich übrig hatte.

»Du solltest dich lieber nicht beschweren«, sagte Mantiss. »Wenn es nach mir gegangen wäre, hätte man dich nicht zu einem Gespräch in traulicher Runde gebeten, sondern deine Vernehmung in der Weise durchgeführt, wie es Leuten deines Schlages geziemt. Es gibt nur eine Sprache, die Leute wie du wirklich verstehen – aber nicht anders als mein Vorredner habe auch ich mich der Mehrheit gebeugt.«

»Dann hat es also an Ihrer Stimme gehangen, dass man mich nicht in den Keller gebracht hat«, bemerkte ich mit Blick auf Arnheim. »Vielen Dank, dass Sie nicht mit meinem Schwager gestimmt haben. Ihre Entscheidung war richtig. Erwachsene Menschen können auf gesittete Weise miteinander reden.«

»Genug mit dem Geschwafel«, zischte Mantiss. »Wir pflegen hier keinen höflichen Gedankenaustausch wie Gebetsbrüder oder wie die Herren Rechtsanwälte am Gericht es gern tun. Wir bringen die Dinge ohne Umschweife auf den Punkt. Das bedeutet, dass allein wir hier die Forderungen stellen, und dass es an dir ist, sie schleunigst zu erfüllen.«

Ich sagte nichts, und Arnheim ergriff das Wort.

»Als wir gestern am Telefon miteinander sprachen, erklärten Sie, dass Sie gern mit uns verhandeln würden und etwas anzubieten hätten. Darauf komme ich jetzt zurück – zunächst ganz höflich – und frage Sie also, was es ist, von dem Sie glauben, dass es Ihre Verhandlungsposition stärkt?«

»Dokumente den Reichstagsbrand betreffend.«

»Was ist deren Inhalt?«

»Werden Sie meine Bedingungen erfüllen?«

Mantiss im Hintergrund lachte, unterließ es aber, sich erneut einzumischen.

»Ihr Herr Schwager hat es Ihnen doch schon erklärt, Goltz«, sagte Arnheim. »Sie haben keine Forderungen zu stellen. Es ist Ihre Pflicht – nicht nur uns, sondern dem ganzen deutschen Volk gegenüber –, Dokumente, die dem Reich schaden können, wenn sie in falsche Hände gelangen, den dazu berufenen Stellen zur Verfügung zu stellen, und eine solche berufene Stelle sind heute Nacht wir – die ›Loge der Brüder und Schwestern vom Licht‹.«

»Ich habe die Dokumente nicht dabei«, erklärte ich.

»Die beiden Herren, die Sie hierher brachten, werden die Dokumente nachher aus Ihrer Hand in Empfang nehmen, und nachdem wir sie uns angeschaut haben, werden wir darüber befinden, ob Sie ein ehrliches oder ein falsches Spiel mit uns gespielt haben, Herr Goltz. Sollte Letzteres der Fall sein, wird dies das letzte Gespräch zwischen Ihnen und uns sein, das in einer ›gesitteten Form‹, wie Sie es so gern haben, vonstatten geht.«

»Nicht doch, nicht doch, die Herren«, schaltete sich Wilhelm Santor ein und hob beschwichtigend die Hände. »Es ist nicht recht, dass wir dem guten Herrn Goltz mit einem solchen Misstrauen begegnen und ihm gar böse Absichten unterstellen. Er soll doch nicht den Eindruck haben, dass er unter Druck gesetzt wird. Ich möchte nicht, dass er aus Angst sich unserem Diktat beugt, sondern wünsche mir, dass er aus freien Stücken, wenn nicht sogar aus innerster Überzeugung mit uns kooperiert.«

Er machte eine Pause, um dem, was er folgen ließ, Nachdruck zu verleihen.

»Zerwürfnisse ...«, bei diesen Worten bedachte er Mantiss mit einem bedeutungsvollen Blick, »... kommen in den besten Familien vor, selbst unter Menschen, die sonst in ihren politischen oder anderen Überzeugungen eng beieinanderstehen. Solche Dinge tragen Missgunst in Bereiche, in die sie nicht gehören und verursachen ganz unnötigen Schaden. Aus diesem Grund wollen wir unseren Freund doch zunächst einmal fragen, was denn seine Bedingungen sind?«

»Ich stelle also fest, dass wir mit der endlosen Diskutiererei noch nicht am Ende sind«, sagte Mantiss spöttisch.

»Es geht um eine Frau«, sagte ich.

Santor lachte. »Eine Frauengeschichte? Na ja, so was lässt sich doch lösen. Was hat diese Frau mit den Dokumenten zu tun, von denen Sie sprachen?« Er blickte mich an, und zwar mit einem fordernden Ausdruck in seinen Augen, der erkennen ließ, dass er zwar ein freundlicher alter Herr war, aber auch jemand, der nicht ungefährlich war und sehr unangenehm werden konnte, wenn man nicht nach seiner Pfeife tanzte oder versuchte, ihn für dumm zu verkaufen.

»Die Dame heißt Leni Ravenov und ist Tänzerin an der Scala«, erwiderte ich. »Sie kannte den Magier Hanussen und war mit einer anderen Tänzerin befreundet, die vor einigen Wochen Selbstmord beging. Beide Frauen wussten angeblich etwas über die Hintergründe der Brandstiftung im Reichstag und wohl auch über die Umstände von Hanussens Tod. Alice Resow, die tote Tänzerin, hat ihr Wissen zu Papier gebracht und ihrer Freundin übergeben. Seit fast einer Woche ist Leni Ravenov verschwunden. Ihr Mann und ich machen uns große Sorgen um sie.«

»Herr Goltz glaubt, wir hätten etwas mit dem Verschwinden dieser Tänzerin zu tun. Er stellt sich vor, dass wir die Dame freilassen können, wenn er uns die von ihm genannten Dokumente gibt«, sagte Arnheim und sah mich an. »In diesen Zusammenhängen bewegen sich doch Ihre Gedanken, nicht wahr? Die Schriftstücke, um die es geht, haben Sie ja wohl inzwischen sämtlich in Ihrem Besitz.«

»Um auf den Einwurf von Herrn Arnheim zu antworten, möchte ich bemerken, dass niemand ein Interesse daran hat, Ihnen diese Dokumente vorzuenthalten«, erwiderte ich, »weder Frau Ravenov noch ich, aber damit ist dem Anliegen des deutschen Volkes Genüge getan. Das deutsche Volk kann kein Interesse daran haben, dass Leni Ravenov, die niemandem schaden will, weiterhin in Haft gehalten wird.«

»Eines der Dokumente kennen wir schon«, meinte Arnheim zu Santor. »Es ist ein Brief an den Gerichtspräsidenten Bünger. Es kann sich also nur um einen Durchschlag handeln, den Herr Goltz besitzt.«

Er blickte mich durchdringend an. »Was haben Sie noch?«

»Ein Schreiben von Alice Resow, das die Hintergründe für den Reichstagsbrand aus ihrer Sicht zusammenfasst. Es ist ganz knapp, bringt aber ihre Erinnerungen auf den Punkt.«

»Diesen Unfug nimmt doch ohnehin niemand für bare Münze«, sagte Mantiss. »Warum beschäftigen wir uns überhaupt damit?«

»Ganz so einfach ist es nicht«, entgegnete ihm Arnheim. »Im Ausland wird gegenwärtig immens gegen das neue Deutschland gehetzt. Weitere Munition darf dort nicht hingelangen – schon gar nicht, solange dieser Prozess währt, und der ist bestimmt nicht vor Weihnachten zu Ende, wenn er nicht noch bis ins nächste Jahr hinein andauert.«

»Was ist denn mit dieser Tänzerin?«, fragte Wilhelm Santor. »Sitzt sie tatsächlich in Haft?«

Arnheim erwiderte nachdenklich Santors Blick, sagte

jedoch eine Weile nichts und tat stattdessen so, als dächte er angestrengt nach.

»Die Frage kann jemand anderer besser beantworten als ich«, sagte er schließlich, »und der Betreffende hat sich freundlicherweise bereit erklärt, heute Nacht auf einen Abstecher hierher zu kommen. Das übrigens ist auch der Grund, Herr Goltz, weshalb wir nicht bis morgen warten konnten oder solange, bis es Ihnen mal passt, hier vorbeizukommen. Der Herr wartet im Nebenraum. Ich werde ihn jetzt zu uns hereinbitten.«

Mit diesen Worten wandte sich Arnheim zur Seite und ging auf die im rückwärtigen Teil des großen Zimmers befindliche Tür zu. Er öffnete sie und sagte etwas, das ich nicht verstand. Gleich darauf betrat ein Mann die Bibliothek, den ich schon einmal in einem Gerichtssaal im Reichstag gesehen hatte, und sofort, als ich ihn erblickte, fragte ich mich, wie er wohl aussah, wenn er keine SA-Uniform tragen, sondern bis auf eine silberne Halbmaske vor dem Gesicht nackt wäre.

Der Mann war Graf Helldorf, der ehemalige Rittergutsbesitzer und Husarenoffizier und nunmehrige SA-Führer und Polizeipräsident von Potsdam.

Er trat zu uns in die Runde, gab aber niemandem die Hand, sondern nickte nur unbestimmt eine Begrüßung, die sich an alle Anwesenden gleichzeitig zu richten schien. Schließlich sagte er, ganz der preußische Junker, in seiner nach außen hin so freundlichen Art: »Guten Abend, die Herren. Womit kann ich Ihnen helfen?«

»Sie haben jetzt die einmalige Gelegenheit, dem Grafen Helldorf alle Fragen zu stellen, die Ihnen so brennend am Herzen liegen, Herr Goltz«, sagte Arnheim. »Es ist fast wie vor Gericht. Damit kennen Sie sich ja aus.«

Graf Helldorf sah mich erwartungsvoll an.

»Wenn Sie einverstanden sind, will ich Ihnen gern meine

Fragen so stellen, als ob wir uns vor Gericht befänden«, sagte ich in Richtung des unerwarteten Gastes, worauf Graf Helldorf mir mit einem schlichten Kopfnicken sein Einverständnis mitteilte.

»Ich vertrete Frau Leni Ravenov und ihren Mann anwaltlich«, begann ich sogleich das Verhör des Grafen. »Sind Ihnen die beiden bekannt?«

»Wie könnte ich die Dame nicht kennen«, lächelte Graf Helldorf. »Sie ist die schönste Tänzerin an der Scala. Der Mann – er ist zu beneiden – hat sich mir allerdings noch nicht vorgestellt. Wie ich aus meiner Umgebung erfuhr, handelt er mit hochwertigen Autos.«

»Frau Ravenov hat seit mehreren Tagen ihre Auftritte versäumt. Ihr Mann und ich machen uns Sorgen, dass man sie verhaftet haben könnte. Wissen Sie etwas darüber?«

»Verstehe ich Sie richtig, dass Sie annehmen, die SA habe die Dame verhaftet?«

»Allerdings.«

»Dem ist nicht so«, sagte er. »Ich habe auf Bitten von Herrn Arnheim ein paar Leute gefragt, die es unbedingt wissen müssten. An dem Gerücht ist nichts dran. Überhaupt nichts.«

»Es erfolgte keine Festnahme?«

»Auch nicht für eine halbe Stunde.«

»Weiß jemand in Ihrer Umgebung etwas über Frau Ravenovs Verbleib?«

»Nein.«

»Gibt es Hinweise auf ihren Tod?«

»Ich habe keine, die SA hat keine.«

»Hatten Sie oder einer Ihrer Mitarbeiter an einem der letzten acht Tage Kontakt zu ihr?«

»Um es abzukürzen – ich kann Ihnen versichern, dass die SA Frau Ravenov weder verhaftet noch umgebracht hat. Es liegen uns gleichfalls keine Erkenntnisse darüber vor, dass sie ins Ausland gereist wäre.«

»Sie wollen sagen, die SA habe mit dem Verschwinden von Frau Ravenov überhaupt nichts zu tun?«

»So ist es.«

»Haben Sie eine Vermutung, wo sie sein könnte, oder hat jemand von Ihren Mitarbeitern eine entsprechende Vermutung geäußert?«

»Haben Sie schon bedacht, dass Frau Ravenov innerhalb von Deutschland verreist sein könnte?«, fragte der Graf zurück. »Vielleicht macht sie Urlaub an der See.«

»Das ist wenig wahrscheinlich.«

»Es ist aber möglich.«

»Durchaus.«

»Es ist nicht nur meine, sondern die allgemeine Ansicht, dass Frau Ravenov verreist ist«, beharrte der Graf auf seiner Spekulation.

Ich ging vorerst nicht weiter darauf ein, sondern sagte: »Lassen Sie mich Ihnen noch eine andere Frage stellen, Graf Helldorf. Ist Ihnen etwas über eine außereheliche Beziehung der Frau Ravenov bekannt?«

Graf Helldorf lachte. »Die Dame ist bekannt dafür, dass sie es mit der ehelichen Treue nicht so genau nimmt.«

Allmählich begab ich mich auf gefährliches Terrain. Ich musste sehr aufpassen, dass nicht einer der Anwesenden aus meinen Fragen die falschen Schlüsse zog.

»Lassen Sie mich die Frage anders formulieren: Angenommen, Frau Ravenov wäre – wie Sie für möglich halten – in Urlaub gefahren oder an einen unbekannten Ort verreist, gibt es jemanden aus Ihrem Bekanntenkreis, der sie in diesen Urlaub begleitet haben könnte?«

»Es mag sein, dass es so jemanden gibt, aber ich kann Ihnen keinen Namen nennen.«

»Sie können oder Sie möchten mir keinen Namen nennen?«

»Ich kann es nicht.«

»Hegen Sie oder jemand anderer in der SA einen Groll auf Frau Ravenov?«

»Ich jedenfalls nicht.«

»Liegt irgendetwas gegen sie vor?«

»Sie meinen, ob es einen Grund geben könnte, die Dame zu verhaften? Nein, es liegt absolut nichts gegen sie vor. Sowohl meine Freunde als auch ich haben nur den Wunsch, die Dame bald wieder tanzen zu sehen. Sie ist nicht nur sehr schön und talentiert, sondern auch eine Tänzerin, die sich nicht ziert und gern ihren sehr schönen Körper zeigt. Eine solche Frau sperren wir nicht in einen Keller.«

Ich schwieg eine Weile, überlegte, ob es noch irgendetwas gab, das ich fragen könnte, hatte aber das Gefühl, all meine Munition verschossen zu haben. Wohl gab es eine Vielzahl von Fragen, die ich dem Grafen Helldorf noch hätte stellen können. Fragen, die sich auf den Hintergrund des Reichstagsbrandes und den Tod von Alice Resow bezogen, aber davor hütete ich mich. Ich befand mich hier in der Höhle des Löwen, und es könnte lebensbedrohlich für mich werden, wenn ich leichtfertig darauf vertraute, dass die Bestien, unter denen ich mich befand, sich von mir bis zum Äußersten reizen ließen.

»Vielen Dank«, sagte ich schließlich. »Weitere Fragen habe ich keine.«

Graf Helldorf nickte und blickte zuerst auf seine Armbanduhr und daraufhin in die Runde. »Dann darf ich mich jetzt verabschieden?«

»Besten Dank, dass Sie uns Ihre Zeit geopfert haben«, sagte Arnheim. »Ich hoffe, dass wir uns zu gegebener Zeit revanchieren können.«

»Dafür nicht«, erwiderte der Graf. »Ich war sowieso in der Nähe.«

Kurz darauf hatte der Graf die Bibliothek verlassen.

»Wir haben unsere Verpflichtungen erfüllt«, erklärte Arnheim. »Jetzt sind Sie am Zug. Übergeben Sie uns also die Dokumente.«

»Etwas wäre noch zu ergänzen«, sagte ich. »Die Tatsache, dass die SA nichts über den Verbleib von Leni Ravenov weiß, gilt nicht automatisch auch für die Mitglieder Ihrer Gesellschaft. Darf ich also an Sie, meine Herren, gleichfalls die Frage richten, ob jemand von Ihnen etwas über den Verbleib von Leni Ravenov weiß?«

Arnheim grinste. »Wer von uns etwas über den Aufenthaltsort der Dame weiß, möge die Hand heben.«

Keine Hand rührte sich.

»Zufrieden?«, fragte Arnheim.

»Ihre Mitarbeiter können mich jetzt nach Hause bringen«, sagte ich. »Dort händige ich ihnen die beiden Dokumente gegen eine Quittung aus.«

Arnheim lächelte siegesgewiss. »Die Herren warten draußen vor der Tür auf Sie. Ich wünsche noch eine angenehme Nacht.«

Arnheim und Mantiss wandten sich ab, Santor begleitete mich zur Tür.

»Ich habe die Hoffnung noch nicht aufgegeben, dass Sie einer der Unsrigen werden«, sagte er. »Sie würden gut zu uns passen. Die familiären Zerwürfnisse sollten Ihnen kein Hindernis sein. Selbst Herr Mantiss wird ein Einsehen haben, wenn Sie guten Willens sind. Denken Sie auch einmal an Ihre reizende Schwester. Sie ist ein so außerordentlich wertvoller Mensch.«

Die Hoffnung stirbt zuletzt, dachte ich, während wir die nächtlichen Straßen zurück zu meiner Wohnung fuhren. Seit zwei Tagen hatte ich mir nicht nur eingeredet, sondern geradezu erhofft, dass Leni von der SA verschleppt worden war. Dabei hatte ich mir vorgestellt, dass ich der Held sei, der in der Lage wäre, sie aus einem unterirdischen Folterkeller zu befreien, in dem sie auf ihren Retter wartete. Es war ein fast tröstlicher Gedanke, aber wie sich nun gezeigt hatte, einfach nur Unsinn gewesen. Leni war nicht in ein Verlies verschleppt worden, sondern war wahrscheinlich tot, und die Verantwortung für ihren Tod trug nicht die SA, sondern derjenige, den ich den Teufel nannte, und von dem ich immer noch nicht wusste, wer er war.

»Na – und werden Sie sich jetzt die Kugel geben?«, fragte Köhler, der mir ohne seinen Kollegen in meine Wohnung gefolgt war, während er mir die Quittung für die Dokumente, die ich ihm ausgehändigt hatte, unterschrieb.

»Das hat noch etwas Zeit«, sagte ich. »Zuvor muss ich mich um ein paar andere Dinge kümmern.«

»Bleiben Sie vernünftig«, meinte Köhler, bevor er durch die Tür ging, »ich hoffe, wir müssen Sie nicht erneut mit unserer Anwesenheit beehren.«

Woher, fragte ich mich, als ich endlich wieder allein war, hatte Arnheim eigentlich von diesen Dokumenten gewusst? Und woher vor allem hatte er gewusst, dass ich sie besaß? War es ein Schuss ins Blaue gewesen oder hatte er eine Information bekommen, und wenn ja, von wem? Von Lenis Liebhaber vielleicht?

Gern hätte ich Arnheim nach dem Freund von Alice Resow gefragt, den er seinerzeit mir gegenüber erwähnt hatte, doch die Anwesenheit der anderen Männer hatte mich bewogen, es lieber nicht zu tun.

Falls Leni tot war, so beschloss ich, wollte ich es wissen, und auch, wie und durch wessen Hand sie gestorben war. Sollte ich bis Montag nicht herausbekommen haben, wer dieser Teufel in ihrem Leben war, würde ich Philipp Arnheim um ein Gespräch unter vier Augen bitten. Ich war mir sicher, dass er wusste, wer sich hinter dem Maskierten, mit dem Leni sich zu einem unheilvollen Pakt verbunden hatte, verbarg.

16

»Der Bauherr hat mir mein Honorar um glatt die Hälfte gekürzt«, sagte Richard Koenen, der mich am nächsten Morgen in meiner Kanzlei aufsuchte. »Das kann ich nicht hinnehmen. Er hat das Haus nachgemessen und behauptet, dass das Dachgeschoss zu klein geraten ist. Ich habe selbst auch nochmal kontrolliert. Es gibt tatsächlich eine geringfügige Abweichung gegenüber den Plänen. Ich habe es nicht gemerkt. Das war mein Fehler. Doch die Differenz ist unerheblich und beträgt nur wenige Zentimeter. Hätte er nicht nachgemessen, hätte er im Alltag überhaupt nichts bemerkt. Es ist schon eine Weile her und ich habe Angst, dass meine Forderung bald verjährt.«

Sein markantes Gesicht mit den leuchtenden blauen Augen zeigte einen entschlossenen Ausdruck.

Ich schaute mir seine Sache kurz an, ohne dass ich mich recht darauf konzentrieren konnte, und sagte dann: »Gut. Ich werde in den nächsten Tagen einen gerichtlichen Zahlungsbefehl beantragen.«

»Kümmern Sie sich darum, Herr Goltz. Gut, das wäre dann erledigt. Aber nun etwas anders: Ich habe Sie in den letzten Tagen beim Prozess im Reichstag vermisst.«

»Ich hatte zu viel um die Ohren.«

»Ich bin gerade auf dem Weg zur Verhandlung. Göring wird heute vernommen. Wollen Sie mich nicht begleiten? Wir nehmen die Straßenbahn.«

Es war Sonnabend. Termine und Mandantenbesprechungen standen nicht an. Wer wusste, wozu es gut war, Görings Vernehmung beizuwohnen, sagte ich mir, und da ich in Sachen Leni Ravenov im Augenblick nicht recht wusste, wie ich weitermachen sollte, stimmte ich kurz entschlossen zu, Richard Koenen zu begleiten.

Wir waren spät dran. »Göring wird sicher auch nicht pünktlich sein«, meinte Koenen.

Er hatte recht. Als wir im Sitzungssaal ankamen, war dieser so knüppelvoll, dass man uns trotz unserer Karten fast nicht eingelassen hätte. Offenbar hatte sich herumgesprochen, dass Göring vernommen werden sollte, und aus diesem Grund hatten sich wahrscheinlich manche Zuschauer ohne Zuschauerkarte hereingemogelt.

Der Ministerpräsident ließ fast eine Stunde auf sich warten, und als er endlich den Saal betrat, verbreitete er den gewohnten selbstsicheren, um nicht zu sagen selbstherrlichen Eindruck.

Die Hände in die Hüften gestützt, baute er sich vor der Richterbank auf und vermittelte so den Anschein, als ob nicht der Gerichtspräsident, sondern er selbst der Herr im Hause sei.

Der Gerichtspräsident Bünger ließ ihn erst einmal reden. Göring berichtete von den Ereignissen im brennenden Reichstagsgebäude, wo er mit Hitler und anderen nationalsozialistischen Führern im vom Brand nicht berührten Teil des Gebäudes erörtert hatte, welche Maßnahmen nun gegen die Kommunisten zu treffen seien. Um diese in die Tat umzusetzen, habe der ganze Staatsapparat eingesetzt werden müssen, erklärte er, einschließlich der SA und der SS. Er habe den Grafen Helldorf in den Reichstag kommen lassen und ihm den Befehl gegeben, mit seiner SA alle kommunistischen Führer und Agitatoren, sowie alle anderen bekannten Spitzel und Strolche festzunehmen und hinter Schloss und Riegel zu bringen.

»Haben Sie das persönlich zum Grafen Helldorf gesagt?«, fragte Gerichtspräsident Bünger.

»Allerdings! Das war eine Maßnahme, die ich selbst angeordnet habe, und die ich heute wieder genau so anordnen würde. Ohne den dankenswerten Einsatz der SA und

SS wäre dieser kolossale Erfolg, 4.000 bis 5.000 kommunistische Führer in einer Nacht hinter Schloss und Riegel zu bringen, nicht möglich gewesen. Ich bin im Verlauf der nächsten Stunden noch hier im Reichstag gewesen und hörte mir die Mutmaßungen an, die bezüglich des Brandes geäußert wurden. Ich blieb vor allem hier, weil ich zunächst abwarten wollte, bis der Brand in seiner ganzen Ausdehnung festgestellt und die Gefahr vorbei war. Dann fuhr ich mit dem Reichskanzler und dem Vizekanzler zurück ins Innenministerium.«

Göring hatte eindeutig bestätigt, dass Graf Helldorf auch in das noch brennende Reichstagsgebäude gekommen war. Helldorf, der behauptet hatte, am Abend nicht im Reichstag gewesen zu sein, hatte also bei seiner eigenen Vernehmung gelogen.

»Darf ich noch eine kurze Frage an den Herrn Ministerpräsidenten richten?«, sprach der Oberreichsanwalt Werner den Zeugen an. »Herr Ministerpräsident, Sie sprachen davon, dass Sie hier im Reichstag mit dem Grafen Helldorf gesprochen hätten. Nach meiner Erinnerung aus der früheren Verhandlung war ich der Auffassung, dass die Begegnung im Innenministerium stattgefunden hätte.«

»Beides!«, antwortete Göring. »Erst einmal kurz hier im Reichstag im Präsidentenzimmer und dann drüben im Innenministerium. Die Besprechungen gingen ja laufend fort.«

»Ich danke schön«, sagte höflich der Oberreichsanwalt und stellte keine weiteren Fragen mehr.

In diesem Verfahren wunderte mich überhaupt nichts mehr.

Wie seine Frage bewies, war der Oberreichsanwalt Werner auf den Meineid aufmerksam geworden, den entweder Göring oder – sehr viel wahrscheinlicher – Graf Helldorf begangen hatte. Aber was tat der Oberreichsanwalt? Er bedankte sich schön, ließ die Sache auf sich beruhen und stellte keine weiteren Fragen mehr. Damit beging er eine Begünstigung, für die der Paragraf 346 des Strafgesetzbuches einen Strafrahmen von bis zu fünf Jahren Zuchthaus vorsah.

Göring polterte nun noch eine Zeit lang weiter gegen den Kommunismus, aber dann, als er endlich fertig war, erbat der bulgarische Angeklagte Dimitroff das Wort. Bünger, der Senatspräsident, erteilte es ihm. Dimitroff wandte sich nun direkt an den Mann, der die Hauptrolle bei der Zerschlagung der kommunistischen Opposition gespielt hatte.

»Graf Helldorf hat hier ausgesagt, dass er am 27. Februar gegen elf Uhr abends auf eigene Initiative einen Befehl herausgegeben hat, die kommunistischen und sozialdemokratischen Führer und Funktionäre zu verhaften«, begann er. »Ich frage nun den Herrn Ministerpräsidenten: Haben Sie damals mit Graf Helldorf über diese Maßnahme gesprochen oder nicht?«

»Die Frage ist eigentlich schon beantwortet«, gab Göring zurück. »Als Graf Helldorf von dem Brand hörte, war ihm wie jedem von uns klar, dass die Kommunisten es gewesen sein mussten. Er hat nun in seiner nächsten Umgebung schon die nötigen Anordnungen getroffen. Aber ich betone noch einmal: Ich habe ihm gesagt, dass ich ihn bitten müsse, seine SA ebenfalls zur Verfügung zu stellen, worauf er mir bestätigte, dass er das schon geregelt habe.«

»Nachdem Sie als Ministerpräsident und Innenminister die Erklärung abgegeben haben, dass Kommunisten die Brandstifter seien«, fragte Dimitroff weiter, »und dass die Kommunistische Partei Deutschlands mithilfe von van der Lubbe als ausländischem Kommunisten das Verbrechen begangen habe – musste da nicht Ihre Einstellung für die polizeiliche sowie für die spätere richterliche Untersuchung die einzuschlagende Richtung festlegen und damit die Möglichkeit ausschalten, andere Wege zu suchen und die richtigen Reichstagsbrandstifter ausfindig zu machen?«

»Die Kriminalpolizei hat bei allen Verbrechen ihre Untersuchungen in jeder Richtung voranzutreiben«, gab Göring zur Antwort. »Sie wird allen Spuren nachgehen, beruhigen Sie sich. Ich selbst bin aber nicht Kriminalbeamter, sondern verantwortlicher Minister, und für mich war es deshalb nicht so wichtig, jeden einzelnen kleinen Strolch festzustellen, sondern die dahinterstehende Partei, die Weltanschauung, die dafür verantwortlich war. Die Frage war nur: Ist das Verbrechen außerhalb der politischen Sphäre begangen worden oder ist es ein politisches Verbrechen.« Görings Stimme wurde lauter, als er fortfuhr: »Es war ein politisches Verbrechen, und im selben Augenblick war es für mich klar und ist es bis heute, dass die Verbrecher in Ihrer Partei zu suchen sind.«

Entgegen seiner Behauptung hatten die Kommunisten also doch schon vor Beginn der Untersuchung als Brandstifter festgestanden, es hatten nur die passenden Täter noch gefehlt.

»Gegen die Kommunistische Partei in Deutschland einen Kampf zu führen, ist Ihr Recht«, sagte Dimitroff. »Mein Recht ist es, Ihre Regierung zu bekämpfen, und wie wir sie bekämpfen, das ist eine Sache der Kräfteverhältnisse, nicht eine Sache …«

»Ich untersage Ihnen das aufs Ausdrücklichste!«, rief der Gerichtspräsident. »Kommunistische Propaganda wird hier in diesem Saal nicht getrieben, und das war eben ein Stück davon.«

Göring schüttelte die Faust in Richtung Dimitroff und brüllte: »Ihre Partei ist eine Partei von Verbrechern, die man vernichten muss! Und wenn die richterliche Untersuchung sich in dieser Richtung hat beeinflussen lassen, so hat sie nur in der richtigen Spur gesucht!«

Dimitroff zeigte sich kaum beeindruckt. »Ist dem Herrn Ministerpräsidenten bekannt, dass diese Partei, die man vernichten muss, den sechsten Teil der Erde regiert, nämlich die Sowjetunion. Dieses Land unterhält diplomatische, politische und wirtschaftliche Kontakte mit Deutschland und die Handelsbeziehungen der beiden Staaten kommen Hunderttausenden von deutschen Arbeitern zugute?«

Der Senatspräsident Bünger schlug mit dem Hammer auf den Tisch.

»Dimitroff, ich untersage Ihnen, hier kommunistische Propaganda zu betreiben!«

Dimitroff hob wie zur Abwehr die Hände und wies dann auf den Ministerpräsidenten. »Er macht nationalsozialistische Propaganda hier!« Dann wandte er sich zu Göring herum und setzte hinzu: »Diese bolschewistische Weltanschauung herrscht in der Sowjetunion, in dem größten und besten Lande der Welt ...«

Im Saal brach Heiterkeit aus.

»Ist das bekannt?«

Erneut wurde gelacht.

»Hören Sie mal«, schrie Göring den Bulgaren an, »jetzt will ich Ihnen sagen, was im Volke bekannt ist. Nämlich, dass Sie sich hier unverschämt benehmen und hierher gelaufen kommen, den Reichstag anstecken und dann hier mit dem deutschen Volke noch solche Frechheiten sich erlauben. Ich bin nicht hierher gekommen, um mich von Ihnen anklagen zu lassen.«

»Sie sind Zeuge!«, erwiderte Dimitroff ruhig.

»Sie sind in meinen Augen ein Gauner, der längst an den Galgen gehört.«

Einzelne Stimmen im Publikum bekundeten Zustimmung.

»Dimitroff, ich habe Ihnen bereits gesagt, dass Sie hier keine kommunistische Propaganda verbreiten sollen«, rief Gerichtspräsident Bünger. »Sie dürfen sich dann nicht wundern, wenn der Herr Zeuge derartig aufbraust! Ich untersage Ihnen diese Propaganda auf das Strengste! Sie haben rein sachliche Fragen zu stellen.«

»Ich bin sehr zufrieden mit der Antwort des Herrn Ministerpräsidenten«, bekundete Dimitroff.

»Ob Sie zufrieden sind, ist mir gleichgültig«, erwiderte der Präsident mit Schärfe im Ton. »Ich entziehe Ihnen jetzt das Wort.«

»Ich habe noch eine sachliche Frage zu stellen.«

»Ich entziehe Ihnen jetzt das Wort«, wiederholte der Präsident schärfer.

»Hinaus mit Ihnen, Sie Schuft!«, brüllte Göring.

»Haben Sie Angst wegen dieser Fragen, Herr Ministerpräsident?«

»Sie werden Angst haben, wenn ich Sie erwische, wenn Sie hier aus dem Gericht raus sind, Sie Gauner, Sie!«

Görings Drohung führte nicht etwa dazu, dass sich Gerichtspräsident Bünger zum Einschreiten veranlasst sah. Stattdessen stellte er sich nun vollends auf Görings Seite und ordnete an: »Dimitroff wird auf drei Tage von der Verhandlung ausgeschlossen! Sofort hinaus mit ihm!«

Wenn man so wollte, hatte Dimitroff eben einen Punktesieg errungen, während Göring eine Niederlage hatte einstecken müssen. Er hatte in diesem Rededuell, in dem sich zwei völlig unterschiedliche Ideologien gegenüberstanden, nicht gut ausgesehen. Indem er sich durch Dimitroffs Fragen und Bemerkungen zu Drohungen und Wutausbrüchen hatte hinreißen lassen, hatte er die seiner beruflichen Stellung geschuldete Selbstbeherrschung vermissen lassen und sich bloßgestellt. Es war erstaunlich, dass Göring die Attacken Dimitroffs nicht durchschaut und sich auf dieses niedrige Niveau begeben hatte.

Was Helldorfs Alibi anging, hatte sich einmal mehr gezeigt, dass es nichts wert war; und vor allem – das schien mir das Bedeutendere – lag nach wie vor völlig im Dunkeln, was am 27. Februar in der Zeit zwischen 21 und 22 Uhr im Reichstag geschehen war, und dieses Gericht würde das Dunkel nicht mehr lichten.

Sicher erschien nur, dass van der Lubbe nicht der Einzige gewesen war, der an jenem Abend mitgeholfen hatte, dass ein großes Feuer entstand. Die angeklagten Kommunisten aber hatten mit der Sache nichts zu tun. Davon ging offenbar auch das Reichsgericht mittlerweile aus. Die Mittäter, die es unzweifelhaft geben musste, konnten mit großer Sicherheit nur dem Dunstkreis der Nationalsozialisten entstammen.

Mit dieser wahrscheinlichen Alternative würde sich dieses Gericht jedoch nicht befassen. Da den Richtern nichts anderes übrig blieb, würden sie die angeklagten Kommunisten freisprechen. Van der Lubbe hingegen, der wohl nur etwas mit dem Feuer hatte spielen wollen, würde für schuldig erklärt und zum Tode verurteilt werden.

Ich merkte, dass ich das Interesse daran verlor, diese Farce von einem Prozess noch länger zu verfolgen.

17

Nachdem ich den Reichstag verlassen hatte, fuhr ich ein paar Stationen mit der Straßenbahn in Richtung meiner Wohnung, stieg aber einer Laune folgend nahe dem Viktoriapark wieder aus.

Es war ein trockener Herbsttag, sonnig und nicht sehr kalt. Überall lag Laub herum und glitzerte in braunen, gelben und tiefroten Tönen. Eine Zeit lang wanderte ich auf den kreuz und quer verlaufenden Pfaden der Parkanlage umher, dann setzte ich mich auf eine Bank und sah dem Tosen eines kleinen Wasserfalls zu, der sich in einer künstlichen Schlucht über den Gesteinsbrocken brach, sodass das Sonnenlicht einen bunten Regenbogen darüber entstehen ließ.

Was konnte ich noch unternehmen, um Leni zu finden? Konnte ich den Auftrag, den ich Hermann Ravenov gegenüber übernommen hatte, erfüllen? Natürlich hoffte ich, dass Leni noch lebte, aber war es nicht realistischer, sich vorzustellen, dass sie ein ähnliches Schicksal wie ihre Freundin Alice erlitten hatte? Nur, dass der Teufel dieses Mal schlauer gewesen war und die sterbliche Hülle der Schönen unverzüglich beseitigt hatte, sodass ihre Überreste niemals oder vielleicht wie die des Magiers Hanussen irgendwann in einem verlassenen Waldstück gefunden werden würden.

Ich begann zu resignieren. Nicht nur was Leni, sondern auch, was meine eigene Person anging. Was sollte die Zukunft mir bringen? War es nicht nur eine Frage der Zeit, bis mir ein ähnliches Schicksal wie den beiden Tänzerinnen blühte? Was auch immer ich tat, eines Tages würden meine Gegner mich vermutlich holen kommen, und bis es soweit war, amüsierten sie sich noch für eine Weile an einem Katz-und-Maus-Spiel mit mir.

Unter der Oberfläche meines Lebens existierte ein Abgrund, nicht erst jetzt, sondern schon immer. Mein früherer Optimismus, der mich bis zu diesem Tage nicht gänzlich verlassen hatte, war zu Staub zerfallen, ins Nichts gesunken. Es gab keinen Gedanken, keine Suggestion, gleich welcher Art, die den vormaligen positiven Zustand wieder hätte herstellen können.

So verging eine Stunde und allmählich überwand ich meine Depression, und zwar im selben Augenblick, als eine Frage am Rande meines Bewusstseins aufkeimte, die mich schon seit der Entdeckung der Fotos von Leni, Alice und dem Maskierten unbestimmt beschäftigt hatte, deren Berechtigung ich mir zunächst aber nicht hatte eingestehen wollen; die Frage nämlich, weshalb Leni eigentlich den Namen des Maskierten vor mir geheim gehalten hatte.

Sie kannte diesen Mann, und das sehr eng und gut, hatte aber bei allen Spekulationen über den Tod ihrer Freundin Alice so getan, als existierte er nicht oder sei zumindest für sie ohne Interesse. Dabei hatte sich ihr natürlich der Gedanke aufdrängen müssen, dass eben dieser Mann den Tod von Alice verursacht haben oder bei ihrem Tod zugegen gewesen sein könnte. Stattdessen hatte sie sich mit doch recht fadenscheinigen Gründen für eine Schuld des Ehemanns Georg Resow und mehr noch für die Selbstmordthese stark gemacht.

Einmal angenommen, dass sie nicht an die Schuld des Maskierten glaubte oder gar wusste, dass dieser Mann aus irgendwelchen Gründen als Täter oder treibende Kraft hinter dem Tod von Alice ausschied: Hätte es dann denn einen Grund geben können, seine Existenz mir gegenüber zu unterschlagen? Ich dachte lange darüber nach, konnte allerdings keine plausible Erklärung für ihr Verhalten finden, und so musste ich erkennen, dass Leni geradezu versucht hatte, mich von der Spur dieses Mannes abzulenken, indem sie meine Aufmerksamkeit auf Georg Resow und die Clique um den Grafen Helldorf lenkte.

Weshalb hatte sie die Spur des Maskierten vor mir verwischt? Mochte es sein, dass sie diesen Mann zwar fürchtete, aber dennoch liebte? Waren stärker als die Furcht vor ihm die Wünsche und Sehnsüchte, die sie mit ihm verbanden? Triebe, die so stark waren, dass sie nicht anders als Arnheim und Genossen versucht hatte, ihn vor möglichen Strafverfolgern zu schützen, und das selbst für den Fall, dass er an Alice Resow schuldig geworden war?

Sie fürchtete diesen Mann, das stand schon jetzt ziemlich deutlich für mich fest, denn weshalb sonst hätte sie sich meiner Person zum Schutz gegen ihn versichern sollen, indem sie mir den Schlüssel für ihre Wohnung übergab? Es hatte ihr nichts genützt. Ihr gefährlicher Liebhaber war ihr zuvorgekommen und hatte den Spieß herumgedreht.

Ich hatte nicht gemerkt, wie viel Zeit verstrichen war, und war überrascht, als ich sah, dass es zu dämmern begann. Ich suchte mir eine Bank, die an einem der höchsten Punkte der Parkanlage lag. Von dort sah ich zu, wie sich das Licht über dem Häusermeer langsam veränderte, wie sich in das Blau ein zartes Rosa mischte, das dann zu Purpur und schließlich zu Zinnoberrot wurde.

Die Laternen gingen an. Ich verließ den Park und stieg an einer nahe gelegenen Haltestelle in einen Omnibus, der gerade am Straßenrand hielt, um durch das erstrahlende Lichtermeer des Abends in meine Wohnung zurückzufahren.

Im Wohnzimmer zog ich die Vorhänge vor die Fenster, schaltete eine kleine Ecktischlampe ein, die ein dämmeriges, indirektes Licht verbreitete, setzte mich in einen

Sessel und schaute vor mich hin. Die Ereignisse der vergangenen Tage liefen Amok in meinem Kopf, und je länger ich über alles nachsann und versuchte sie zu ordnen, umso mehr war mir, als ob es unter dem, was ich in letzter Zeit gesehen oder erlebt hatte, ein Geheimnis gab, das ich in all dem Durcheinander der vergangenen Tage aus dem Blick verloren oder in seiner wahren Bedeutung verkannt hatte.

Ich schloss die Augen, versuchte mich zu entspannen, und nach einigen Minuten setzte ein angenehmes Schweregefühl ein. Obwohl ich nicht damit gerechnet hatte, gelang es mir, meine Gedanken allmählich von der wirklichen Welt zu lösen, während ich tiefer und tiefer in mich selbst hineinglitt. Friedvolle Stille hüllte mich ein und überall in meinem Körper breitete sich Wärme aus. Ich hatte den Zustand zwischen Wachsein und Traum erreicht.

Spitz zulaufende Kraftlinien, die an Dolche erinnerten, eilten auf mich zu, zogen und flogen an mir vorbei und stürzten in bodenlose Abgründe hinab. Irgendwann begannen sich die Farben zu erhellen, und die Düsternis wurde durch Sonnengelb, Frühlingsgrün, helle Rottöne und durchsichtiges Himmelblau abgelöst. Lichtschwaden, die wie helle Schatten waren, wanderten vor meinen halb geschlossenen Augen von links nach rechts, und es mochten ungefähr 15 Minuten vergangen sein, als eine Bemerkung aus der Tiefe meines Unterbewusstseins an die Oberfläche trieb; eine Erkenntnis, die mir zunächst nicht sonderlich aufschlussreich erschien, denn sie bestätigte nur, was ich ohnehin schon wusste: Du hast etwas übersehen!

In diesem merkwürdigen Zustand zwischen Traum und Wirklichkeit sah ich, wie ein Mercedes durch den Regen glitt, gerade als ich vor dem Hotel, das sich hoch aufragend, kantig und finster in den Himmel hob, in der Lietzenburger Straße ankam. Aber war es denn ein Zufall, schoss es mir jäh durch den Sinn, dass das schwarze Mercedes-Cabriolet, das mit laufendem Motor am Bordsteinrand gewartet hatte, die Scheinwerfer gerade in dem Moment hatte aufgleißen lassen, als das Licht der Laternen am Eingang zum Hotel mein Gesicht erhellte? Hatte der Fahrer des Wagens etwa auf mich gewartet, bevor er mit hoher Geschwindigkeit in westlicher Richtung davonfuhr?

Ein Kribbeln kroch mir langsam die Wirbelsäule hinauf, wurde zu einem Schauer, der mich umhüllte und mir die Nackenhaare zu Berge stehen ließ. Plötzlich hatte ich das ganz sichere Gefühl, dass noch jemand im Raum war.

Unruhig bewegten sich meine Augenlider, zuckten die Augäpfel darunter auf und ab, es schien mir, als ob sich die bunten Muster der Vorhänge vor mir verdunkelten, und ich vermeinte zu sehen, dass eine unheimliche Gestalt sich aus dem verborgenen Hintergrund herausgelöst hatte und langsam auf mich zukam.

In diesem Augenblick klingelte es an der Tür.

Ich wagte es nicht, mich zu bewegen. Mein Herz klopfte wie verrückt. Der Horror wurde real. Mein Gott! Wer stand dort draußen und wollte etwas von mir? War mir der Teufel schon auf die Schliche gekommen? Stand die unheimliche Gestalt, die ich bis eben nur imaginiert hatte, jetzt leibhaftig draußen vor meiner Wohnungstür?

Es klingelte erneut, was mich zusammenfahren ließ, obwohl ich mit dem neuerlichen Klingeln hatte rechnen müssen.

Endlich gelang es mir aufzustehen. Was tut's?, dachte ich auf einmal und wie resigniert. Du kannst ihm ohnehin nicht entkommen! Hast du nicht gewusst, dass eine Konfrontation unvermeidlich ist? Er kommt dich holen! Du hast es nicht anders gewollt!

In jäh aufwallender Entschlossenheit trat ich durch den

Flur auf die Wohnungstür zu – und riss sie mit der linken Hand auf; die Faust meiner rechten Hand war zum Schlag bereit geballt.

Fast wäre ich vor Schreck umgefallen.

Es war nicht der Teufel – und Momente lang starrte ich sprachlos in das Gesicht der unerwarteten Besucherin.

Ihr Gesicht war ernst, etwas hohlwangig, aber unbeschreiblich schön. Vor mir stand nicht der Teufel, sondern ein Engel.

»Mein Gott – Leni!«

»Darf ich hereinkommen?«, fragte sie.

»Aber natürlich.«

Sie trug einen taillierten braunen Mantel und führte einen kleinen Koffer mit sich. Sie sah reizend aus.

»Ich komme direkt vom Bahnhof zu Ihnen«, sagte sie. »Ich brauche Ihre Hilfe.«

Leni stellte den Koffer auf den Fußboden und trat zum Fenster, schob den Vorhang ein kleines Stück beiseite und spähte hinunter auf die Straße. Ihre Augen schienen angestrengt die Dunkelheit zu durchforschen.

»Was ist passiert?«, fragte ich. »Wer ist dort unten?«

»Es ist niemand dort«, sagte sie nach einer Weile. »Ich habe mich getäuscht. Ich dachte, ich hätte sein Auto gesehen. Ich sehe wohl schon Gespenster.«

»Wessen Auto meinen Sie?«

Sie trat vom Fenster zurück und sah mich an. »Das Auto meines Liebhabers.«

»Ein Mercedes-Cabriolet?«

Sie nickte.

»Wer fährt es?«

»Das tut im Moment nichts zur Sache.«

»Wo sind Sie gewesen? Ihre Familie hat sich große Sorgen um Sie gemacht. Und ich natürlich auch. Haben Sie schon mit Ihrem Mann gesprochen?«

»Meinen Mann kann ich erst morgen anrufen. In dieser Nacht steht mir noch etwas anderes, sehr Wichtiges bevor. Dabei müssen Sie mir helfen! Wo ich gewesen bin? Ich machte eine Woche Urlaub in Bayern, um mich zu erholen und neue Kraft zu schöpfen. Es geht mir jetzt wieder sehr gut.«

»Warum haben Sie niemandem gesagt, wo Sie sind?«

»Damit mich niemand stören würde. Damit mein Liebhaber mich nicht dort finden konnte.«

»Was ist passiert? Warum durfte er sie nicht finden?«

»Die Dinge drohten zu eskalieren. Ich hätte es vielleicht nicht überlebt. Meine Abreise war ein spontaner Entschluss. Es war vor einer Woche niemand da, an den ich mich hätte um Hilfe wenden können; Sie selbst waren verreist. Deshalb packte ich das Notwendigste in einen kleinen Koffer und stieg am Anhalter Bahnhof in einen Zug. Ich kenne eine kleine Pension in Oberfranken, in der ich die vergangene Woche verbrachte. Ich brauchte diese Zeit, um mir darüber klar zu werden, wie es in meinem Leben weitergehen soll, und was ich tun muss, um die Beziehung zu meinem Liebhaber abzuschließen und zu beenden.«

»Werden Sie von ihm bedroht?«

»Weniger von ihm als von der ganzen Situation.«

»Das müssen Sie mir erklären, wenn ich Ihnen helfen soll.«

Sie senkte den Blick und sagte leise: »Ja, ich weiß.«

»Wer ist Ihr Liebhaber?«

»Besser, Sie kennen seinen Namen vorerst nicht.«

»Lieben Sie ihn?«

»Ich habe ihn nie geliebt, wohl aber leidenschaftlich begehrt …«, sie zögerte, »… und ich begehre ihn noch. Ich bin ihm völlig ausgeliefert und muss zu einem Ende bringen, was ich begonnen habe. Nur dadurch, dass ich den eingeschlagenen Weg bis zum vorbestimmten Ende gehe, kann ich mich aus dieser Abhängigkeit befreien.«

»Was genau meinen Sie?«

Sie sah mich mit schimmernden Augen an. »Ach, das wissen Sie doch. Diese Abhängigkeit ist körperlicher, sexueller Natur, aber gerade deshalb geht sie sehr tief.«

»Ich habe es mir gedacht, wollte mich nur vergewissern.«

Sie nickte. »Ja, das ist auch Ihr gutes Recht.«

»Es gibt noch etwas anderes: Ich war in Ihrer Wohnung, während Sie fort waren – mit dem Schlüssel. Ich habe ein paar Fotos gefunden, die Sie zusammen mit Alice Resow und Ihrem maskierten Liebhaber zeigen.«

Sie nickte. »Dafür hatten Sie den Schlüssel bekommen. Sie haben richtig gehandelt.«

»Dieser Mann scheint große Macht über Sie zu haben. Gewiss kann er Sie in Bedrängnis bringen.«

»Die Männer dürfen sich nicht täuschen. Es gibt Frauen, die zurückschlagen können – und zu denen gehöre auch ich. Heute Nacht bereits gilt es! Einen letzten Kampf muss ich in dieser Nacht noch mit ihm ausfechten, und wenn ich diesen bestehe, bin ich frei.«

»Es ist besser, Sie lassen sich nicht mehr auf einen Schlagabtausch mit ihm ein. Sie können nichts dabei gewinnen, aber alles verlieren. Leni, er täuscht Sie. Er kann Sie nicht erlösen. Er gaukelt es Ihnen nur vor.«

Sie sah mich skeptisch an, aber nicht so, als hätte ich ihr etwas wirklich Neues erzählt.

»Natürlich kann er mich nicht erlösen! Aber ich kann mich von ihm lösen und dadurch viel gewinnen«, sagte sie. »So ist es vereinbart und auch richtig, und deshalb muss ich diesen letzten Schritt heute Nacht noch gehen. Erst danach kann ich von ihm lassen und er von mir. Ich habe ihn von Bayern aus angerufen und eine letzte Begegnung mit ihm vereinbart. Er hat mir zugestanden, dass unsere Wege sich trennen werden, wenn …«, sie zögerte einen Moment, setzte dann entschlossen hinzu: »… nachdem ich ihm auf dem höchsten Gipfel begegnet bin.«

»Ihre Freundin Alice hat diese Gipfelbegegnung mit ihm nicht überlebt. Was lässt Sie so sicher sein, dass es sich in Ihrem Fall anders verhält?«

Sie schüttelte energisch den Kopf. »Ach, was wissen Sie denn! Alice ist der letzten Begegnung ausgewichen, auch sie ist geflohen, aber nicht nach Bayern, sondern in den Tod. Sie hat ihn hereingelegt. Sicher hatte sie Gründe, Selbstmord zu begehen. Ihre Situation war unhaltbar geworden. Sie war auf dem besten Wege, ein Opfer dieser Clique um ihren Mann zu werden, und hat es vorgezogen, die Umstände, unter denen das geschieht, selbst zu bestimmen.«

»Tun Sie etwas anderes?«

»Oh ja. Ich weiche der ultimativen Begegnung nicht aus, wie Alice es tat. Wenn sich mein Liebhaber an das hält, was von Anfang an zwischen uns vereinbart war und was er mir gegenüber jetzt noch einmal bekräftigt hat, dann haben wir beide unser Ziel erreicht und gehen gestärkt aus dieser Beziehung hervor. Der ›Lehrgang‹, um einmal diesen nicht ganz unpassenden Begriff zu gebrauchen, ist danach zu Ende und wir haben somit alle Lektionen erfolgreich bestanden. Auch eine Psychoanalyse sollte man nicht vor ihrem Ende abbrechen.«

»Wenn sie kein Ende nimmt, muss man dennoch aufhören! Sie könnten Ihre Seele verlieren, auch wenn Sie das Erlebnis körperlich unversehrt überstehen.«

Sie lachte. »Nein, das brauchen Sie nicht zu befürchten, Herr Goltz. Wirklich nicht. Ich weiß, wer ich bin.«

»Und wenn er Sie tötet? Wenn er sich nicht an sein Versprechen hält?«

Ihre Augen schauten mich groß und dunkel an.

»Weil ich diese Möglichkeit nicht ausschließen kann, bin ich ja hier. Er kommt heute Nacht in meine Wohnung. Ich möchte Sie bitten, dabei zu sein, natürlich nicht offen, sondern heimlich, in einem Versteck. In meiner Wohnung gibt es ausgezeichnete Möglichkeiten, sich zu verbergen.«

»Das heißt, ich soll Sie beide beobachten?«

»Ja – und Sie sollen eingreifen, falls er sein Versprechen bricht.« Sie lächelte so, wie nur Engel es tun.

»Die Lektion, bei der ich heimlich zugegen sein soll, ist wohl eine Veranstaltung der Art, wie sie auf den Fotos gezeigt wird?«, fragte ich.

»Dann wissen Sie ja, was Sie erwartet«, gab sie charmant zurück.

Es blieb einem auch nichts erspart, dachte ich mir, während ich mir im Geist die Bilder und Eindrücke auszumalen suchte, die die Aufgabe, die sie mir zugedacht hatte, für mich bereithalten würde.

»Ich weiß, ich verlange viel«, sagte sie. »Aber ich werde es wieder gutmachen. Werden Sie mir helfen?«

»Natürlich werde ich Ihnen helfen«, erwiderte ich rau. »Ich gehe mit Ihnen und werde Sie dabei unterstützen, sich von diesem dunklen Hexer zu befreien.«

»Ich verlasse Sie gleich wieder und kehre zurück in meine Wohnung«, erklärte sie. »Wir können nicht zusammen gehen. Wenn ich dort eingetroffen bin, rufe ich Sie an. Danach muss ich mit meinen Liebhaber telefonieren, um zu bestätigen, dass es bei dem verabredeten Treffen bleibt. Ich musste ja erst mit Ihnen sprechen. Wären Sie nicht da gewesen, hätte ich heute Müdigkeit vorgeschützt und unsere Begegnung auf morgen oder übermorgen verschoben. Doch da Sie mir helfen, soll es bei dem heutigen Tag bleiben. Meine Energien sind heute sehr stark. Ich möchte es hinter mich bringen.«

»Hm! Ja, wenn es sich so verhält und Sie es unbedingt wollen, ist diese Nacht wohl die richtige für die letzte Lektion.«

»Mein Anruf bei ihm ist für neun Uhr vereinbart. Kurz nach neun ist auch der beste Zeitpunkt für Sie, in meine Wohnung zu kommen. Sie haben den Schlüssel. Alles Weitere besprechen wir dort. Haben Sie eine Waffe?«

»Nein«. Ich schüttelte den Kopf.

»Ich besitze eine Pistole«, sagte sie und sah zu ihrem Gepäck. »Sie befindet sich in meinem Koffer. Wollen Sie sie gleich an sich nehmen?«

»Solange Sie noch allein sind, sollten Sie die Pistole besser bei sich behalten. Man weiß ja nie. Am besten Sie lassen den kleinen Koffer noch gepackt. Denn wenn ich die Waffe benutzen und Ihren Liebhaber tatsächlich erschießen muss, dann müssen wir noch in dieser Nacht aus Berlin verschwinden.«

»Sie haben recht«, flüsterte sie. »Daran habe ich noch gar nicht gedacht.«

»Ich hoffe, es wird nicht nötig sein, die Waffe zu gebrauchen.«

»Wenn es sein muss, müssen Sie ihn erschießen. Sie sollten nicht zögern, es zu tun, falls er sein Versprechen bricht und mir etwas anzutun versucht.«

Ich sagte nichts, und sie warf in einer energischen Geste das stolze Haupt zurück.

»Gut, dann verlasse ich Sie jetzt«, sagte sie und nahm ihren Koffer. »Bis nachher.« Sie trat auf mich zu und gab mir einen Kuss.

18

Die Nacht war ohne Sterne, der Himmel mondlos. Ich ging zu Fuß durch die dunklen Straßen, die so unermesslich in ihren Dimensionen und so voll von Rätseln und Geheimnissen schienen, vorbei an zahllosen Menschen, die sich bewegten, als hätten sie kein Ziel, und über allem lag der Lichtschein der großen steinernen Stadt.

Die Dinge werden ihren Lauf nehmen, sagte ich mir. Meine eigenen Pläne hatten keinen Einfluss darauf, und daher war ich ganz ruhig und fühlte mich alles in allem recht unaufgeregt. Es konnte kein Zaudern und kein Hadern für mich geben, das hatte ich mir fest vorgenommen. Es galt nun zu handeln und das zu tun, was das Schicksal in Gestalt einer der schönsten Frauen, die dieses rätselhafte Stadtungeheuer beherbergte, von mir verlangte.

Bevor ich mich dem Eingang des Hauses am Königin-Augusta-Ufer näherte, blieb ich im Schatten eines mächtigen Baumes am Kanalufer stehen und behielt die Umgebung einige Zeit im Auge, aber es regte sich nichts. Das Landwehrufer lag verlassen und still. Schließlich überquerte ich die Straße, verschaffte mir mit dem Schlüssel Zugang zum Haus, stieg die Treppen hinauf und gelangte mit dem Schlüssel in Lenis Wohnung unter dem Dach.

Leni hatte sich dem Anlass entsprechend zurechtgemacht. Ihr blondes Haar hatte sie hochtoupiert, was die Schönheit ihres langen Schwanenhalses provokant unterstrich. Die Lider waren dunkel geschminkt, und ihre Augen funkelten wie blaue Saphire in ihrem dunkel glühenden Gesicht. Sie trug ein kurzes, ärmelloses scharlachrotes Kleid, wie man es anzog, wenn man sich schnell wieder ausziehen wollte.

Sie führte mich in den kleinen Raum, der sich zwischen Wohnzimmer und Schlafzimmer befand.

»Hier werden Sie sich verstecken. Kommen Sie, fassen Sie mit an, wir müssen den Schuhschrank beiseiteschieben!«

Als es geschafft war, zog sie den Vorhang zur Seite, der von dem Schränkchen vorher verdeckt gewesen war. Dahinter in der Wand befand sich ein unscheinbarer Einsatz, der die Farbe der Tapete hatte, sodass er kaum ins Auge fiel. Leni rüttelte und zog daran, hielt das Teil dann in den Händen und legte es weg, und nun war zu erkennen, dass der Wandeinsatz die Rückseite des Spiegels verborgen hatte, der im Wohnzimmer an der Stirnwand hing. Der gläserne Ausschnitt, der sichtbar geworden war, gewährte einen freien Blick in den Raum.

»Oben ist eine Lüftungsklappe, die ich schon aufgemacht habe«, sagte sie, »Sie können also auch hören, was wir miteinander sprechen.«

»Fantastisch«, murmelte ich. »Haben Sie diesen Ausschnitt in die Mauer setzen lassen?«

»Ja und nein. Als ich die Wohnung übernahm, war hier eine Art Durchreiche. Ich war schon immer ein Fan von venezianischen Spiegeln – und hier bot sich die Gelegenheit, einen einzubauen. Sie wissen ja, ich habe einen Hang zum Außergewöhnlichen.«

Für einen Moment kam sie mir ganz nahe. Ich ergriff ihre glatten Arme, zog sie an mich, und dann küssten wir uns voller Leidenschaft.

»Passen Sie auf sich auf!«, flüsterte ich.

Sie lächelte. »Wir sollten endlich zum Du übergehen.«

»Gern, also dann pass auf dich auf, Leni!«

»Ich tue, was ich kann, mein Lieber«, sagte sie. »Auch du musst die Augen offen halten. Hier auf dem Tischchen neben der Tür habe ich die Pistole bereitgelegt. Du darfst nicht zögern, sie zu benutzen. Auch ich verstehe zu kämpfen, aber in den entscheidenden Momenten werde ich in meiner Abwehr sehr eingeschränkt sein.«

»Was wird er mit dir tun?«

»Er ist ein guter Liebhaber«, flüsterte sie mit heiser klingender Stimme und warf mir ein wie um Verzeihung bittendes Lächeln zu. »Er schafft es nicht nur, mich auf den Gipfel zu bringen, sondern auch, mich dort zu halten, – und in einer solchen Situation lässt man in seiner Abwehr doch ein wenig nach und wird zu einem recht hilflosen Menschen.«

Sie lächelte mit entwaffnendem Charme.

»Greif aber erst ein, nachdem ich den Tiger eine Zeit lang geritten habe«, fügte sie hinzu. »Manches, was du siehst, sieht ja gefährlicher aus, als es ist. Ich bin eine geübte Turnerin, mir passiert so schnell nichts.«

»Es ist zu gefährlich«, wandte ich zögernd ein. »Geh nicht bis zum Äußersten!«

Ihr Ausdruck verdüsterte sich. »Ich muss bis zum Äußersten gehen! Die Gefahr ist sogar vonnöten, denn sie schärft wie nichts anderes meine Sinne. Ich will nicht nur, ich muss es genießen. Nur wenn ich die höchstmögliche Erfüllung erlange, kann ich nicht nur ihm, sondern auch mir selbst versichern, dass das Ziel erreicht ist und es weiterer Praxis nicht bedarf. Ich bin voller Zuversicht, dass unser Experiment – wenn er sich wie ich an unsere Vereinbarung hält – zu beider Zufriedenheit gelingen wird.«

In ihrem unwiderstehlichen Eros wirkte sie wie der Nachhall einer längst verschollenen mythischen Welt, wie ein kaum zu definierendes Bruchstück alter Erinnerungen, das eine formvollendete Figur aus dem Meer der Zeit hatte entstehen lassen; wiedergeboren aus eigener Kraft und doch dazu bestimmt, auf dem Höhepunkt der Vollendung in einem letzten Glühen zu vergehen.

»Ich verstehe das schon«, sagte ich, wandte mich zur Seite und nahm dann Lenis Pistole von dem Tischchen. »Aber gefährlich ist und bleibt es nun einmal.«

Es war eine Mauser-Pistole, die gut in der Hand lag. Ich überprüfte die Sicherung, die Waffe war geladen. Dennoch behagte mir die Sache mit der Pistole ganz und gar nicht. Ich nahm mir insgeheim vor, sie nicht zu benutzen, oder wenn doch, dann nur zur Notwehr in dem äußersten und allerschlimmsten Fall, nur, wenn gar nichts anderes mehr ging.

»Bist du eigentlich sicher, dass dein Liebhaber Alice Resow nicht doch auf dem Gewissen hat?«, fragte ich Leni.

»Er hat kein Gewissen.« Sie seufzte. »Ich weiß es nicht. Ich kann es nicht ausschließen, ich traue ihm alles zu.«

»Warum hast du mir nicht früher von ihm erzählt?«

Sie schlug die Augen nieder. »Ich war mir einfach nicht sicher, ob er schuldig ist.«

»Ist er nicht in jedem Fall schuldig – selbst, wenn Alice vor ihm freiwillig in den Tod geflohen ist?«

»Aber was sollte ich denn tun? Er wird von seinen politischen Freunden beschützt. Ich musste mich mit ihm treffen, ja, ich muss mich doch bis heute mit ihm treffen – solange, bis ich dank deiner Hilfe den Schlusspunkt setzen kann.«

Sie blickte zu der Uhr an ihrem Handgelenk. »Er wird gleich kommen. Ich lasse dich jetzt allein. Schau hinüber, ich bin gleich nebenan.« Damit ging sie aus der Kammer und schloss hinter sich die Tür, und ich legte die Pistole gesichert auf das Tischchen zurück.

Ich blickte durch das Fenster und sah Leni, wie sie das

Zimmer betrat. Sie blickte in den Spiegel und lächelte mir zu. »Hörst du mich?«, rief sie.

Ich rief zurück, dass ich ihre Worte verstand.

Sie öffnete an der Seite ihres roten Kleides zwei Knöpfe und ließ die Träger über die Schultern rutschten, dann reckte sie sich. Das Kleid glitt an ihrem ranken Körper herab und stellte ihn in seiner ganzen Herrlichkeit ins Licht. Das Kleid trat sie einfach mit den Füßen weg.

Sie lächelte in den Spiegel, da sie wusste, dass ich sie ansah, und danach drehte sich, ganz die ranke Tänzerin, zwei Mal für mich im Kreis, damit ich sie rundherum in ihrer provozierenden Schönheit sehen konnte.

Nackt bis auf ein paar goldene Kettchen, von denen das eine zwischen den geraden Schultern um den Hals herumführte, das zweite sich über die unter der Seidenhaut durchschimmernden Rippen spannte, während das dritte ihre schmalen Lenden umgab; das vierte, das die Kettchen senkrecht miteinander verband, führte zwischen ihren hohen Beinen hindurch und tänzelte an ihrer Wirbelsäule hinauf, wo es sich mit dem Kettchen um den Hals wieder verband.

Die Art, wie sie sich vor dem Spiegel inszenierte und meinen Blicken aussetzte, erregte mich nicht nur, sondern beunruhigte mich auch. Was war real an dieser Frau? Was war nur ihr Bild?

Sie war Astarte – die nackte Kriegerin, schön und lüstern, alles verschlingend und aggressiv; eine Steigerung ihrer erotischen Wirkung schien mir nicht mehr möglich zu sein, und mir kam der Gedanke, ob nicht auch ihr Partner in dieser Nacht allen Anlass hätte, vor ihr auf der Hut zu sein.

Ihr kleiner Auftritt war wie ein Versprechen für mich, wie eine glückvolle Verheißung, jedoch auch wie eine letzte Mahnung, dass ich diesen Körper nur würde besitzen dürfen, wenn ich mein Bestes gab. Und wenn ich willens wäre, auch das Äußerste für sie zu tun.

»Bevor wir in dieses Zimmer gehen, werden wir uns im Schlafzimmer vorbereiten«, rief sie mir zu. »Ein wenig Geduld musst du schon haben, aber wir werden kommen.«

Mit einem letzten spitzbübischen Lächeln zum Spiegel verschwand sie wieder aus dem Raum.

Dann verstrich die Zeit, zehn Minuten, eine Viertelstunde, und meine Unruhe wuchs. Immer wieder schaute ich durch das Fenster, doch das Wohnzimmer blieb leer.

Die Situation war absurd, aber ich wollte im Moment nicht darüber nachdenken, wie es hatte passieren können, dass ich in dieses bizarre Abenteuer hineingeraten war. Wenn eine schöne Frau dahinter steckte, ließen sich Männer zu den aberwitzigsten Dingen verführen, von denen sie sonst im Traum nicht gedacht hätten, dass sie sie unternehmen könnten. Kein Mann war davor gefeit, in dieser Weise von einer Frau benutzt zu werden; kein Mann hatte der Verführung etwas entgegenzusetzen, wenn die Richtige kam, und Leni Ravenov verstand sich wie kaum eine Zweite auf die Kunst, Männer um den Finger zu wickeln und zum Äußersten zu bringen.

Endlich hörte ich das Klingeln und kurz darauf das Geräusch einer sich öffnenden Tür, dann Stimmen – Lenis Stimme und die ihres Liebhabers – der Teufel war in der Wohnung. Das Finale konnte beginnen.

Einige Minuten eilten dahin, ohne dass sich weiter etwas tat. Leni und ihr Liebhaber waren im Schlafzimmer, und ich wollte nicht daran denken, was sie miteinander taten, aber je mehr Zeit verstrich, desto mehr nahm auch meine Unruhe wieder zu. Und wenn es nun anders kam, als Leni es geplant hatte, überlegte ich. Wenn das, was im Wohnzimmer vor dem Spiegel geschehen sollte, bereits drüben im Schlafzimmer vonstatten ging, weil der Teufel unerwartet die Initiative ergriff und ihre Absichten durchkreuzte?

Nach einer Weile griff ich mir doch die Mauser, schaute auf meine Uhr und überlegte, wie viel Zeit ich ihnen geben sollte, bis ich mit der Pistole in der Hand hinüberging.

Die Kleiderkammer war, wie ich schon bei meinem früheren Besuch in der Wohnung festgestellt hatte, auch mit dem Schlafzimmer durch eine kleine Tür verbunden. Schade nur, dass es kein Guckloch in diese Richtung gab.

Leise schlich ich zu der schmalen Tür, legte das Ohr an das Holz und begann angestrengt zu lauschen. Endlich hörte ich Geräusche, die mich normalerweise hätten eifersüchtig machen können, mich in diesem besondern Moment aber innerlich aufatmen ließen. Erleichtert schlich ich zu dem Fenster zurück.

Es dauerte nicht mehr lange, bis ich auf der anderen Seite des Spiegels Leni erblickte. Und dann sah ich auch ihn, ihren dämonischen Liebhaber, der der finstere Schatten des Gelben Kaisers war.

Wie Leni war er bis auf die silberne Halbmaske nackt, und dennoch sah ich die Schatten auf seinen dunkel gebräunten Zügen, sah ich die Iris seiner schwarzblauen Augen, die er auf seine Partnerin gerichtet hielt, und ich konnte nicht verhindern, von der dämonischen Ausstrahlung des Mannes vor mir fasziniert zu sein.

Er war nicht mehr der Jüngste, wie ich wohl bemerkte, aber noch immer ein Mann von schlanker, kräftiger Gestalt, von dem eine starke erotische Ausstrahlung ausging. Er war ein den dunklen Mächten Geweihter, das wurde mir klar. Ein Sohn der grausamen Königin, ein Mann, der einer unbekannten Göttin Opfer darbrachte und dafür seinen geheimen Lohn empfing.

Leni durchquerte den Raum und drehte dem Fenster, vor das eine halb durchsichtige Gardine gezogen war, den Rücken zu.

»Was hast du vor? Was willst du von mir?«

Mit diesen Worten eröffnete sie ein Spiel, das mehr als ein solches war, das Kräfteringen, das darauf angelegt war, in einem ultimativen Erlebnis zu enden.

»Du hast es gewagt, dich mir zu widersetzen, hast dich gegen mich verschworen und böse Pläne gegen mich ausgeheckt!«, sprach der teuflische Liebhaber zu ihr. »Das werde ich nicht dulden, niemals! Für diese Frechheit wirst du büßen, und du wirst dein Verhalten bitter bereuen!«

»Büßen, bereuen?«, fragte sie gedehnt und voller Spott. »Ich werde nicht büßen, denn ich habe nichts zu bereuen. Was ich tat, das tat ich zu Recht, und es interessiert mich nicht, wie du darüber denkst! Hör mir gut zu! Niemals wirst du Macht über mich haben! Du? Niemals!«

Sie stützte die Hände in die Hüften und nahm eine Haltung lässiger Provokation ein, und während die Maske riesige Schatten über die Wölbungen ihrer fein geschwungenen Wangenknochen warf, funkelten ihre dunklen Augen durch die Schlitze ihren Gegenüber herausfordernd an.

»Das werden wir noch sehen«, erwiderte der Maskenmann scharf und setzte hart hinzu: »Wenn du mir nicht freiwillig zu Willen bist, werde ich dich zwingen müssen. Das Urteil, das ich über dich verhängt habe, ist unabänderlich und wird vollstreckt werden, und wenn es sein muss, mit Gewalt. Überlege dir also, ob du mir nicht besser freiwillig gehorchst!«

Ich kannte diese Stimme und war mir sicher, dass ich sie erst in jüngster Zeit gehört hatte, aber zuordnen konnte ich sie noch nicht.

In Lenis Augen brannte das Feuer, geweitete schwarze

Pupillen in leidenschaftlicher Glut. »Du willst mich zwingen?«, fragte sie heiser, lasziv aus dieser Haltung vermeintlicher Demut heraus, in die sie unversehens zurückgewichen war. »Was willst du mit mir tun?«

Der Maskierte trat vor, und ich sah jetzt, dass er einen Galgenstrick in den Händen hielt, den er von irgendwo außerhalb meines Sichtfeldes genommen haben musste.

»Das wirst du gleich sehen«, sagte er und stieg auf einen der Stühle, die den schweren Esstisch umstanden, und danach auf den Tisch. Daraufhin begann er, das Ende des Stricks an einer Halterung unter der Decke festzuknüpfen.

»Du willst mich hängen?«, fragte Leni heiser, als der Maskierte ihr wieder gegenüber stand. »Womit habe ich diese schreckliche Strafe verdient?«

»Du hast dich geweigert, mir zu gehorchen. Du hast mir die Dinge verwehrt, auf die ich ein Anrecht besitze.«

»Anrecht? Wovon sprichst du?«

Der Maskierte begann unter der Maske zu lächeln. »In deinem Besitz befand sich ein Dokument, dessen Herausgabe du mir verwehrtest. Inzwischen besitze ich es, doch das ändert nichts. Es ist dein unverzeihliches Verhalten, das zwingend geahndet werden muss. Deshalb kannst du deiner gerechten Bestrafung nicht entgehen.«

»Du besitzt das Dokument? Wer gab es dir?«

»Derjenige, dem du es anvertraut hast.«

In einer entschlossenen Geste warf sie den Kopf zurück. »Ich verlange es zurück. Du wirst es mir wiedergeben.«

»Du brauchst es nicht mehr. Wie ich dir sagte, werde ich jetzt deine Strafe vollstrecken. Es kann nun keinen Aufschub mehr für dich geben. Hinauf! Steige auf den Tisch!«

»Darf ich denn nicht auf Gnade hoffen?«

»Deine Strafe muss hart sein, denn nur so ist sie gerecht.

Gnade kann es für dich nicht geben, denn es ist notwendig, dass du das Ausmaß deiner Verworfenheit erkennst. Doch soll es eine besondere Erfahrung sein, die ich dir bereiten werde!«

Ein Beben lief durch ihre schlanke Gestalt, und in ihren Augen blitzte so etwas wie Vorfreude auf. Sie tat das ihre, um die Glut in ihrem Inneren weiter zu entfachen.

»Eine gerechte Strafe zu erdulden soll eine Lust für mich sein?«, hob sie in scheinbarer Demut an. »Und eine Gerechtigkeit ohne Gnade – sofern ich sie verdiene – nichts weniger als äußerste Lust! So willst du mir also versprechen, dass meine Bestrafung, so furchtbar sie auch ist, mein äußerstes Verlangen zufriedenstellen wird?«

Sie richtete einen Blick voller Unschuld auf das dunkle Gesicht ihres Gegenübers. Es war ein Blick, der wie jeder Satz, den sie sprach, scheinbarer Ausdruck ihres Willens zur Unterwerfung war, mehr aber noch der ihrer Bereitschaft, sich bis an die äußersten Grenzen heranzuwagen. Ich verstand, dass erst die Tatsache, dass sie ihrem schlimmsten Feind gegenüberstand, ihr die Möglichkeit verschaffte, die tiefsten Schichten in ihrem Inneren in Flammen zu setzen; Schichten, mit denen ein gewöhnlicher Mensch nie in Berührung kam.

»Gewiss!«, gab ihr dämonischer Liebhaber zurück. »Ich will in jeder Hinsicht das Äußerste an dir tun! Nimm es als ein Versprechen von mir, als Gegenleistung dafür, dass du dich der Vollstreckung der Strafe durch mich unterwirfst!«

Sie lächelte auf eine entwaffnende Art, und ich konnte nicht verhindern, dass ihre sichtliche Vorfreude im Hinblick auf das höchste Erlebnis mit einem anderen Mann mir einen schmerzlichen Stich versetzte.

»Gut!«, sprach sie nach kurzem Zögern mit einem Seufzer zu ihm. »Ich empfinde Zutrauen in deine Fähigkeiten, mich so zu strafen, wie ich es verdiene. Ich werde dir also zu Willen sein.«

Die Hände wieder in die hohen Hüften gestützt, schien ihr perfekter Körper von einer erotischen Strahlung umgeben zu sein. Zum Sterben schön, kam es mir in den Sinn, aber dennoch gewann ich den Eindruck, dass nicht etwa der Maskenmann über ihr Schicksal entschied, sondern dass dieser am Ende nichts anderes als ihr Gehilfe bei der Umsetzung eines von ihr fest gefassten und von ihr um nichts weniger als vollständig beherrschten Planes war.

Der Teufel trat auf sie zu, erfasste ihren Oberkörper, den sie hingebungsvoll an den seinen lehnte, und sprach flüsternd auf sie ein: »Hinauf, du musst nun tapfer sein! Denke an das Versprechen, das ich dir gab!«

»Oh, Liebster«, stöhnte sie mit lasziv getrübtem Blick. »Was tust du mit mir?«

Die Erregung ließ ihren Körper beben. Zitternd stand sie gleich darauf auf der Tischplatte vor ihm, während der Maskenmann aus dem Ende des von der Decke herabhängenden Stricks eine Schlinge knüpfte und diese um ihren schlanken Hals legte. Sie rückte daran herum, bis sie mit dem Sitz der Schlinge zufrieden war und sie deren Druck zwar spürte, aber noch ausreichend Luft bekam.

Sie war talentiert und kannte die Regeln, mit deren Hilfe sie ihre Energien zu befeuern verstand, ohne dabei die Kontrolle über sie zu verlieren, und wodurch sie sich in die Lage versetzte, jene Gefühle zu entfachen, denen all ihre Sehnsucht und Leidenschaft galt. Es war eine Kunst, die sich als eine Gratwanderung auf der schmalen Grenze zwischen Leben und Tod vollzog und nur von einer Artistin mit ihren Fähigkeiten zu vollbringen war.

Der Dämon trat hinter die Schöne und begann mit dem Akt, und ich erkannte schnell, dass die beiden ein gut eingespieltes Team waren, das mir nun eine ganz besonders professionelle Aufführung bot, ein Stück, das sie so oder ähnlich nicht zum ersten Mal präsentierten. Aber mit ansehen zu müssen, wie sich Leni in heftig zitterndem Verlangen diesem dunklen, jedoch attraktiven Mann in der ganzen Leidenschaft, zu der sie fähig war, öffnete, war trotz aller guten Vorsätze für mich keine leichte Sache, sondern quälte mich mit Verlangen und sexuellem Neid.

Es dauerte nicht lange, dann stieg Leni langsam eine steil sich windende Treppe hinan, Stufe um Stufe in einem lustvollen Gegeneinander von Steigerung und Widerstand, und bald zitterte sie unter der ungeheuren Kraft, die frei werden wollte in ihr, einer Kraft, die sie mit sich reißen würde, solange sie ihrem Ansturm nicht energisch widerstand. Sie aber gab nicht nach, stemmte sich an gegen den Strom und ließ ihn zu einem gewaltigen Reißen werden, der ihre Empfindungen sichtlich bis in höchste Höhen trieb.

»Was würdest du tun, wenn du in diesem Augenblick sterben müsstest?«, flüsterte der Teufel ihr zu, als er ihr lustvolles Selbst zu höchster Leuchtkraft gebracht hatte und ihre Energien ihn zu umfluten und zu durchströmen begannen.

»Oh, mein Geliebter!«, stöhnte sie. »Oh, mein Geliebter, töte mich!«

Ich sah nun, wie der Maskierte sich langsam von ihr löste und ihren Körper aus dem Griff seiner Hände entließ. Bereits einen Moment später stand er neben dem Tisch und versetzte ihm einen Ruck.

Leni verlor nicht ihr Gleichgewicht, da ihr aufgrund der gut eingestimmten Abläufe ihres Körpers ein Ausfallschritt gelang, doch dann war sie ganz wach und – noch dem heftigen Feuer ihrer Leidenschaft hingegeben – starrte ihren Liebhaber aus ihren orgastisch geweiteten Augen an. Erst da, als sich der Mann erneut gegen den schweren Tisch stemmte, um ihn endgültig unter ihren Füßen wegzuschieben, erkannte sie klar, was mit ihr geschehen sollte. Sie schrie schrill und verzweifelt: »Nein, nein! Was tust du da? Nein! Nein!«

Heftig trommelten ihre Füße auf den Tisch. Doch nun brauchte es nur noch eines kleinen weiteren Rucks, und ihre Füße fänden keinen Widerstand mehr. Mit dem Hals in der Schlinge und ohne Boden unter den Füßen tanzte sie in heftigen Bewegungen durch den leeren Raum.

19

Lass die Pistole hier liegen, schoss es mir im allerletzten Moment durch den Kopf, und so legte ich sie schnell noch auf den Tisch zurück, bevor ich endlich aus dem Zimmer stürzte. Sekunden später stieß ich die Tür zu dem Wohnzimmer auf. Der Maskierte fuhr herum und starrte mich entgeistert an.

»Goltz, wo kommen Sie her?«, brach es aus ihm heraus.

»Schieben Sie den Tisch zurück. Sie bringen sie ja um!«, schrie ich meinem mörderischen Gegner zu.

»Keine Angst«, sagte der Maskierte, der rasch seine Geistesgegenwart zurückgewann. »Es ist nur ein Spiel. Sie hat jetzt nur was sie wollte. Sie hat ihre äußerste Erfüllung erreicht.«

Ich sprang um den Tisch herum und stemmte mich dagegen, um ihn zurück unter ihre Füße zu schieben, während die in der Luft schwingende Leni mit ihren Händen den Strick zu fassen suchte.

Der Maskierte versuchte nicht zu verhindern, was ich tat.

»Verdammt, helfen Sie mir, dass sie den Tisch wieder unter die Füße bekommt«, rief ich dem nackten Teufel zu. »Machen Sie schnell, Sie verdammter Narr!«

Ich hätte es auch allein geschafft, aber zu zweit ging es doch besser, und da der Maskierte offenbar jemand war, der sich auf neue Situationen schnell einzustellen verstand und dem obendrein daran gelegen sein mochte, in einer Situation wie dieser nicht hintenanzustehen, trat er nun tatsächlich an meine Seite und fasste mit an. Es war nur noch ein einziger Ruck vonnöten und der Tisch stand wieder auf seinem alten Platz, und Lenis Füße trafen wieder auf festen Grund.

Ich sprang nach oben, schlang meine Arme um die heftig bebende Leni, fingerte dann an der Schlinge, um diese zu lockern.

Leni holte tief Luft und presste dann ihr heißes Gesicht fest an meinen Hals. Ich löste die Schlinge vollständig von ihr ab und hielt sie danach fest in meinen Armen – ein nacktes, heftig zitterndes, aber glücklicherweise äußerst lebendiges Geschöpf. Der Teufel, der zur Seite getreten war, hätte keine Chance mehr gehabt, ihr etwas anzutun; und falls er es versucht hätte, so hätte er es nur über meine Leiche und damit um den Preis von zwei Toten geschafft.

»Töte ihn«, flüsterte Leni so leise, dass der Maskierte es nicht verstehen konnte. »Wo ist die Pistole? Wo hast du sie? Hol die Pistole und erschieße ihn!«

»Es ist alles in Ordnung«, versuchte ich sie zu beruhigen. »Dieser Schuft wird dir nichts mehr tun.«

Ich half ihr vom Tisch, und als wir dem Mann gegenüberstanden, nahm dieser langsam die Maske ab.

Es war kein zerknirschtes, sondern ein entspanntes, fast heiteres Gesicht, das die Maske verborgen hatte.

»Diesen Auftritt hätten Sie sich sparen können, Herr Goltz«, sagte Richard Koenen in all der Ruhe, zu der er augenscheinlich fähig war, »er war zwar melodramatisch, aber vollkommen überflüssig.«

»Es hätte nicht viel gefehlt und Sie hätten sie getötet«, fuhr ich ihn an. »Sie sind ein Schuft!«

»Das ist Unsinn«, entgegnete er kalt, aber klar und seiner Sache sehr sicher. »Diese Frau ist keine Anfängerin. Sie kennt sich gut aus.«

Seine Augen hatten sich mir zugewandt. Er wich meinem Blick auch nicht ein Stück weit aus. Ich versuchte, in diesen Augen das Böse zu erkennen, sah jedoch nichts anderes als diese geradezu unverschämt gelassene Freundlichkeit.

»Das sieht Ihre Partnerin sicher ganz anders«, entgegnete ich.

»Denken Sie doch, was Sie wollen«, sagte Koenen knapp, wandte sich ab und verließ den Raum. Als er nach zwei Minuten zurückkehrte, hatte er sich vollständig angezogen.

Leni war in ihr scharlachrotes Kleid geschlüpft und saß neben mir auf der Couch, während Koenen uns gegenüber in einem Sessel Platz nahm.

»Du wolltest mich aufhängen«, fuhr sie ihn an. »Du hättest den Tisch nicht zurückgeschoben, du wolltest meinen Tod.«

Er lachte und schüttelte den Kopf. »Du weißt es doch besser! Weshalb redest du so einen Stuss?«

»Dass du den Tisch wegschiebst, hatten wir nicht verabredet«, entgegnete Leni, »du hast ganz eindeutig unsere wichtigste Spielregel gebrochen – nämlich nichts zu machen, was nicht vorher abgesprochen war.«

»Du wolltest frei in der Luft hängen, um die äußerste Intensität zu erreichen«, sagte Koenen. »Wie sollte das anders geschehen?«

»Du hättest darauf warten müssen, dass ich dir ein Zeichen gebe«, widersprach Leni ihm. »Nur darauf kommt es an!«

»Du weißt, dass ich dich nicht töten wollte. Es ging allein um dein ultimatives Erlebnis. Ich bleibe dabei: Nur so, wie ich es tat, konntest du zum Äußersten gelangen! Wenn du das abstreitest, belügst du dich selbst!« Er machte eine wegwerfende Handbewegung, das Thema schien für ihn damit erledigt zu sein.

»Du bist ein Teufel«, zischte sie ihn an.

Er lachte, als hätte er ein Kompliment gehört. »Hast du erlebt, was du erleben wolltest?«, fragte er Leni.

Sie reagierte nicht.

»Hat es dir etwa nicht gefallen, da zu hängen? Lüg mich nicht an!«

»Ja, es war fantastisch«, gab sie unerwartet zurück.

»Na, also, dann beklage dich nicht.«

Leni schwieg.

So ganz falsch schien Koenen mit seiner Sicht der Dinge nicht zu liegen, ging es mir durch den Sinn, aber was der Mann wirklich vorgehabt hatte – ob er Leni nicht nur den kleinen Tod des Orgasmus, sondern auch den großen Tod gespendet hätte –, dachte ich dann, das würde wohl für immer im Ungewissen bleiben.

Gut jedenfalls, dass ich zugegen gewesen war.

»Was haben Sie mit Alice Resow gemacht, Herr Koenen?«, fragte ich ihn. »Wollen Sie abstreiten, dass Sie bei ihrem Tod anwesend waren?«

»Ich habe sie nicht umgebracht. Sie hat ihren Tod gesucht, ich konnte es nicht verhindern.«

»Was heißt das?«

»Sie hat sich in ihrer Leidenschaft so stark eingebracht, dass sie ihren Tod in Kauf nahm. Sie wusste, dass sie sterben konnte, dass diese Gefahr bestand. Sie wollte dieses Leben nicht mehr, sie hat es mehrfach bekundet.«

»Du wolltest ihren Tod nicht verhindern«, entgegnete Leni, »obwohl du es hättest können.«

»Ich bin nicht dafür verantwortlich, was andere Menschen mit ihrem Leben tun. Warum sollte ich ihren Tod verhindern, wenn sie ihn unbedingt wollte?«

»Warum haben Sie nach Alice Resows Tod ihren Körper so arrangiert, dass es wie Selbstmord aussah?«

»Weil es wirklich ein Selbstmord war. Ich habe diese Tatsache nur noch etwas deutlicher herausgestellt«, entgegnete er. »Das war alles, ich habe mir nichts vorzuwerfen.«

Eine Zeit lang war es still, niemand von uns sagte ein Wort. Hinter dem Fenster herrschte dunkle, stille Nacht.

»Was treibt Sie an?«, fragte ich Koenen. »Was ist Ihr Weg, wohin wollen Sie gehen?«

Koenens Augen bildeten glitzernde Punkte in seinem Gesicht, und er wirkte auf eine eigentümliche Weise angeregt.

»Mein Weg ist der Weg der im Menschen verborgenen Möglichkeiten«, antwortete er. »Seit hunderttausenden von Jahren hat sich der Mensch zu dem entwickelt, der er heute ist. Und wodurch hat er diesen Zustand erreicht? Etwa dadurch, dass er sich alles hat gefallen lassen, was seine Artgenossen oder andere Gewalten beliebten, ihm anzutun? Nein! Im Gegenteil! Harte Lebensumstände haben ihn zu seinen großartigen Anpassungsleistungen gebracht: Durchsetzungskraft, Aggression und die Bereitschaft zu töten, wenn es sich denn als notwendig erweist. Ich weiß, viele wollen das nicht wahrhaben, wollen das nicht verstehen. Doch durch Nichtstun wird das Paradies nicht erreicht! Mein Weg ist ein Weg, der gegen die überkommene Natur und notwendigerweise auch gegen das, was die Menschen mit Gott bezeichnen, verläuft. Nur diese Lebensphilosophie vermag mich an das Ufer jenseits des breiten Stromes zu tragen, das wir alle zu erreichen suchen, ob wir um diese Tatsache nun wissen oder nicht.«

»Diese Philosophie ist verquer und wird Sie nicht erlösen«, sagte ich. »Dessen bin ich mir ganz sicher, mag ich auch manches von dem, was Sie inspiriert, nicht verstehen.«

Koenen lächelte nur und lehnte sich im Sessel zurück.

Er fühlte sich mir überlegen. Meine Äußerung schien ihm eines Kommentars nicht würdig zu sein.

»Ich werde zu meinem Mann zurückkehren«, sagte Leni zu ihm. »Wir werden uns nicht wiedersehen. Wirst du das akzeptieren?«

»Wir sind miteinander fertig«, erwiderte Richard Koenen. »Ich habe keine Ansprüche auf dich. Was ich verlange, von dir und auch von Ihnen, Herr Goltz, ist nur, dass die Behauptungen, wie sie eben aufgestellt wurden, nicht wiederholt werden, und zwar gegenüber niemandem. Solche Vorwürfe müssen ein für alle Mal unterbleiben.« Seine Miene hatte ihren Ausdruck undurchschaubarer Gleichmütigkeit bewahrt, er wirkte inzwischen regelrecht entspannt.

»Das hatte ich ohnehin nicht vor«, sagte Leni. »Deine wahren Absichten kann dir niemand beweisen, sie sind mir auch egal, wenn feststeht, dass unsere Beziehung beendet ist. Auch wenn es mir schwerfällt, dann glaube ich dir eben, dass du mich nicht umbringen wolltest, wenn es dich beruhigt.«

Koenen sah zu mir her. Schatten lagen auf seinen dunkel gebräunten Zügen, und seine schwarzblauen Augen waren auf mich gerichtet.

»Und Sie, Goltz? Sie sind mein Anwalt.«

»Ich war es«, gab ich zurück. »Aber meine anwaltliche Schweigepflicht gilt immer, wenngleich auch unsere Beziehung mit diesem Tag beendet ist. Ich schicke Ihre Akten an Hallers Büro, wenn Sie einverstanden sind. Er kann die Sachen weiter bearbeiten.«

»Schade«, lächelte er. »Wir hatten immer ein so gutes Verhältnis zueinander. Soll wirklich diese Frau zwischen uns stehen? Wir beide haben einander nichts vorzuwerfen. Wenn ich es recht bedenke, könnten wir gute Freunde sein.«

Wenn ich mich an die mit ihm geführten Gespräche erinnerte, hätte ich ihn für einen Gegner des Nationalsozialismus und besonders der SA halten können. Doch er war mit Arnheim befreundet und gehörte vermutlich auch der okkulten Gesellschaft an. Er war einer von ihnen, und am schlimmsten empfand ich ihn in seiner Rolle als Heuchler und Provokateur, der mit dieser Masche hoffte, Informationen zu erhalten, die er nicht bekäme, wenn man ihn für einen Nationalsozialisten halten würde.

Ich sagte: »Sie haben mir verschwiegen, wer und was Sie wirklich sind. Sie sind ein Lügner. Sie haben mich getäuscht.«

Koenens Blick verlor sich in fernen Schatten, aber er lächelte nicht mehr.

»Ich entschuldige mich dafür bei Ihnen«, sagte er. »Mehr möchte ich im Moment dazu nicht sagen, denn Sie stehen unter dem Einfluss dieser Frau, die mit ihrer Schönheit Ihren Verstand umnebelt. Aber ich glaube, Sie werden meine Person eines Tages anders beurteilen, als Sie es im Augenblick tun.« Er erhob sich aus dem Sessel, und der Blick, den er auf Leni und mich richtete, war distanziert, ein leises Lächeln folgte darauf. »Ich werde dich nun verlassen«, sagte er zu Leni, »und zwar für immer, da sei nur ganz beruhigt.« Seine Augen bewegten sich ein kleines Stück nach links, wo ich saß. »Und Ihnen, Herr Goltz, wünsche ich viel Glück mit dieser Frau, falls Sie ab nun meinen Platz einnehmen sollten. Glück werden Sie nämlich brauchen. Sie werden noch an meine Worte denken, wahrscheinlich eher, als es Ihnen lieb sein wird und Sie es jetzt für möglich halten mögen.« So wandte er sich von uns ab, verließ den Raum und gleich danach die Wohnung.

»Wir werden nie erfahren, was er wirklich vorhatte«, meinte Leni nach einer Weile, als das Geräusch der Tür, die hinter ihm ins Schloss gefallen war, schon seit einiger Zeit verklungen war.

»Vielleicht ist es besser so«, sagte ich. »So kann er sicher sein, dass er von uns nichts zu befürchten hat.«

»Ich habe nichts mehr mit ihm zu schaffen und will ihm auch nichts mehr nachtragen«, erklärte Leni, »selbst dann nicht, wenn er tatsächlich vorhatte, mich hängen zu lassen, bis der Tod eintritt.«

»So hast du wirklich erlebt, was du erleben wolltest?«

»Ja. Ich fühle mich wunderbar, voller Energie. Ich bereue nichts. Es war richtig, an meinem Entschluss festzuhalten!« Sie lächelte mich an. »Aber sei beruhigt. Falls du ihn in seiner Rolle als mein Liebhaber ersetzen möchtest, musst du nicht in Todeshöhen aufsteigen, um mich zufriedenzustellen.«

Ich lächelte zurück. »Ich glaube, dass ich damit gar kein Problem habe. Du bist einfach so unglaublich schön und erotisch, dass es keiner großen Anstrengung bedarf, höchste Höhen zu erreichen – nicht die Höhen des Todes, aber die deines Niveaus.«

Sie schaute mich an. »Du kannst es mir bald beweisen. Aber jetzt werde ich ein Bad nehmen, und danach möchte ich schlafen. Morgen Nachmittag werde ich Hermann und meine Tochter besuchen. Komm morgen Abend wieder zu mir.«

20

Zuhause lag ich lange wach und dachte über alles nach, was in den vergangenen Wochen geschehen war. Dabei wurde mir klar, dass ich die wirklichen Zusammenhänge der Ereignisse noch immer nicht vollständig durchschaute. Es war mir, als hätte man mich zum Mitwirkenden in einem Spiel bestimmt, in dem ich die Rollen der anderen Mitspieler nicht kannte. Ich fühlte mich wie ein Bauer, der geopfert werden wollte, aber nicht einmal wusste, für welche Seite er kämpfte.

Später in der Nacht hatte ich einen Traum. Ich löste mich von meinem Körper und flog in ferne Welten davon. Mein Flug ging weit über eine Stadt, deren prächtige Lichter ich aus geheimnisvollem Dunkel von weit unten zu mir heraufglitzern sah. Doch es zog mich weiter, und schon war die Stadt in weite Fernen gerückt. Ich hatte eine Welt von blühenden Wiesen erreicht und wurde von dem Wohlgefühl einer unendlichen Freiheit erfasst. Durch Welten und Zeiten des wahren Glücks schwebte ich über grünes tropisches Land, durch das sich ein Fluss mit klarem türkisblauem Wasser schlängelte und wo aus schattigen Wäldern unter mir Schwärme wilder bunter Vögel aufstiegen. Über mir aber erstrahlte die Sonne in orangefarbenem Licht. Der Fluss, dessen Lauf ich folgte, strömte auf die große goldene Stadt zu, die in der Ferne am Horizont erschien. Schwebend näherte ich mich einem Tor, durch das sich der Strom in die Stadt hinein ergoss. Da bemerkte ich plötzlich ein vor Licht glitzerndes Schiff, das aus der Stadt durch das Tor auf mich zugeschwebt kam.

Ein Luftschiff war es, aus dessen Düsen leuchtender Nebel drang; eines, wie es die Schriftsteller in ihren utopischen Romanen beschrieben. Ich wich an den Flussrand zurück, und als das Luftschiff ganz nahe gekommen war, sah ich einen majestätisch wirkenden Mann mit edelsteinbesetzten Gewändern, der im Cockpit am Ruder des Schiffes stand. Er war ein schöner, aber finsterer Mann, eine beeindruckende Erscheinung, doch er hatte etwas in seiner Ausstrahlung, das ich als vollkommen unheimlich empfand. Eine schöne junge Frau in einem rosafarbenen und von Goldfäden durchwirkten Kleid stand neben dem Mann. Ihr Antlitz war hoheitsvoll wie das einer Königin und strahlte einen solchen Stolz, eine solche Ruhe und eine solche überirdische Schönheit aus, dass mich bei der späteren Erinnerung an dieses Bild ein leidenschaftliches Bedauern über den Verlust ihres Anblicks befiel.

Der Traum hatte eine seltsame und beunruhigende Wirkung auf mich, allerdings führte er auch dazu, dass ich die Abhängigkeiten, in die ich noch immer verstrickt war, klarer und deutlicher zu sehen begann. Was aber auch immer im Licht dieser Erkenntnis eine neue Bedeutung erhielt, war nicht geeignet, mich mit meiner Rolle auf dem Schachbrett fremder Interessen und Leidenschaften zu versöhnen, und ich begriff, dass ich Lenis Rolle in diesem Spiel gänzlich neu würde interpretieren müssen. Ich hatte noch ein paar wichtige Fragen an sie, die ich ihr zu einem früheren Zeitpunkt nicht hätte stellen können. Ich wollte, dass sie mir unbedingt Antworten darauf gab.

Am Abend zur vereinbarten Stunde fand ich mich in Lenis Wohnung ein.

»Ich habe mich mit Hermann ausgesöhnt«, sagte Leni, während sie sich aus ihrem roten Kleid schälte. »Ich kehre zu ihm zurück.«

»Er nimmt dich wirklich zurück?«

»Ich habe versprechen müssen, ihm in Zukunft treu zu sein.«

»Wie lange willst du dich an das Versprechen halten?«

»Gar nicht.« Sie seufzte. »Ich schaffe es ja nicht einmal zwei Stunden, ihm treu zu sein.« Dann lächelte sie. »Möchtest du mein Liebhaber werden?«

»Wäre ich nach Koenens Weggang der Einzige?«

»Natürlich nicht. Wenn ich meinem Mann nicht treu bin, kann ich es auch dir gegenüber nicht sein.«

Unter den spöttischen Augen des Gelben Kaisers saßen wir kurz darauf einander gegenüber. Das stramme Polster zwischen unseren Beinen gab uns Halt und unterstützte durch den süßen Druck, den es auf unsere Geschlechter ausübte, unser Liebesspiel.

Leni zitterte vor Verlangen.

»Oh, Liebster«, flüsterte sie. »Du machst mich glücklich. Ich habe mich nicht in dir getäuscht!«

Ich sah den schwarzen Seidenschal in greifbarer Nähe liegen, nahm ihn entschlossen zur Hand und knüpfte ihn um ihren langen Hals.

Ihre Augen wurden groß.

»Liebster«, lächelte sie. »Du willst meine Freuden noch weiter erhöhen?«

»Erinnerst du dich an die Nacht, als ich dich zum ersten Mal besuchte? Als du mich nach meinem Schatten fragtest und ich mich weigerte, nach dem Seidenschal zu greifen?«

»Natürlich erinnere ich mich daran! Hättest du den Schal damals genommen, dann hätte ich gewusst, dass du deinen Schatten kennst. Da du es nicht tatest, war mir klar, dass ich dir nicht vertrauen kann.«

»Du sollst meinen Schatten nun kennenlernen«, sagte ich. »Ich habe deine Lektion endlich begriffen und weiß jetzt auch, wer ich bin.«

Sie schloss die Augen und lehnte sich zurück. »Ich

hoffe, du hast das notwendige Fingerspitzengefühl, wenn du den Schal zusammenziehst«, flüsterte sie. »Damals hast du dich nicht von mir einweisen lassen, obwohl ich es wollte. Aber es ist gut, dann ist das heute die zweite Lektion. Also probiere es einmal.«

Ich nahm die Enden und zog langsam zu. Ein Beben ging durch ihren Körper, und sie stöhnte unterdrückt auf.

Ich ließ wieder los.

»Ja, so ist es gut«, seufzte sie.

Meine seelische Verfassung gefiel mir nicht. Es war mir nicht danach, sie zu quälen, aber ich musste jetzt einfach das Notwendige tun.

»So war es auch, als Alice Resow starb, nicht wahr?«, sagte ich, »nur dass ihr Liebhaber noch ein wenig fester zugezogen hat? Oder hat er sie erhängt?«

Sie öffnete die Augen und sah mich stumm an.

»Du warst doch dabei, als er sie tötete, oder etwa nicht?«, setzte ich hinzu.

»Warum sagst du das?«, fragte sie leise und seufzte.

Ich zog den Schal wieder eng um ihren Hals. Sie blickte an mir vorbei und begann, sich heftiger zu bewegen. Ich zog noch etwas stärker an den Enden des Schals.

»Stimmt es oder stimmt es nicht?«, fragte ich und lockerte den Griff.

Ihre Lippen zitterten.

»Gib mir eine Antwort!«

Sie tat es nicht.

»Damals war ich Alice Resow erst einmal begegnet«, sagte ich. »Ihre Stimme erkannte ich natürlich nicht. Es war daher einfach für dich, mich anzurufen und dich mir gegenüber als Alice Resow auszugeben. Nicht wahr, du warst es, die mich an jenem Abend angerufen hat, und du hast es zu einem Zeitpunkt getan, als Alice schon tot war.

Du tatest es, um deinem Liebhaber ein Alibi zu verschaffen. Habe ich recht?«

Sie wimmerte vor Wonne, und auch ich selbst konnte kaum noch sprechen; wie in einer steil sich emporwindenden Spirale steuerten wir auf einen heftigen Höhepunkt zu.

»Ist es wahr?«

Es kam keine Antwort außer ihrem Stöhnen, deshalb nahm ich die Enden und zog den Schal nun ganz fest. Sie wand sich, zappelte und schlug mit der Hand nach mir. Erneut ließ ich locker, sodass sie einen tiefen Atemzug nahm.

»Ja!«, hauchte sie. »Ja, ich war dabei.«

»Ihr habt Alice Resow gemeinsam erhängt, Koenen und du. Danach habt ihr es so arrangiert, dass es wie ein Selbstmord aussah. So war es doch, nicht wahr?«

»Hör auf, du Idiot«, stieß sie hervor. »Wir werden hinterher darüber sprechen. Jetzt konzentriere dich auf das, was wir gerade tun. Oder willst du uns den Spaß verderben?«

»Nein, darauf will ich nicht verzichten. Dafür bin ich ja hier.«

In dieser Hinsicht enttäuschten wir einander nicht, und als wir endlich voneinander lassen konnten und uns aus unserem Liebessitz erhoben, wusste jeder von uns beiden besser als zuvor, was wir in körperlicher Hinsicht aneinander hatten.

Leni lächelte zufrieden, schlüpfte in ihr scharlachrotes Kleid und ich in meine Sachen, und wir setzten uns nebenan in die grünen Sessel.

Ihre dunkel schimmernden Augen durchmaßen den Raum.

»Fast hättest du mich umgebracht«, sagte sie. »Du bist keinen Deut besser als Koenen, Arnheim und die anderen. Auch du würdest mir die Seele rauben, wärst du in der Lage dazu. Was vergreifst du dich an einer schwachen Frau?«

»Ich weiß, dass ich nicht besser bin als die anderen. Ich habe aber eine weniger ausgeprägte dunkle Seite als die Herren, von denen du gesprochen hast. Wo meine Seele nur dunkel ist, da ist deren Seele schwarz. Du hast ganz recht mit deinen dunklen Lektionen. Erst wenn man weiß, dass man böse ist, kann man sich in eine bessere Richtung entwickeln – in eine andere Richtung als die, in die Koenen, Arnheim und andere gegangen sind.«

»Es hat dir Lust bereitet, mich ein wenig zu quälen, nicht wahr?«

»Es war eine neue Erfahrung, aber das mit dem Schal hat mir nicht viel Spaß bereitet. Ich tat es, weil ich die Wahrheit von dir erfahren wollte. Ich lasse mich von dir nicht länger an der Nase herumführen.«

Sie lächelte. »Gut! Ich erzähle dir alles, und dann sind wir quitt und keiner trägt dem anderen etwas nach. Bist du einverstanden?«

»Einverstanden.«

»Richard hat Alice getötet«, sagte sie. »Ja, ich war dabei, als er es tat. Ich hielt Alice in meinen Armen, wir waren dabei, uns zu lieben. Richard kniete hinter ihr und hatte den Seidenschal um ihren Hals gelegt. Es war aber mehr ein Unfall als eine vorsätzliche Tötung, und ein wenig hat Alice auch wirklich danach verlangt. Es war ein Gemisch aus allem, aus Mord, Selbstmord und Unfall, und es ist schwer zu beurteilen, welche dieser drei Komponenten überwog.«

»Warum musste Alice sterben?«

»Richard hatte Angst davor, dass ihr Mann von ihrer Beziehung zu ihm erfuhr. Richard und er kannten sich gut, und daher befürchtete er nicht zu Unrecht, dass Resow

Rache an ihm nehmen könnte, wenn er von unserer ›Liebe zu dritt‹ Wind bekam, und Richard dafür verantwortlich machen könnte, dass Alice sich von ihm getrennt hatte. Während wir Sex hatten, sprachen wir darüber, aber Alice in ihrem radikalen Verlangen verteidigte ihren Entschluss, sich nicht nur gegenüber ihrem Mann zu offenbaren, sondern auch ihr Wissen über die Hintergründe des Brandes dem Reichsgericht mitzuteilen. Sie provozierte ihn bewusst. Es war tatsächlich so, dass sie das Feuer gefährlich schürte, ohne irgendwelche Rücksichten auf ihn zu nehmen, und noch weniger auf sich selbst. Es war, als sei es ihr ganz egal, was für Folgen ihre Provokationen für sie haben könnten. Vor diesem Hintergrund eskalierte dann die Situation, aber es war Alice selbst, die sie herbeigeführt hatte. Richard hatte nicht ganz unrecht, als er sagte, Alice habe ihren Tod gewollt. Es ging Richard mit Alice nicht viel anders, als es dir gerade mit mir ergangen ist. Er zog zu fest zu, was ich nur darauf zurückführen kann, dass er wirklich wütend war. Eigentlich musste er aus Erfahrung wissen, wie weit er gehen konnte, doch überschritt er die Grenze. Darin liegt auch das Mörderische seines Tuns.«

»Er ist ein Mörder, und du bist kaum einen Deut besser als er.«

»Das darfst du nicht sagen, du musst auch die anderen Aspekte beachten. Als Jurist müsstest du das eigentlich wissen.«

»Apropos – Wissen! Was wusste Koenen eigentlich über den Reichstagsbrand?«

»Wenn ich Alice richtig verstanden habe, war auch er in das Vorhaben eingeweiht. Er kennt sich mit Brennflüssigkeiten und Brandabläufen aus und hat offenbar den SA-Mann beraten, der für die Verteilung der Brandstoffe im Plenarsaal verantwortlich war.«

»Und was geschah, als Alice tot war?«

»Als es passiert war, überlegten wir, was wir tun sollten. Richard sagte, ich müsse ihm ein Alibi verschaffen, weniger der Polizei als Resow, Helldorf und den Leuten von der SA gegenüber. Während wir Alice und den Ort so einrichteten, dass es wie ein Selbstmord aussah, kam mir die Idee, dich anzurufen, um den Todeszeitpunkt von Alice nach hinten zu verlagern. Richard kannte dich gut und hatte dich als Anwalt für Alices Scheidungsverfahren empfohlen. Auch ich hatte dich schon einmal gesehen, Richard zeigte mir ein Foto von dir. Woher er es hatte, weiß ich nicht. Als Frau eines Autohändlers besitze ich einen Führerschein. Ich fuhr daher Richard zu einer Kneipe, wo die SA-Leute abends einzukehren pflegen. Danach ging ich in eine Telefonzelle und rief dich an. Richard hatte deine beiden Telefonnummern, die von deiner Wohnung und die von deiner Kanzlei. Wärst du nicht zu erreichen gewesen, gab es noch ein paar andere Leute, die als Ersatzmänner für die Rolle, die du spielen solltest, in Betracht gekommen wären. Aber du warst unsere allererste Wahl, gerade weil du Alice kaum kanntest. Und schließlich sind Anwälte es gewohnt, für andere Leute die Kastanien aus dem Feuer zu holen und darüber zu schweigen. Nachdem ich den Anruf erledigt hatte, meldete ich mich bei Richard in dem SA-Lokal und sagte ihm, dass du in das Hotel kommen würdest. Eine Viertelstunde später rief er seinen Freund Arnheim an und bat ihn, seine Freunde von der Gestapo in das Hotel zu schicken; er und ich hätten Alice tot aufgefunden. Es müsse unbedingt polizeilich festgehalten werden, dass es Selbstmord war. Arnheim veranlasste das Notwendige. Ich selbst fuhr allein in die Lietzenburger Straße zurück und wartete ein Stück vom Hoteleingang entfernt am Straßenrand auf dein Erscheinen. Als ich sah, wie du vor dem Hotel ankamst, wusste ich, dass mein Plan klappen würde, und fuhr davon.«

»Ich habe noch deinen Wagen gesehen, als du davon gefahren bist.«

»Ja, aber den Fahrer zu sehen, war dir unmöglich. Alles Weitere ist bekannt.«

»Und später hast du dann Angst vor deiner eigenen Courage bekommen.«

»Ja, ich befürchtete ehrlich, ich könne aus Richards Hand das gleiche Schicksal wie Alice erleiden. Ich war nun einmal eine Mitwisserin. Und je mehr sich unser sexuelles Spiel dem äußersten Höhepunkt näherte, umso größer wurde meine Angst.«

War sie wirklich so unschuldig am Tod von Alice Resow, wie sie es darzustellen suchte? War sie nicht in Wahrheit genauso schuldig geworden wie er? Musste ich in ihr nicht eine Mörderin sehen? Aber ich wollte es am liebsten gar nicht wissen.

»Worauf du beschlossen hast, dich mit meiner Hilfe von Richard Koenen zu lösen«, sagte ich, »von dem Menschen, der dir nicht nur sehr gefährlich werden konnte, sondern der auch als Einziger um deine Mitschuld am Tode deiner Freundin wusste. Ja, der Rest ist bekannt, denke ich, obwohl …«

Irgendetwas war da noch immer unklar, ich spürte es wieder deutlich, aber es war weniger ein Wissen als ein unbestimmtes Gefühl. Im Augenblick konnte oder wollte ich es nicht artikulieren.

»Obwohl – was?«, fragte sie.

»Nichts. Es scheint nun alles geklärt. Aber was willst du jetzt tun?«

»Ich sagte es doch bereits – ich kehre zu Hermann und meiner Tochter zurück.«

»Was wird sich dadurch ändern?«

Sie legte in einer demütig wirkenden Geste die Hand auf die reizende Schulter und sagte mit einem koketten Lächeln: »Natürlich nichts! Deshalb frage ich dich nochmals: Möchtest du immer noch mein Liebhaber werden?«

»Ich werde dich jetzt verlassen und nach Hause gehen.«

»War das die Antwort auf meine Frage?«

»Nein.«

Sie schaute mich zweifelnd an, aber nicht so, als ob sie erwartete, dass ich sie gleich verlassen würde.

»Mir ist nach etwas frischer Luft«, sagte sie nach einer Weile. »Lass uns noch einen kurzen Spaziergang am Kanal entlang machen. So viel Zeit hast du sicher noch.«

Sie holte ihren braunen Mantel und zog ihn über das scharlachrote Kleid. Wir fuhren im Fahrstuhl hinunter ins Parterre und traten in die ruhige Novembernacht hinaus.

Wir spazierten schweigend auf einem Weg an der Uferböschung dahin. Wind war aufgekommen und trieb das rötliche Laub vor uns her.

Das Licht der Laternen leuchtete auf den herbstlich verfärbten Bäumen, schimmerte auf den Resten von Grün, dahinter funkelte es phosphoreszierend auf dem dunklen Wasser. Nachdem wir eine Weile durch den steten Wechsel zwischen den Schatten der Bäume und dem Licht der Laternen dahingeschlendert waren, stiegen wir die Böschung zum Ufer hinab.

Als wir unten am Wasser standen, musste ich an das Ereignis denken, mit dem vor wenig mehr als einem Jahr alles, was mein Leben veränderte, begonnen hatte.

Es war auch an der Böschung des Landwehrkanals passiert, aber einige hundert Meter weiter östlich von hier. Damals hatten ›Rattengesicht‹ und sein tumber Freund mich auf einer Kanalbrücke überfallen und die Böschung hinab in die Nähe des tückischen Wassers gezerrt. Ich hatte geglaubt, mein letztes Stündlein habe geschlagen. Es war anders gekommen, doch das Ereignis hatte Folgen gezeitigt, und ich wusste, dass die Gefahr, die hinter dem damaligen Geschehen gelauert hatte, längst noch nicht vorüber war, sondern sich nur für eine gewisse Zeit verborgen hielt. Es gab eine Drohung, die auf mir lastete und der ich nur entkommen konnte, wenn ich keinen Fehler beging. Das war eine Maxime, die auch weiterhin für mich galt. Das Verhängnis hatte verschiedene Facetten, aber eine davon begann ich an diesem Abend zu durchschauen. Ich begriff, dass ich mich erneut sehenden Auges in eine lauernde, tödliche Gefahr begeben hatte – unfähig, mich gegen die Vereinnahmung durch böse Mächte zu wehren, oder schlimmer noch: nicht einmal willens, etwas Entscheidendes gegen diese unheimlichen Verstrickungen zu unternehmen.

Ich sah zu Leni hinüber, die zwei, drei Meter entfernt von mir stand. Sie sah nicht zu mir her, sondern schien ähnlich verborgenen Gedanken nachzuhängen wie ich. Keiner von uns sagte etwas, während wir minutenlang auf das schwarze Wasser starrten, in dem die Lichter der Metropole so tückisch wie verführerisch glitzerten, und schließlich war es, als hätte sich eine lähmende Sprachlosigkeit zwischen uns gestellt.

Endlich wandten wir uns zurück und stiegen die Böschung zur Straße hinauf, gingen langsam zurück in die Richtung, aus der wir gekommen waren. Aber dann, als wir uns wieder dem Haus näherten, in dem Leni wohnte, beschloss ich, den quälenden Gefühlen nachzugeben und mich dem unheimlichen Erkennen zu stellen, das auf mir lastete. Und so sprach ich aus, was mir seit geraumer Zeit im Kopf herumging.

»Mich beschäftigt die Sache mit deiner Mauser-Pistole«, sagte ich leise. »Die hast du mir doch in der Hoffnung gegeben, dass ich Richard Koenen erschießen würde, nicht wahr?«

Sie nickte. »Ja! Ich hatte gehofft, dass du ihn töten würdest.«

»Und? Wolltest du nach der Tat wirklich mit mir zusammen aus Deutschland fliehen?«

In diesem Moment konnte ich sehen, wie sie lächelte.

»Natürlich nicht«, sagte sie.

»Aber du hättest Ärger bekommen. Verdammten Ärger.«

Sie blieb stehen und sah mich lange an.

»Warum hätte ich Ärger bekommen sollen? Ich hätte ihn ja nicht erschossen.«

»Du hättest der Polizei erklären müssen, wer Koenen war, was er beabsichtigte und warum die Schüsse fielen.«

Sie zuckte mit den Achseln. »Was ich der Polizei erklärt hätte, ist doch ganz einfach.«

»Was hättest du gesagt?«

Sie sah mich an und machte eine Pause, um dem, was sie folgen ließ, mehr Nachdruck zu verleihen. »Ich hätte gesagt, dass du mit einem Nachschlüssel in meine Wohnung eingedrungen bist, um meinen Liebhaber und mich heimlich zu beobachten, und dass du ihn daraufhin in einem Anfall von rasender Eifersucht erschossen hast.«

Ich starrte sie an.

»Den Nachschlüssel hätte man bei dir gefunden«, fügte sie hinzu, ohne meinem Blick auszuweichen. »An der Pistole wären deine Fingerabdrücke gewesen. Dein Motiv lag auf der Hand. Besser konnte es doch gar nicht passen.«

»Du hättest das wirklich getan?«

»Ich hatte mir schon genau zurechtgelegt, was ich

sage, damit du festgenommen und unter Mordanklage gestellt würdest. Mit meiner Aussage hätte ich dafür gesorgt, dass du zum Tode verurteilt und im Laufe des Jahres 1934 hingerichtet würdest. Ja, ich hätte es wirklich getan.«

Eine Zeit lang war ich sprachlos.

Vielleicht war sie verrückt, aber ich hatte das untrügliche Gefühl, dass sie mir nichts vorspielte, sondern rücksichtslos und ungeschminkt eine Wahrheit aussprach, die für sie ganz fest und unumstößlich war.

»Du meinst, du hättest das getan, damit mit einem Schlag alle deine Probleme gelöst und alle Mitwisser deiner Tat beseitigt wären.«

Sie lächelte wieder ihr Engelslächeln. »Ja! Es war ein reizvoller Gedanke, und ich habe lange überlegt, wie ich es hinbekomme, dass du Richard auf jeden Fall erschießen würdest. Am Ende, als ich deine Widerstände spürte, habe ich beschlossen, es dem Schicksal zu überlassen, ob du es tun würdest oder nicht. Ich sagte mir, dass wenn du es überlebst, du ja einen guten Liebhaber abgeben könntest, mit dem ich eine Menge Spaß haben kann.«

»Du musst die Männer sehr hassen«, sagte ich. »Was hast du als Kind erlebt?«

»Die Männer, ja, die hasse ich! Aber die Frauen – meine Mutter, die mich verstoßen hat –, die hasse ich auch!« Sie brach ab. »Reden wir nicht davon. Ich halte nichts von den Menschen. Was hast du denn als Kind erlebt?«

»Ich habe meine Eltern früh durch einen Unfall verloren. Hätte ich sie länger gehabt, wäre wahrscheinlich vieles anders gekommen.«

»Ja, wenn …«, seufzte sie, »… wenn meine Mutter mich nicht verstoßen hätte, wenn mein Vater nicht im Krieg geblieben wäre, wenn, wenn …«

»Warum hast du eigentlich deine Tochter verlassen?«

Sie warf mir einen bösen Blick zu. »Stell mir nicht eine solch dumme Frage!«

»Als ich dich damals nach den Gründen der Trennung von deinem Mann fragte, hast du doch auch geantwortet! Dabei interessierte mich das im Grunde genommen einen Scheißdreck. Aber weshalb eine Mutter ihre Tochter verlässt, das interessiert mich doch sehr.«

Im Licht der Straßenlaterne blieb sie ein Stück vor dem Eingang des Hauses, in dem sie ihre Wohnung hatte, wieder stehen.

»Du weißt es doch. Der Apfel fällt nicht weit vom Stamm«, antwortete sie. »Der innere Antrieb, an meiner Tochter das zu wiederholen, was meine Mutter an mir tat, ist offenbar recht groß.« Ihre Augen funkelten über dem langen nackten Hals, dem Dekolleté, das der Kragenausschnitt ihres Mantels freilegte. Sie war so schön, dass es in diesem Moment unter dem Eindruck der bevorstehenden Trennung fast eine Qual für mich war, sie anzusehen.

»Du hast die Frage noch nicht beantwortet, die ich dir schon zweimal stellte. Die Frage, ob du mein Liebhaber werden willst«, sagte sie.

»Eben hast du davon gesprochen, dass du mich kalt lächelnd dem Henker überantworten wolltest, und nachdem das nicht klappte, fragst du mich jetzt, ob ich dein Liebhaber werden will! Wie passt das zusammen?«

»Das eine folgt doch logisch aus dem anderen! Siehst du darin einen Widerspruch? Ich sehe keinen.«

»Kann es vielleicht sein, dass dir dein letzter Liebhaber die Seele bereits gestohlen hat, nicht erst gestern, sondern schon viel früher? Bist du dem Teufel freiwillig gefolgt?«

Sie warf in einer eleganten Bewegung den blonden Schopf zurück.

»Bekomme ich nun eine Antwort auf meine Frage oder nicht?«

»Geh zu deiner Familie und kümmere dich um deine kleine Tochter«, erwiderte ich. »Das Weitere wird sich finden.«

»Wie du willst«, sagte sie. »Dann adieu! Den Schlüssel für meine Wohnung schickst du mir am besten mit der Post! Und die Fotos, die du mir weggenommen hast, legst du der Sendung bei.«

Mit diesen Worten wandte sie sich zur Seite und ging sicheren Schrittes auf ihren langen Beinen davon. Ein paar rote Blätter wehten hinter ihr her, und der silberne Mond am Himmel verzog sich hinter einer großen Wolke.

Einige Augenblicke später war sie verschwunden, und auf die Stelle, wo sie eben noch gestanden hatte, fiel nur noch das Laternenlicht.

ENDE

Weitere Krimis finden Sie auf den
folgenden Seiten und im Internet:
www.gmeiner-verlag.de

BERNWARD SCHNEIDER

Spittelmarkt

372 Seiten, Paperback.
ISBN 978-3-8392-1099-4.

PHARAONENKINDER Berlin im Herbst 1932. Der Anwalt Eugen Goltz reist im Auftrag des Bankiers Philipp Arnheim nach New York, um die Scheidung von dessen amerikanischer Ehefrau Florence zu regeln. Dort erfährt er von einem mysteriösen »Pharao«, dem Oberhaupt einer okkulten Geheimgesellschaft in Berlin, die mit der nationalsozialistischen Bewegung in Verbindung zu stehen scheint. Kurz darauf kommt Florence Arnheim auf rätselhafte Weise ums Leben.

Goltz kehrt nach Berlin zurück. Angewidert und fasziniert zugleich nähert er sich dem Geheimbund und macht eine furchtbare Entdeckung …

UWE KLAUSNER

Kennedy-Syndrom

420 Seiten, Paperback.
ISBN 978-3-8392-1185-4.

DAS MAUERGEHEIMNIS Berlin, im August 1961. In einer S-Bahn Richtung Wannsee wird ein erschossener Mann entdeckt, allem Anschein nach ein Amerikaner. Kurz darauf wird ein weiterer Toter gefunden, diesmal auf einem Schrottplatz in der Nähe des Flughafens Tempelhof. Schnell wird Hauptkommissar Tom Sydow klar, dass es zwischen den beiden Fällen einen Zusammenhang gibt. Doch damit nicht genug: Sydow kommt einem unglaublichen Komplott auf die Spur, dessen Fäden bis ins Hauptquartier der CIA zu reichen scheinen. Offenbar ist es jemanden gelungen, das bestgehütete Geheimnis der DDR zu lüften: die Pläne zum Bau der Berliner Mauer.

GMEINER

Wir machen's spannend

BERND KÖSTERING
Goetheglut

278 Seiten, Paperback.
ISBN 978-3-8392-1181-6.

OPFER DER FLAMMEN Weimar im Sommer 2004. In der Ilm wird ein Toter gefunden. Hendrik Wilmut, Literaturexperte aus Frankfurt am Main, gerät unter Mordverdacht. Seine Freunde ziehen sich zurück, nur sein Cousin Benno lässt ihn nicht im Stich. Mit seiner Hilfe vollzieht Wilmut eine erstaunliche Wandlung: Er wird vom Gejagten zum Jäger, vom Angeklagten zum Ermittler. So kommen sie dem Geheimnis des Kassibers sehr nahe. Doch dann verbrennt der vermutliche Beweis seiner Unschuld in der Herzogin Anna Amalia-Bibliothek. Jetzt gibt es nur noch eine Frau, die ihn retten kann …

KURT GEISLER
Friesenschnee

366 Seiten, Paperback.
ISBN 978-3-8392-1180-9.

TODESSTURZ Panik im alten Kieler Wasserturm. Während einer Theateraufführung wird eine junge Frau brutal angegriffen. Der mutmaßliche Täter, ein Schauspieler des Hamburger Ensembles, flüchtet sich auf das Dach des Gebäudes. Im Scheinwerferlicht der angerückten Spezialeinheit gibt er eine letzte Probe seines Könnens, um kurz darauf in den Tod zu stürzen.

Kommissar Hansen von der Kripo Kiel nimmt die Ermittlungen auf, doch in Hamburg sind ihm die Hände gebunden und so bittet er einmal mehr seinen alten Freund Stuhr um Hilfe. Dem agilen Frühpensionär ist bald klar, dass die Lösung des Falls mitten im nordfriesischen Wattenmeer liegt.

GMEINER

Wir machen's spannend

Unsere Lesermagazine

2 x jährlich das Neueste aus der Gmeiner-Bibliothek

DIN A6, 20 S., farbig

10 x 18 cm, 16 S., farbig

24 x 35 cm, 20 S., farbig

GmeinerNewsletter

Neues aus der Welt der Gmeiner-Romane

Haben Sie schon unsere GmeinerNewsletter abonniert? Monatlich erhalten Sie per E-Mail aktuelle Informationen aus der Welt der Krimis, der historischen Romane und der Frauenromane: Buchtipps, Berichte über Autoren und ihre Arbeit, Veranstaltungshinweise, neue Literaturseiten im Internet und interessante Neuigkeiten.

Die Anmeldung zu den GmeinerNewslettern ist ganz einfach. Direkt auf der Homepage des Gmeiner-Verlags (www.gmeiner-verlag.de) finden Sie das entsprechende Anmeldeformular.

Ihre Meinung ist gefragt!

Mitmachen und gewinnen

Wir möchten Ihnen mit unseren Romanen immer beste Unterhaltung bieten. Sie können uns dabei unterstützen, indem Sie uns Ihre Meinung zu den Gmeiner-Romanen sagen! Senden Sie eine E-Mail an gewinnspiel@gmeiner-verlag.de und teilen Sie uns mit, welches Buch Sie gelesen haben und wie es Ihnen gefallen hat. Alle Einsendungen nehmen automatisch am großen Jahresgewinnspiel mit attraktiven Buchpreisen teil.

GMEINER

Wir machen's spannend

Alle Gmeiner-Autoren und ihre Romane auf einen Blick

Alle Gmeiner-Autoren und ihre Romane auf einen Blick

MAINKA, MARTINA: Satanszeichen **MISKO, MONA**: Winzertochter • Kindsblut **MORF, ISABEL**: Satzfetzen • Schrottreif **MOTHWURF, ONO**: Werbevoodoo • Taubendreck **MUCHA, MARTIN**: Seelenschacher • Papierkrieg **NAUMANN, STEPHAN**: Das Werk der Bücher **NEEB, URSULA**: Madame empfängt **ÖHRI, ARMIN / TSCHIRKY, VANESSA**: Sinfonie des Todes **OSWALD, SUSANNE**: Liebe wie gemalt **OTT, PAUL**: Bodensee-Blues **PARADEISER, PETER**: Himmelreich und Höllental **PARK, KAROLIN**: Stilettoholic **PELTE, REINHARD**: Inselbeichte • Kielwasser • Inselkoller **PFLUG, HARALD**: Tschoklet **PITTLER, ANDREAS**: Mischpoche **PORATH, SILKE / BRAUN, ANDREAS**: Klostergeist **PORATH, SILKE**: Nicht ohne meinen Mops **PUHLFÜRST, CLAUDIA**: Dunkelhaft • Eiseskälte • Leichenstarre **PUNDT, HARDY**: Friesenwut • Deichbruch **PUSCHMANN, DOROTHEA**: Zwickmühle **ROSSBACHER, CLAUDIA**: Steirerblut **RUSCH, HANS-JÜRGEN**: Neptunopfer • Gegenwende **SCHAEWEN, OLIVER VON**: Räuberblut • Schillerhöhe **SCHMID, CLAUDIA**: Die brennenden Lettern **SCHMITZ, INGRID**: Mordsdeal • Sündenfälle **SCHMÖE, FRIEDERIKE**: Lasst uns froh und grausig sein • Wasdunkelbleibt • Wernievergibt • Wieweitdugehst • Bisduvergisst • Fliehganzleis • Schweigfeinstill • Spinnefeind • Pfeilgift • Januskopf • Schockstarre • Käfersterben • Fratzenmond • Kirchweihmord • Maskenspiel **SCHNEIDER, BERNWARD**: Flammenteufel • Spittelmarkt **SCHNEIDER, HARALD**: Räuberbier • Wassergeld • Erfindergeist • Schwarzkittel • Ernteopfer **SCHNYDER, MARIJKE**: Matrjoschka-Jagd **SCHÖTTLE, RUPERT**: Damenschneider **SCHRÖDER, ANGELIKA**: Mordsgier • Mordswut • Mordsliebe **SCHÜTZ, ERICH**: Doktormacher-Mafia • Bombenbrut • Judengold **SCHUKER, KLAUS**: Brudernacht **SCHULZE, GINA**: Sintflut **SCHWAB, ELKE**: Angstfalle • Großeinsatz **SCHWARZ, MAREN**: Zwiespalt • Maienfrost • Dämonenspiel • Grabeskälte **SENF, JOCHEN**: Kindswut • Knochenspiel • Nichtwisser **SPATZ, WILLIBALD**: Alpenkasper • Alpenlust • Alpendöner **STAMMKÖTTER, ANDREAS**: Messewalzer **STEINHAUER, FRANZISKA**: Sturm über Branitz • Spielwiese • Gurkensaat • Wortlos • Menschenfänger • Narrenspiel • Seelenqual • Racheakt **STRENG, WILDIS**: Ohrenzeugen **SYLVESTER, CHRISTINE**: Sachsen-Sushi **SZRAMA, BETTINA**: Die Hure und der Meisterdieb • Die Konkubine des Mörders • Die Giftmischerin **THIEL, SEBASTIAN**: Die Hexe vom Niederrhein **THADEWALDT, ASTRID / BAUER, CARSTEN**: Blutblume • Kreuzkönig **THÖMMES, GÜNTHER**: Malz und Totschlag • Der Fluch des Bierzauberers • Das Erbe des Bierzauberers • Der Bierzauberer **TRAMITZ, CHRISTIANE**: Himmelsspitz **ULLRICH, SONJA**: Fummelbunker • Teppichporsche **VALDORF, LEO**: Großstadtsumpf **VERTACNIK, HANS-PETER**: Ultimo • Abfangjäger **WARK, PETER**: Epizentrum • Ballonglühen • Albtraum **WERNLI, TAMARA**: Blind Date mit Folgen **WICKENHÄUSER, RUBEN PHILLIP**: Die Magie des Falken • Die Seele des Wolfes **WILKENLOH, WIMMER**: Eidernebel • Poppenspäl • Feuermal • Hätschelkind **WÖLM, DIETER**: Mainfall **WYSS, VERENA**: Blutrunen • Todesformel **ZANDER, WOLFGANG**: Hundeleben